太陽はきっとどこかで輝いている

ホロコーストの記憶

ミハエル・グルエンバウム＋トッド・ハサク＝ロウィ
林幸子・酒井佑子訳

新評論

はじめに

一九四五年五月、テレジン強制収容所から解放された私の母は、チェコスロバキアの外に住んでいる何人かの親戚に次のような手紙を書いた。

これは、検察官の脅しもなしに私の心境をしたためた最初の手紙です。あなたたちに、（何も残さず）最後に会ってからのことをお話ししたいのですが、どこからはじめればよいのでしょうか。あなた方からいただいたカードや小包には、私たちが失ったかすかな温かさや、ささやかな幸せがあふれておりました。

あなたのことを思い出しながら手紙を書いておりますが、収容所の向こう側に住んでいた幸

ゲットー内の主な通りは閉鎖されており、たくさんの監視人が見張っていた

運な人たちには、私たちがかつて過ごした年月に経験した恐怖、不安、そして深い悲しみを知ることはできないでしょう。幸運な人たちと私たち、お互いの間に何らかの架け橋を見つけることはできないような気がします。

私たちには、「生存している親類」を見つけるという望みはほとんどありません。私たち自身が、奇跡によって助かったのですから。私たちは、移送にあたって三度集められました。ミーシャ［ミハエルの愛称］は四度も、です！

あなたには、生と死の間の差を想像することはできないでしょう。食べ物が十分になくても元気には見えます。これについて少し説明をすると、私たち三人は、二年半で卵を三個しか食べていません。それも、こっそり手に入れたものです。一個一七〇コルナ(1)でした。

ミーシャの姉は洗濯場で働き、ミーシャは配達係……馬の代わりなのです。彼は上着の下にノートを入れて友達のところに勉強に行きましたが、さまざまな邪魔が入ったり時間がなかったりして、うまく進みませんでした。私たちは、一日に一〇時間働かされていました。

まだ、私たちの未来がどのようなものになるのか分かりません。昔の友達は、もう誰も生きていません。どこで暮らすことになるのかも分かりません。何もないのです！　でも、世界のどこかで今も太陽が輝き、山々や海、本や小さくて清潔なアパート、そしておそらく、新しい生活のはじまりがあると信じて……。

どのような場所のことを、私の母は話しているのだろうか？　学校へ行く代わりに、一日一〇時間も子どもを働かせるというところとは、どんな場所なのだろうか？「移送」とは何なのか？そして、私たちが死への移送から逃れるために、なぜ奇跡が必要だったのか？　その奇跡とは、いったい何だったのか？

　これからあなたが読もうとしているこの本が、これらの質問に答えてくれることになります。これは、八歳から一五歳までの私自身の経験談です。ナチス・ドイツがプラハ（私の故郷）を制圧し、プラハにあったユダヤ人社会を完全に消し去ろうとしたときの本です。私はすでに老人となり、かつてのことについて、やっと世の中に向けて話そうと思い立ちました。なぜ私は、話しはじめるのに七〇年も待たねばならなかったのか？　そう、それがこの本に書かれている話であり、その理由そのものなのです。

　一九七四年に母が亡くなっているのですが、終戦後まもなく、彼女が整理していたアルバムを受け継いでいます。そのアルバムは、テレジン[2]からやっと持ち出した重要な記録でつくられたものです。テレジンとは、当時のチェコスロバキア共和国の北西部にあった、アウシュヴィッツ絶

（1）コルナはチェコの通貨単位。現在、一コルナは約五円です。

滅収容所への中継収容所のことです。

まず、チェコスロバキアにいたほとんどのユダヤ人、そしてヨーロッパのほかの地域にいた少数のユダヤ人がここに送られてきました。その後、ユダヤ人を絶滅させるために、テレジンからアウシュヴィッツに送られたのです。

これまで私は、感傷に浸りながらも母のアルバムを大切に保管してきました。私も「それなりの年齢」になって、これまで大切にしてきたように、母のアルバムを大切に扱ってもらえるところを探すことにしました。ワシントンDCの「アメリカ・ホロコースト記念博物館」、チェコ共和国のテレジンにある「ゲットー博物館」、プラハの「ユダヤ人博物館」、それにイスラエルの協同組合《ギブツ》でテレジンの記録を展示している「バイト　テレジンシュタット」といった博物館がありました。

アウシュヴィッツ絶滅収容所

私は、アルバムと自分のサイン帳（テレジンでの、たくさんのルームメイトが書いてくれた記念の言葉があります）をアメリカ合衆国に寄贈することにしました。そこが安全な場所で、大切なアルバムとサイン帳をよい状態で保管するだけの財源があるからです。

「アメリカ・ホロコースト記念博物館」の保管管理者であるジュディス・コヘンさんが私の家に来てくれました。彼女は、この夢のような幸運を信じることができなかったようです。というのも、当時、このような寄贈物が博物館に持ち込まれることがあまりなかったからです。私は、一つや二つの記録だけでなく、きちんと整理し、保管していたすべての収集品を寄贈しました。

この寄贈を大変喜んだ博物館は、二〇一〇年のカレンダーに、私の母と家族を掲載することにしました。さらにコヘンさんは、母のアルバムから二枚を選び、博物館の常設収集品として選定しました。その後、博物館の展示場で上映することを目的として、ナチス下における私たちの経験をまとめた短い映像を制作しました。ちなみに、この映像と同じドキュメント（記録）の多くが、今あなたが持っているこの本にも掲載されています。

このような興奮すべき事実に刺激されて、私は子どもたちのために絵本を書くことにしました。最初の版で私は、一頭のテディベア（熊）に話してもらうことにしました。なぜ、この話にテディベアを選んだのかについてお知りになりたいのなら、ぜひこの本を最後まで読んでください。私たち家族が、テレジンからアウシュヴィッツへの移送をどのように免れ、そこで待っているガ

（2）一九八九年に共産党政権が崩壊し、一九九〇年に「チェコおよびスロバキア連邦共和国」となった両国は、一九九三年一月一日午前〇時に「チェコ共和国」と「スロバキア共和国」として独立しました。

ス室での死が避けられたのか、この本を読めばあなたは答えを見つけることでしょう。

私は子どもの本を書きましたが、その理由は、幼い子どもたちに私の体験を話し聞かせることがとても重要だと分かったからです。また、かなり前ですが、いろいろな動物が語るお話をいくつか書いてもいました。子ども向けの本を書いたあと、世の中に向けて出版するまでにかなり長い間頑張りました。たくさんの出版社へ、たくさんの手紙を書きました。しかし、誰も私の書いた話を出版したいとは思わなかったのです。

断りの返事には、いくつかの理由が書かれていました。その一つは、テディベアで遊ぶような子どもたちは、ホロコーストについて学ぶほどの年齢になっていない、あるいはホロコーストについて学ぶ年齢の子どもであればテディベアで遊ばない、というものでした。つまり、子ども向けのお話にはとても「小さな窓」しか開かれていない、ということなのです。

しかし、嬉しいことに、「プロのライターと共同して、中学生のためにあなたの話を出版する気はないか?」と言ってきた出版社がありました。すぐに、その申し出に同意しました。その後、一人のライターと二～三年間仕事をしたあと、本書が出版されるまで別のライターとも仕事をしました。もちろん、その結果に大変満足しています。

この本は、ある人（私の母）の勇気、忍耐、工夫力、快活さ、生きていくことへの強い願望、そしてより良い時がきっと訪れるだろうという強い希望の驚くべき実例です。それなりの時間がかかり、アメリカ大陸に来てからのこととなりましたが、そのときがようやくやって来ました。一九四五年のテレジン解放後、私たちはプラハに落ち着き、通常の生活に戻るための努力を続けました。しかし、まもなく共産主義者が政府を支配しはじめるようになったのです。壁の公示を見て、母はアメリカの友人たちに私たちのビザを頼みました。確固たる共産党支配になってから六週後、私たちはチェコスロバキアを離れましたが、アメリカに入国するための移民割当番号が届くまで、二年間もキューバで待機状態となりました。

母が夢見ていたように、私たちはアメリカでの新しい生活をうまく築きあげることができました。ほとんど何もないところから再建していったわけですが、アメリカに来るまで、四回に上るさまざまな理由で私たちはすべての財産を失っています。

まず、ナチスが可能なかぎりのものを接収しました。それから、ロンドンの倉庫に送って保存しておいたものがドイツ軍の爆撃によってなくなってしまいました。私たちは、テレジンに一人一〇〇ポンドしか持っていくことができませんでした。テレジンから戻ったとき、隣人や友人たちに貸していたものは、ほんの少ししか戻ってきませんでした。さらに、アメリカへの出発前にチェコスロバキアからニューヨークに送ったものは、誰かが月々の保管料の支払いを忘れたために競売されてしまいました。

私たちは、常に、すべてをゼロからやり直さなければなりませんでした。しかし、私たちは、物質を所有することがすべてではなく、結局は物質に代わるものがあり、全体的な意味では「物質は重要ではない」ということを学びました。姉と私は生涯の素晴らしい伴侶を見つけて新しい家庭をつくりましたし、母にも苦労に値するだけの幸せをたらすことができたのです。

でも、あなたが手にしているこの本のなかでは、あまり幸せな状態を見ることはできません。この本には、私の人生におけるもっとも辛い年月のことが書かれています。あまりにも苦しくて、一五歳になる前に人生を終わりにしようかと思ったほどです。そのうちのいくつかは、私の亡き妻セルナ・グルエンバウムが一〇年ほど前に著した本『*Nešarim: Child Survivors of Terezín*（ネシャリム・テレジンから生還した子ども）』ですでに述べられています。この本は、テレジン時代における私と同じ年齢の子どもたちのために語られた最初のものです。

今日、人々がホロコーストについて語るとき、「決して忘れるな！」とよく言います。確かにそのとおりなのですが、「忘れない」と誓う前に、まずそれについて知る必要があります。母が一九四五年の手紙で書いていた「架け橋」のような役目を、この本がすることを願っています。

この本を読むことで、私たちが暮らしていた（死んでいるようでもあった）一九三九年から一九四五年の世界が理解できると信じています。一度でも、あのときの世界を理解することができれば、決して忘れることはないと思っています。

ミハエル・グルエンバウム

もくじ

ミハエル（中央）と３人の息子夫婦と孫たち（2019年）

チェコ全図（第２次世界大戦当時）

ヴルタヴァ川の向こうにプラハ城を望む

プラハの旧市街広場

産業宮殿（ここに展示場がある）

太陽はきっとどこかで輝いている——ホロコーストの記憶

献辞

ホロコーストの間に殺された、一五〇万人に上るユダヤ人の子どもたちへ。

とくに、すべてのネシャリム（一三一ページ参照）へ。

わずかに生き残った子どもたちだけでなく、チェコスロバキアのテレジン強制収容所L417校舎の7号室で、私と二年半の間暮らしたすべての少年たちへ。その多くが私よりずっと才能があったが、不幸にもその人生と社会への貢献は、アウシュヴィッツ絶滅収容所に到着すると、毒ガスによって断たれた。

私たちのリーダーであったフランティス・マイエル、つまりフランタは、二〇歳で八〇人もの手に負えない少年たちの父親になり、チーム精神をつくりあげることで「いかに生き残れるか」について教えてくれた。その教えは、今でも私のなかで引き継がれている。

ミハエル・グルエンバウム

過去、現在、そして未来のグルエンバウムの家族へ。

トッド・ハサク＝ロウィ

第1部 プラハ
——チェコスロバキア

ヴルタヴァ川に架かるチェフ橋

一九三九年三月一一日

僕の記録は「15」。

「ミーシャ、どうして急いでいるんだい?」

アパートを出てから、父さんがずーっと聞いてくる。

僕は、川に沿って歩いている間中、笑うように「ゆっくりと」と言い続けている。ヴルタヴァ川、世界で一番の川。

父さんは、僕がウォーミングアップ中、つまり準備中であることを知らない。今日はその日だ。僕には分かっている。

父さんはのんびり屋なんだ。「人は、安息日(1)にはゆっくりするものだ」と、もう五回くらい僕に言っている。でも、父さんを責めるなんてできない。一週間、とても頑張って働いていたから。

そう、いつもはほとんど僕といることはない。まったく家に帰ってこない夜もある。そして、明日は仕事でロンドンへ行く。父さんがいないのは嫌だけど、プラハで一番の財産家に雇われている弁護士の一人だから、彼らの言うとおりにするしかないのだろう。

でも、今日は僕にも仕事がある。記録を破ることだ。

僕たちは、チェフ橋［三ページの写真］のすぐそばまで来ている。カモメが、川に沿って追いかけっこしながら秘密のゲームをしている。いつものように、お城[2]はすべてを見下ろして、空高く聳えている。父さんが仕事から戻ったら、あそこに登ることができるだろう。守衛の交代式が見られる。下のほうに街が見えるんだ。いつになったら、「どうしてそんなに急ぐんだい？」とうるさく言わなくなるのか、父さんに聞かなくちゃ。

僕たちは船着き場からそれて、人や車で混雑している橋の上に出る。素晴らしい。そこへ、我が家のホームドクター、パヴェル・ゴーレン氏が来た。どこのお医者さんよりも大きいと思われるお腹をしている。でも、どうして旧新シナゴーグ[3]から離れていくのだろうか？　どうでもいいや。ちょうどいいぞ、父さんの気をそらしてくれるだろう。

「安息日だね。こんにちは、パヴェル」父さんが挨拶する。

---

(1) ユダヤ教の休日で、毎週土曜日となっています。この日は働いてはいけません。

(2) プラハ城のことです。プラハ城はヴルタヴァ川近くの高台にあり、プラハ市内を見下ろしています。

(3) (Staronová synagoga) ヨーロッパで、また世界的にもっとも古い貴重なユダヤの会堂です。初期ゴシック様式で、一三世紀の終わりに建てられ、石の装飾が施され、内部には古代の装具（ゴシックの鉄格子、鉄のシャンデリア）などがあります。現在も礼拝の場所として、プラハにいるユダヤ教徒の主なシナゴーグとして使われています。次ページの写真と二三ページの地図を参照してください。

「やあ、カール」パヴェルはそう言って、僕の髪をクシャクシャにかき回し、太鼓腹で僕の耳をこする。「やあ、ミーシャ、また背が伸びたかな？」

でも、僕は返事をしない。もう、橋の上だ。年寄りと、その人たちの杖。友達とおしゃべりをしている女の子たち。犬に引かれている二人組。

「マドガですよ、彼女の具合が悪いんです」パヴェルが父さんに言う。「毎年三月、いつものことです」

何かを言わなくちゃ、と思うけど、僕にはもっと大切な心配事がある。それに、おそらく二人は、すぐにドイツとヒトラー（Adolf Hitler, 1889～1945）、そしてナチスについての話になるだろう。このところ、大人たちはみんなこの話ばかりしているのでとても退屈だ。

三人の少年が通りすぎる。僕より大きい。だからって何だ？　僕には関係ない。少年の一人が言う。

「きっと、次のワールドカップは俺たちのものさ」

旧新シナゴーク

「いやいや」一番背の高い少年が言う。「ブラジルが俺たちを負かす。また、だ」

「本気か？」三番目の少年が言う。「オルドジフ(4)がよくなりさえすりゃあ……」

「二人ともバカだな」背の高い少年が言う。彼らは立ち止まって、お互いに指をさしながら言い争っている。

僕は愉快だ。彼らを追い越す。

1人、2人、3人。

次は老人で、ゆっくりと足を引きずって歩いていく。簡単に追い抜ける。

4人。

次は、二人の女性。一人は乳母車を押している。残念ながら、赤ん坊は数えない。それでも、5人、6人。

いつか、この「橋上追い抜き競技」がオリンピック種目になるだろう。少なくとも、そうなるべきだ。プラハがオリンピックを主催し、僕は国のヒーローになるんだ。

（4）（Oldřich Nejedlý, 1909～1990）サッカー選手。チェコスロバキアの代表としてワールドカップに二回出場しています。第二回イタリア大会では、決勝進出に貢献して得点王となりました。

グルエンバウムが新記録を出すところです！　彼はドイツ人を追い越します。37！　37人の人々が一本の橋の上を通っています！　オリンピック新記録です！

まあ、いいか。集中しないといけない。それに、走るのは禁止だ。もし走ったら、止められて失格となる。

僕たちのような家族がいる。一人の男の子とそのお姉さん。彼女は、男の子より四歳くらい年上に見える。ちょうど、僕たち姉弟と同じくらいだ。あのお姉さんも「赤ちゃんのようなことはやめなさい」と、いつも弟に言っているのだろうか？　どうでもいいや、二人はパンの欠片《かけら》をカモメに投げている。

7人、8人、9人、10人。

途中で気をそらしちゃだめだ。滑るように進むボートにだって、古いお城を見ようと振り返るのも我慢しなくちゃ。でも、ここからの眺めがやはり一番だ。いや、どこからだっていい眺めだ。何と言っても、一番大きなお城なんだから。誓って言うけど、お城の四つの尖塔（とくに、大聖堂のてっぺんにある一番高い塔）は、時々雲の中に消えてしまうんだ。

「ミハエル・グルエンバウム！」父さんが叫んだ。「何をしてる？」

僕は聞こえなかったふりをする。父さんはあまり怒らない。父さんが怒ることは滅多にない。

それが、とにかく父さんが一番である、もう一つの理由だ。

手をつないだ二人連れが来る。かっこいい。

11人、12人。

あと四人で新記録だ。

犬と散歩の女の人。

13人。

二人の男性が、ドイツ語で議論しながらセカセカと歩いている。まるで「知識人」のように。まるで、我が国の最高の賭けに水を差すために派遣されてきたかのように。でも、それほど楽なことじゃないよ、おじさんたち。僕の足は短いかもしれないけど、速いんだ。

14人、15人。

タイ記録だ。一つだけ問題がある。あっ、いけない、誰も残っていない。それに、橋の終わりがもうすぐだ。わずか五〇フィート先だ。

あぁ、でもタイ記録なら感動ものさ。

あれっ、こいつは何だ？　僕を追い越すやつが！

背が高くて半ズボンだ。母さんなら、半ズボンでは寒すぎる、って言うだろう。口には出さないけど、僕もそう思う。体育館用の靴を履いている。素早く僕を追い越す。背中のバッグに、空気がパンパンのサッカーボール。「ハアハア」と言う彼の声が聞こえ、首の汗が太陽に光っている。
彼はきっとプロだ。あるいは、誰か有名人だ。おそらく、アントニーン・プチ(5)を個人的に知っているのかもしれない。きっと、ストライカーだ。

だからって何だ！　だって僕、ミーシャ・グルエンバウム（両親は、僕が面倒を起こしたときは「ミハエル」と呼んでいる）は、いつかオリンピックの「橋上追い抜き競技」でチェコスロバキアの代表となるのだ。一九四八年か一九五二年に正式種目になり、そのとき、僕は絶頂期にある。

そこで、僕は全力疾走をはじめる。だって、もし、誰かが走っていたら、それを走って追い越してもいいっていう、一番熱心な競争者だけが知っている、ちょっとしたルールがあるんだ。

礼拝用の服で僕が走ることを父さんは嫌がるだろう。でも、だからってなんだ！　いつか、メダルが我が家の居間に掛けられたとき、僕が国民的ヒーローになったとき、「あれは、すべて意味のあることだった」と父さんにも分かるはずだ。

二〇フィートを走るんだ。半ズボンの男は、頭をかしげて、困ったようにニヤリとする。ペースを上げる。なあに、彼はグルエンバウムのようなスプリンターの敵ではない。

僕は、彼より一瞬早く、フィニッシュ・ラインを越えた！

群衆が熱狂する！

国歌が演奏される！

16人！

新記録だ！　やった！　16人‼

「ミーシャ！　ミーシャ！」

僕は、父さんのところへ急いで戻る。父さんから見えないように、袖の内側で汗を拭く。荒れた息遣いを平静な状態に戻そうとする。

「お城を見て！」僕は言う。そうすれば父さんの注意をそらすことができるかもしれない。

「ミーシャ」と、心配そうに父さんが言う。「お前はまだ八歳なんだよ。あんなふうに走りだしてはいけないよ。私にはとても……」

「行ける？」父さんの肩越しに、指をさしながら聞く。

「行く？　どこに……」

「お城へ」

（5）（Antonín Puč, 1907〜1988）チェコスロバキアのサッカー代表選手としてワールドカップに二度出場しています。国内サッカーリーグで、二度、得点王となっています。

父さんが口を開く。何か言わねば、というように。

「父さんがロンドンから戻ったら、最初の日曜日に。ねぇ、お願い」

父さんは、礼拝用の肩かけが入った袋を左腕の下に挟んでお城のほうを向く。うまくいったぞ。父さんの眼を見れば分かる。父さんは、すぐに忘れる。おそらく、あのバカなナチスだって、父さんやほかの大人だって、オリンピックのときには閉じこもってなんかいられない。

「いいだろう」父さんは静かに言って、川の向こうをじっと見ている。「行けない理由はない」

父さんは僕に腕を回して、川に沿って旧新シナゴーグへと歩きだす。

「雨が降らなければね」

父さんはこんな感じの人だ。いつも少しだけ心配している。何かが悪くなっていくみたいに。でも、父さんが僕のオリンピック新記録を知ったら、物事はよくなっていくだけだと分かるだろう。だって、僕にはオリンピック優勝の経験があるんだから、物事はよくなっていくと言えるんだ。

ミハエル（右端）と家族

一九三九年三月一五日

「ミーシャ、その窓から離れなさい」母さんが台所から叱っている。

でも、僕は動かない。いや、動けない。だって、全軍隊が家の前を行進していくなんて、毎日あることじゃない。

まず、本物の戦車が一二台。地響きがウォーンウォーンと響き、大砲が真っすぐ前を向いている。それから、サイドカーの付いたモーターバイク。その一台に、どんなに乗りたいことか。当然、ナチスと一緒ではない。そう、もちろん父さんとだ。

とはいえ、父さんはまだロンドンだ。本当に不公平だ。母さんはここにいる。でも、それは同じことじゃない。だって、母さんはモーターバイクを運転することができないから。

少しの間、母さんと僕は窓のそばに立つ。僕の肩に手をかけた母さんが深くため息をつく。まるで、深い湖に飛び込もうとしているような感じだ。それから頭を振って、離れていった。

通りに並んでいた人たちがモーターバイクに敬礼をはじめた。ドイツ式の敬礼だ。道の向こう側のバルコニーにいる数人の人たちでさえ、ドイツ式の敬礼をしている。腕を真っすぐに伸ばし、指をくっつけて、胸から四五度突きだすように。

まるで、教室で先生に指名してもらいたいときのような感じだ。僕も、ドイツ式にそうやったことがある。自分の部屋で、ドアを閉めてやってみただけ……母さんや父さんが見たらひどく叱られるだろう。

母さんが台所で何か言っている。通りの向こう側に住んでいる友達、クリスティナと一緒にいる。今、彼女らがラジオを消したので、何かをささやいているのが分かる。階下から届くいろんな物音と混ざってはいるが……。

マリエッタはどこにいるんだ？　おそらく、自分の部屋で読書をしているのだろう。彼女は、よそのお姉さんと同じように何も気にしない。でも、どうしてこれを気にせずにいられるんだ？　全軍隊、おそらく世界で一番強い軍隊が僕らの窓の外にいるというのに。

何百人もの兵隊がやって来る。何百人もの兵隊だ。完全な四角形をつくっての行進。七人の兵隊が横に並び、先頭から最後まで、たぶん二〇列はある。少なくとも二〇列だ。行進する巨大な長方形。多すぎて数えきれない。敬礼するときは、それぞれの腕と同じく、足も完全に真っすぐだ。膝は決して曲げない。全員の足が一緒に上がり、つま先が真っすぐ突きだされている。同じ側の足が、同じときに。

上、下、上、下、上、下、上、下。

足は、丸い金属の暗緑色のヘルメットから突きでてくるように見える。ほとんど灰色に近い。それが動いていないようにも見える。彼らのヘルメットも、彼らの肩に乗った鉄砲も。

「レツィ！」

僕は婆やの名前を呼んだ。すでにきれいになっているはずの居間を、彼女が片づけている音が耳に届いたので。今日の午後、レツィ婆やにはたいした仕事はない。だって、今朝僕が学校に出掛けた途端、母さんが休みなく片づけはじめていたことを知っているから。

「はい、ミーシャ？」

僕は通りを指さす。「あれは何？」

レツィが、彼女独特の匂いをさせてやって来る。砂糖と石鹸、それに、僕には絶対に分からない何かの匂い。

「あれですか？」と、レツィが聞く。長くて、やせた顔をまったく動かさずに。

「鉄砲の先から突きでている光るもの、あれは何？」

「銃剣よ」と彼女は言う。「ライフルの先についているものでしょ？」

「ナイフのように見えるよ」僕は言う。「でも、ライフルがあるのに、何でナイフが必要なの？あんなものがくっついていて撃てるの？　僕たちの兵隊も持っているの？」

レッィは返事をしないで行ってしまった。兵隊たちは行進を続けている。さらに多くの人たちが敬礼をしている。この街に、こんなに大きな軍隊がいて幸せみたいだ。巨大な赤い旗を広げて（おそらく軍旗だ）群衆の一部を覆っている。白い丸以外は全部赤で、真ん中に黒い鉤《かぎ》十字「ハーケンクロイツ」がある。今日は曇っている。曇りの日でも、あの赤はとても明るい。

ドイツ人たちがほかのすべてのものと一緒に軍旗を忘れずに持ってきたのなら、彼らはかなり統制されているにちがいない。

「ミーシャ」レッィ婆やが戻ってきて言う。「少し食べて」

クッキーの小さな皿を渡してくれた。星と月と渦巻き。彼女は鉤《かぎ》十字型のクッキーもつくれると思う。食べる気はないけど、今、そんなクッキーの皿を渡されたらとても嫌だ。レッィ婆やは、ここでものを食べてはいけないことを知っている。一〇〇〇回も僕にそう言ってる。もっとも、僕は何も言うつもりはないけど。レッィ婆やが行ってしまった。

家の中がとても静かだ。マリエッタは帰ったのかな？ だったら変だ。だって、彼女が帰るときにはいつも僕の頬にキスをするから。彼女がかがみ込むと、明るい金髪が僕の顔全体に広がる。

母さんはマリエッタの部屋に行ったのだろうか。それでいい、もっとクッキーが食べられる。

ハーケンクロイツ

パレードはいつ終わるのかな？　もっと兵隊が来たりするのだろうか？　でも、沿道の人たちは誰も離れようとしない。バルコニーにいる人たちでさえ。

あれ？　あの二人は何をしているんだ？　どうして手すりの外側に立っているんだ？　僕たちのクラスで一番勇敢なヤレックだって、あんな馬鹿なことはしない。五階という高さではやらない、だめだよ。

二人は手をつないでいる。だから、片方の手だけで二人は手すりにつかまっている。僕の口が母さんを呼ぼうと開くが、何かがじゃまをして声を出すことができない。口の中の、食べかけのクッキーのせいじゃない。

二人の足先だけがバルコニーの縁にある。何をしているんだろう？　どうしてやめないんだ⁈

うわぁー、馬鹿なことをするな！　今すぐ中に入れ！

彼らがジャンプした！　彼らが飛んだ！

いや、手を離しただけなのか？　そんなことはどうだっていい。だって、二人は空中にいて、彼の帽子があっという間に飛んでいき、彼女のスカートはパラシュートみたいにふわりと開いている。ただ、とても小さすぎる。それでは彼女を助けられないし、彼を助けることもできない。

彼らはとても早く落ちていく。二人の体が同時に、横向きになって落ちていく！

窓に顔を押しつけて見る。でも、僕の息ですぐにガラスが曇る。それで別の窓のほうに走ったが、ソファベッドの向こう側にあるコーヒーテーブルの角につまずいた。肘《ひじ》が床に強くぶつかる。すると突然、全部の話を自分でつくりあげてしまったような気持ちになった。

だって、バルコニーから飛び下りる奴がいるか？　たとえナチスが本気でそう命令したって、飛び下りるという決心がつくか？　それに、あの高さから地面に真っすぐ飛ぶより怖いことがほかにあるか？　僕の眼が、僕自身をだましているんだ。

それで僕は正気に戻ったが、どこへ行ったらいいのかが分からない。一番いいのは、母さんを呼びに行くことだ。だって、あのカップルが本当に飛んだとしたら、今、あのカップルが地面でペシャンコになっているとしたら。

もし、僕が確かめて、彼らがそこにいるのが分かったらどうなるのか、考えたくもない。地面に激しくぶつかったら、体じゅうのあらゆるところから血が流れだしているはずだ。

でも、母さんを呼び、それが起こっていなかったら……。本当に、本当に、本当にあれが起こっていなかったらと僕は思う。いや、それもだめだ。母さんは僕のことを、頭が変になったと思うだろう。あるいは、そんな想像をする僕を叱るだろう。じゃなかったら僕に言うだろう。父さんが出掛けてからまた寝る時間が遅くなった、と。

それから、僕を早く寝かせようとする。それは最悪だ。だって、事件がなかったとしても今夜は長い。長い時間、眠れそうにないという予感がしていたから。

どうしたらよいか分からないままそこに立っていたが、すぐにそれどころではなくなった。だって、僕は見たのだ。彼らを実際に、目の隅に。あのカップルは、顔を下にして、まだ手を握っていた。二人の体がゆがんだＶ字になって、行進していく兵士たちから五フィートくらいしか離れていないところで……。

誰も注目しているようには見えない。血も見えない。だからといって、気分がよくなるわけではない。

僕は窓へ二、三歩ゆっくり歩いて、声をかけた。

「母さん」

でも、言葉がうまく音にならない。何十人も、何十人もの兵士が二人のそばを行進していく。あのゆがんだＶ字は、誰かが誤って置き忘れた何かのシートみたいだ。母さんをもう一度呼ぼうとするが、喉がうまく動かない。

窓から人が落ちてくるのに気付かないなんて、いったいどういう軍隊訓練なんだ。ねじれたＶ字の死体、そのすぐそばを、まったく何事もなかったように真っすぐ行進を続ける兵士って何だろう？

そして、あの二人。僕たちが知らない何かを知っていたのだろうか？　二人は、頭が変になっていたわけではなかったということか？　たとえば、二人は二、三週間前にドイツにいて、ここで起こっているようなことを見たのかもしれない。おそらく、ようやくドイツを逃げだして、ここなら安全と思ったのかもしれない。ひょっとすると正気で、ナチスが管理しているところに暮らすよりひどいことはない、と知っていたのかもしれない。

こんなふうに考えることはよくない、と分かっている。できれば、二人が常軌《じょうき》を逸《いっ》していたと思いたい。二人のように飛び下りるだけで、十分にそれは証明できる。仮に、二人が正常だとしたら、二人が自分たちのしていることをきちんと分かっていたら、あれがどういう意味なのかもっと分からなくなる。

急に、部屋に戻りたくなった。もう一つクッキーをつかむ。でも、食べないような気がする。僕が廊下に出ると、母さんが浴室から出てきた。今見たことを話そうと口を開くが、でも何も言わないことにした。僕が何も言わなければ、たぶん僕の眼がつくりだしたもの、ということになるかもしれない。

母さんがかがんで僕の頭にキスをするが、僕は足をふんばっている。母さんが、バイオリンの練習のことで何か言っているのが聞こえる。でも、無視する。僕はベッドに座って、手の汗でとんがりが一つ崩れてしまった星形のクッキーを見つめている。

一九三九年一〇月二日

「ミーシャ」ある日の午後、学校から帰ると父さんが話しかけてきた。「鉄道王国に行ってみないか?」

一瞬、声に詰まってしまった。僕はすぐに飛びあがって、上着をつかむ。だって、「鉄道王国」はプラハじゅうで一番いい店なんだ。それに、父さんがロンドンに行く前でさえ、そこにはずーっと行っていない。父さんは二、三週間前にやっと帰ってきたが、それまで何か月もロンドンにいた。

エレベーターを待っている間にも(僕たちのアパートは、町のなかでも最高の建物なんだ)、今週「鉄道王国」に行くことになるなんて思ってもいなかったよ、と言いそうだ。でも、言わない。だって、そう言ってしまったら、父さんの気持ちが変わるかもしれないから。

それで、僕は父さんを見上げてにっこりする。父さんが微笑《ほほえ》み返してきた。でも、本当に微笑んでいるのかどうかは分からない。とても疲れているように見えるだけなのかもしれない。それでも、上等のスーツとネクタイなので、遠くから見たらいつもと同じだとみんなは思うだろう。

僕は父さんより早くアパートを飛びだし、左へ曲がる。あの二人のジャンプを見てから、二人が落ちた場所を避けている。でも、父さんは別の方向を指して、「気分を変えてシマツコヴァ通りのほうへ行こう」と言う［左ページの地図参照］。

僕は顔をしかめかけたが、父さんが気付く前にやめた。なぜ、父さんがそう言ったのかが分かるからだ。今、ヴェレトゥルジュニー宮殿はユダヤ人の立ち入りを禁止しているのだ。新しい規則をつくったり、取り締まりをやめない馬鹿なドイツ人。それらはすべて、僕たちユダヤ人に対してだけのものだ。

僕たちは、ほとんどのレストランで食事ができないし、公営プールで泳ぐこともできないし、ドイツ人の学校にも行けない（姉のマリエッタはチェコ人の学校に移ることになったが、僕は最初からチェコ人の学校に行っている）。

ラジオも処分させられ、約一か月前からは、午後八時以降の外出が禁止となっている。僕はそんな遅くに出掛けることはないけど、まったく不公平だ。

僕たちは、レツィ婆やを解雇しなければならなくなった。ユダヤ人じゃない人は、ユダヤ人のために働くことができないのだ。最後の日、レツィ婆やの様子はひどかった。とても早くやって来て、まるで自分の人生がかかっているみたいに掃除をして、料理をつくっていった。母さんが、「そんな必要はないのよ、おやめなさい」と言い続けて、居間でお茶を飲ませようとした。

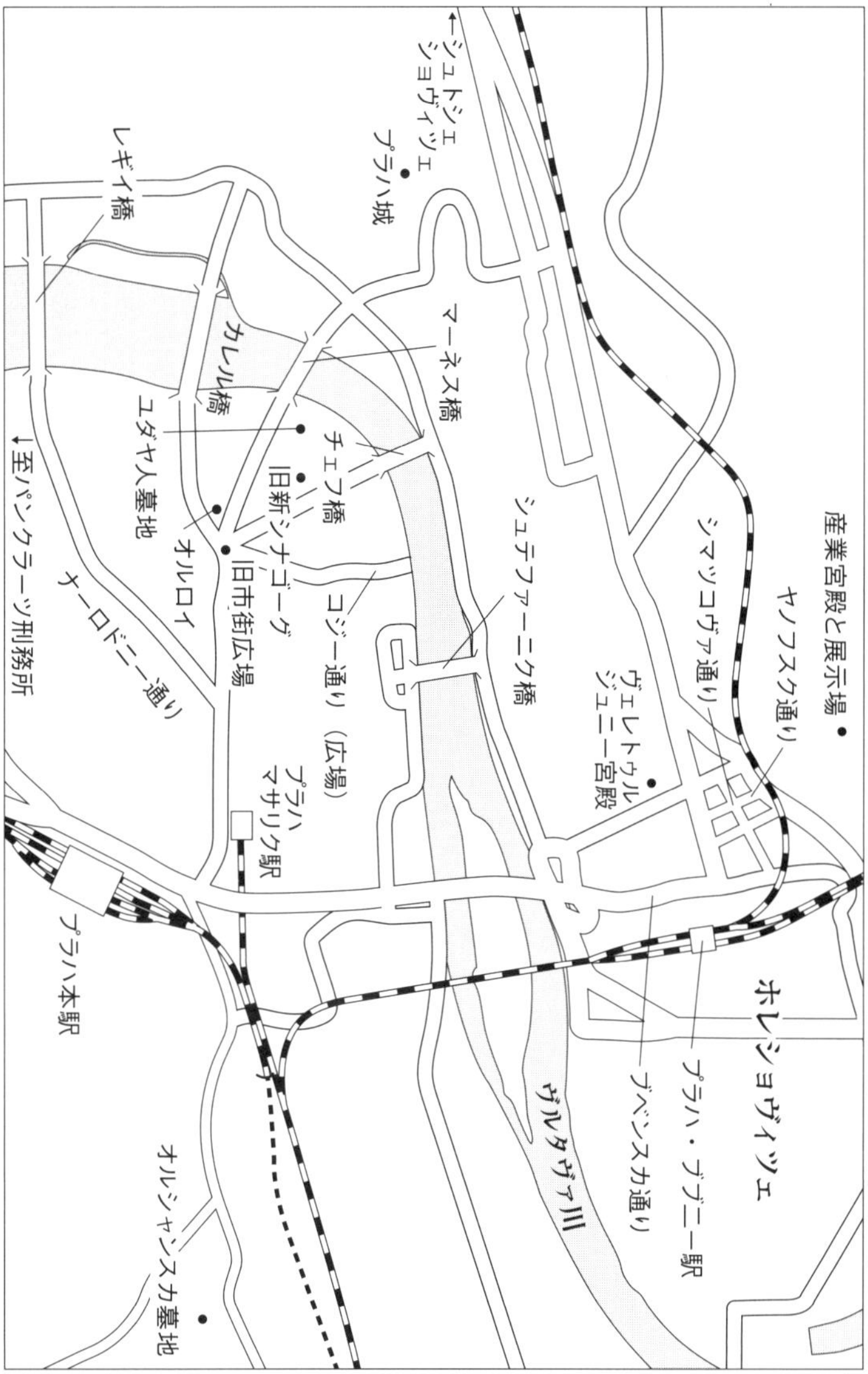
プラハ中央部概略図
産業宮殿と展示場
ヤノフスク通り
シマツコヴァ通り
ヴェレトゥルジュニー宮殿
シュテファーニク橋
マーネス橋
チェフ橋
旧新シナゴーグ
コジー通り（広場）
プラハマサリク駅
旧市街広場
オルロイ
ユダヤ人墓地
カレル橋
レギイ橋
プラハ城
←シュトジェショヴィツェ
↓至パンクラーツ刑務所
ナーロドニー通り
プラハ本駅
オルシャンスカ墓地
ヴルタヴァ川
ブベンスカ通り
プラハ・ブブニー駅
ホレショヴィツェ

やっと落ち着いたレツィ婆やが僕を呼んだ。僕が行くと、もう何年も前にしていたように僕を自分の膝に乗せようとする。すでに僕は、誰かの膝に座るには大きくなりすぎていたが、レツィ婆やにはそうさせた。だって、レツィ婆やが本当にそうしたいと思っているのが分かったから。

レツィ婆やは僕を強く抱きしめて、それから泣きはじめた。母さんも一緒に泣いた。それを見て、僕は膝からすべり下りて、自分の部屋に戻った。

父さんと僕があの場所を通る。あの二人が落ちた場所。あれが起こった翌日、僕はそこへ行ったけど、歩道には何の跡も見つけられなかった。二人はそこに落ちなかったのか。それで、僕は母さんに尋ねてみたが、母さんはただ頭を振るだけだった。

「そのことは、別のときに話せないかしら？」

でも、別のときはやって来なかった。後日、一度か二度その話をしてみたが、その話をすると母さんが本当に悲しそうにするので、僕はやめることにした。

それに、本当のことを言えば、あの二人の飛び下りについて忘れることはあまり難しくはない。ほかに、恐ろしいことが起こり続けているから。ナチスが僕たちに押し付けている無数の規則のように。

無数の規則とは、お金、仕事、銀行、そして裁判所とかに関するものだ。父さんが戻ってきたとき、そういったことについて説明してくれるように頼んだ。父さんは説明してくれたが、やっぱり、はっきりとは分からなかった。僕に分かるのは、我が家のお金がかなり少なくなっているということだけだ。最近、僕たちが食べるもの、あるいは食べないものからそれは分かる。それに、母さんを含めて僕の家族は、ドイツが侵入してきてから何一つとして新しいものを買っていない。

最初、新しい状況は決してよくないが、そんなに長くは続かないだろうと考えていたので、それほど落ち込みもしなかった。でも、長く続きそうな感じがしはじめたし、日を追うごとに状況が悪くなり、ナチスが時間ごとに新しい規則をつくりだし、持っていてはいけないもの、行ってはいけない場所を通告しはじめた。ほとんどのレストランには行けないし、ユダヤ人以外の人と同じ病室を使うこともできない。

何のためなのか分からない。あの二人の飛び下りには意味があったんだろう。あるいは、あったのかもしれないと僕は思っている。たぶん二人は、ここで起こりつつあることを、どういうわけかはっきりと知っていたのだろう。

もちろん、今、戦争が実際に続いている。ヒトラーがチェコスロバキアで満足しなかったからだ。彼はポーランドも欲しがった。ああ、もう今ではチェコスロバキアではない。今や僕らがいる所は、「ボヘミアとモラヴィアの保護領」と呼ばれている。僕らに保護が必要なように。

ヤノフスク通りで曲がると、クリスティナが僕たちのほうに歩いてきた。今日、彼女の髪の毛はとてもきれいで、まるで光っているみたいだ。おそらく、最後に会ってから何かをしたんだ。今では、何か月も前のことだったような気がする。こういうことでも違っているように感じるのだろうか、と思う。

僕は「ハロー」と手を上げたが、父さんがすぐにその手を引き下ろした。クリスティナも僕たちを見たはずだ。でも、急いで目をそらして、通りの向こう側に渡る。ハローも言わないし、手も振らない。とにかく、僕たちを見なかったふりをした。

父さんのほうを向いて、なぜ彼女があんな態度をとったのかと聞こうとしたが、父さんの悲しそうで疲れた表情が「困らせるな」と言っている。

「ミーシャ」川に着くと父さんが話しかけてきた。

「なに？」

「帰ってきてから、私があまり働いていないことに気付いているよね」

僕は、ヨットがシュテファーニク橋の下を滑っていく様子を見つめる。とってもゆっくりと動いているので、ほとんど波が立たない。父さんの言葉が続かない。眼を川から移して、父さんがネクタイを締め直している様子を見る。

「うん、気付いていたよ」僕は言う。「もちろん、気付いていたよ」

「さて」父さんが頭を動かさずに言う。「私は……しばらくの間、何も仕事をしていない」

話している父さんの声はとても柔らかく、いつもの声じゃない。片側を車が通りすぎ、反対側では川がいつもの水音を立てているので、父さんの声をほとんど聞きとることができない。はっきりさせたくて、「もう一度言って」と言いたかったけど、「あまりいい考えじゃないよ」と何かが僕に話しかける。「あぁ」と僕は言う。

父さんが僕の手を取った。僕はそのままにして、しばらくの間、何も話さずに歩く。そのとき、僕はあることに気付いた。

「父さん、それって、平日に出掛けられるってこと？」

「たぶん、な」父さんが言う。

「ハイキングも？」

「おそらく、な」

「だってね……」僕は言う。声の調子が上がる。

「ルーカス、僕のクラスの子だけど、杖に一二個の山のバッジを付けていると言ってるんだ。クルコノシュ山脈［xiページの地図参照］のバッジを入れて。僕は信じていないんだ。だって、学校に持ってこないから。両親が『ダメ』って言っているんだって。とにかく、僕は八個しか持ってない。八個？　違った、九個だ。とにかく、それで考えたんだ（たぶん、できる）。父さんにもっと時間があるんだから……いっぱいハイキングができるかもしれない。シュチェホヴィツェにロヴォシュへハイキングに、それに……」［xiページの地図参照］

「そうだなミーシャ、そうだよな」

最後の角を曲がると、僕は全力疾走で「鉄道王国」に走り込む。すぐに、すべての模型列車が軌道をグルグル回っている音が耳に飛び込んでくる。巨大な展示室の隅に突進する。そこにあるいくつもの石炭車を連結して引っぱる、長くて黒い蒸気機関車へ。六両の赤い客車を後ろに従えた、ほっそりした銀色の機関車へ。材木を積んだ車両もある。あの緑色の家畜車の中には、何が入っているんだろう。

列車はクネクネと丘を回り、模型の森を過ぎ、橋を渡り、谷を走り抜けていく。町に入ると、踏切の白い遮断機がどの通りでも自動的に下りる。すごく速く走るので、カーブでひっくり返るんじゃないかとそのたびに心配するが、ともかく大丈夫だ。

まもなくドアが開き、父さんが隣に立っていた。二人ともしばらく何も言わない。鉄道の部品集めを去年にはじめるべきだった。今は、父さんの仕事のせいで、あるいは仕事がないせいで難しい。それに、たぶん、そのうちユダヤ人は鉄道模型を持ってはいけないとナチスが発表するだろうから、必要なものを手に入れるのはきっと難しくなるだろう。

「そのうち、本物の汽車に乗れるかなぁ？」父さんに尋ねる。

「おそらく、な」僕の肩に手を置いて、父さんが言う。

「早いほどいいな」僕が言う。「行き先はどこだっていいよ」

それから思い出そうとする……ユダヤ人が汽車に乗ってはいけないという規則はあったかな？今は本当にたくさんの規則があって、ちゃんと覚えていられない。父さんや母さんも、きっとそうだろう。だって、以前より口論が多くなっているし、その声が僕に聞こえないようにいつも低い。いつも、そんなふうにささやいている。寝ているときでさえそうだ。

僕は知っている。だって、夜トイレに起きたときに聞こえるから。それに、最近は二人の部屋のドアの下がいつも明るい。これも規則のせいにちがいない。

それで僕は、汽車に乗れるのかどうかについては尋ねないことにした。乗れると思うことにする。ナチス・ドイツが僕たちをそれほど嫌っていないのなら、僕たちを汽車に乗せたいと思うだろう。もしそうなら、どこかほかの場所に行けるんだけど。

一九四〇年九月一六日

「急いで、ミーシャ」母さんが僕をせかしている。「もう三時半よ」

「あと一分、もう少しで終わる」

宿題のことだが、本当の宿題ではない。ユダヤ人には、本当の学校はもうない。夏の終わりに、「チェコ人の学校には通えない」と言われた。それで今、僕はユダヤ人のための教室「エリック・ラウプ家」の居間に三年生として通っている。ここには六人が通っている。年上の女子が二人いるが、たぶん大学生だと思う。僕に何でも教えてくれる。

僕たちは木の椅子に輪になって座り、休み時間には、外に出る代わりにトランプをしている。

突然、戸口に立って「ミーシャ」と母さんが言う。まったくもって楽しそうじゃない。「急がないと間にあわないわ」

お店へ、と言っているのだ。今、ユダヤ人は、毎日午後三時から五時までしか買い物が許可されていない。

「分かった、分かった。今、行くよ」

「それに、バイオリンの練習をしていないでしょ。そうでしょう?」

「だから？」

「帰ってきたらすぐに練習をしてね！　聞いているの？」

路面電車が来て、僕たちは後ろの車両に乗り込む。前の車両のほうが空《す》いているのだが……これも規則だ。ユダヤ人は後ろの車両にしか乗れない。さらに、座るべき座席がない。それで僕たちは、路面電車が通りをガタガタと走っている間、通路に立っている。母さんが友達に「こんにちは」と声をかけたが、そのあとは黙って、僕の肩越しに窓の外を見つめている。

疲れているように見える。以前は素敵な服を着ていたのに、今日はごく普通のグレーの服だ。アクセサリーも着けていない。この数か月、アパート中のあらゆるものを調べて、ナチスがまだ取り上げていない価値のあるものを選《よ》り分けている。たとえば、カメラ、タイプライター、ウールのコートなど、いろいろなものを「持っていてはいけない」と言って取り上げていった。

そのなかには、スキーの靴まで含まれていた。おそらく、僕たちユダヤ人に大事な山々をダメにしてほしくないと思っているんだろう。最初から、山は彼らのものじゃないのに。

母さんが持っていた価値のあるもの（絵、貴金属、上等のドレス）は、ゆっくりとアパートから消え去った。母さんは、知人の非ユダヤ人たちに、そのうちのいくつかを譲りわたしている。僕たちとまだ話をする非ユダヤ人たちに、だ。残りのものはロンドンにある倉庫に送っている。

だから、最近アパートの部屋はとてもガランとしている。

「これはいつ終わるの？」僕が尋ねる。「みんな戻ってくるの？」

「なあに？」夢から覚《さ》めたように母さんが言う。

「何でもない」二度は言わないぞと決めて、僕は答える。そうでないと、本当に混乱した質問をしてしまう……。どうして、誰も僕たちを助けてくれないのか。このあたりにいるほかのユダヤ人たちも……。でも、もし災いがほかの人のほうへ向いているとしたら、僕たちは彼らを助けることができるのか？

少なくとも、そうしたいとは思っている。

路面電車が停留所に着き、僕たちは降りる。

「さっきの言葉は忘れて」と、僕は母さんに言う。


お店は、路面電車のようにユダヤ人でいっぱいだ。欲しいものがたくさんある。鶏のレバー、ニシン、サラミ、ハチミツ、焼き立てのパン……でも、僕は黙っている。だって、僕たちには買うだけの余裕がないことを知っているから。

父さんは約一年間働いていないし、蓄えがかなりなくなってしまっていることも知っている。だから、母さんは買い物に時間をかけている。二、三歩ごとに立ち止まり、値段をじっくりと調べている。一時間ほど経ったと思われるころ、やっと何かを籠に入れた。だけど、一秒後にはそれを取り出している。

僕たちは袋一つだけで店を出て、路面電車の停留所へと歩きはじめる。でも、そのとき、母さんが「家まで歩いていきましょう」と言った。

歩くのはそんなに悪くない。「ユダヤ人立ち入り禁止」という馬鹿げた看板のある公園を通りすぎる以外は。僕くらいの年齢の少年たちが、ボールを蹴って遊んでいる。幸せ者め！

「ミーシャ」いくつかの街角を過ぎたところで母さんが話しかけてきた。

「うん？」

「言っておきたいことがあるの……」

「ふーん？」

「まもなく、引っ越すのよ」

「どういうこと？」

「私たちのアパートからよ」

「引っ越し？」初めて聞いた言葉のように僕は答える。

「なぜ、引っ越すの？」

「私たちのアパートは広すぎるし、それに……」

「そんなことないよ。全然広くないよ。アパートは、ちょうどいい大きさだよ。どこが広すぎるの？」

　少しの間、母さんは何も言わない。通りの角で、僕たちは数台の車が通りすぎるのを待つ。

「ドイツ人[1]が、ユダヤ人全員に旧市街へ移動するように、と命令しているの。旧新シナゴーグのそばよ。全員そこで暮らすの。週末には引っ越しをはじめるわ」

　歩道で石を見つけた僕は、それを前のほうに蹴りはじめた。サッカーだったら、あの子たちより僕のほうがうまいぞ。でも、僕があの子たちに石を蹴って、僕もサッカーをするんだと分からせたら、きっと僕にその石を投げ返してくるだろう。先週、ラウプ家のアパートから帰るとき、ほかの子どもたちが僕にしたように。

　彼らは僕を追いかけはじめたけど、教会の近くによい隠れ場所を見つけたから、あの子たちから逃れることができた。このことは、まだ誰にも話していない。

「そこには……新しいところにはエレベーターはあるの？」僕が尋ねる。

「いいえ、ミーシャ。私たちが入るところは古い建物なの」

　蹴った石でつま先が痛みだしたけど、想像上のゴールに僕は石を強く蹴り込んだ。どういうわけか、失敗だった。

「それから、学校はどうなるの？」ちょうどあの二人が落ちた場所を通るときに尋ねる。少なくとも、ここを離れさえすれば、二人のことを考える必要はなくなる。あの二人がしたことについて、日を追うごとに納得できるようになってきたから。

「新しいところでも学校は見つけられるでしょう」

「新しいアパートのことだね」僕が言っても、母さんは答えない。

僕たちのアパートがあるほうに曲がる。そこは、まもなく僕たちの通りではなくなる。

「母さん？」

「なあに？」

「もし、全部のユダヤ人がその古い町に行くとして、そこの公園で遊ぶことはできるの？」

「分からないわ、ミーシャ。私たちは……」

「普通の学校へ行けないからって、サッカーもダメってことじゃないよね。そうでしょう？」

僕たちのアパートに着く。そこも、まもなく僕たちのアパートじゃなくなる。

「そこに僕たちが移ったら、みんなが一緒にそこに行ったら、ドイツ人は僕たちのことを放っておいてくれるの？」

母さんは何も言わない。エレベーターの中に入り、僕は「4」を押す。母さんは、僕がエレベ

（1）そこは、ユダヤ人だけが暮らすプラハ市内のゲットーです。

ーター係であることを知っている。初めてここに引っ越してきたとき、楽しくて四時間も乗っていたが、今はそれほど楽しいとは思えない。

「彼らは？」僕がまた尋ねる。

「そのうちにね。そのうちにね」

「そのうちって、どういうこと？」僕は声を高くして言う。「分かっているのは、毎日が前の日よりも悪くなっていることだよ。毎日、新しい馬鹿な規則が生まれ、ひどくなる食事とサッカーはダメ。それでも誰も気にかけないし、手助けをしようともしない……」

「分かっているわ、ミーシャ。分かっているわ」と母さんは言いながら、エレベーターから出る。

僕は、あれこれと尋ねてはいけないことは分かっているんだけど、何だかそれができない。廊下を歩きながら、かなり大きな声で叫んでいる。

「母さんは、父さんが何か考えているって言ったでしょう。でも、まだ何も考えついていない。そうでしょ？　そう、もし父さんが何かを考えるというなら、今すぐはじめるべきだと思うよ。だって、もし遅くなりすぎたらどうなるの？　もし……もし父さんの計画を不可能にする新しい規則がつくられたら、どうなるの？」

僕の声が廊下に鳴り響いたが、母さんは答えない。ただ黙って、僕たちの部屋に入っていくだけ。その部屋も、まもなく僕たちのものではなくなる。

一九四一年五月二五日

一人の男が旧市街広場の真ん中で立ち止まり、タバコに火をつけている。きっと、ベルトに興味があるだろう。

「すみません、おじさん。ベルトはいかがですか？」

男がちょっと立ち止まる。

「ベルトと言ったかね？」

よかった、チェコ語を話す。ドイツ語のアクセントを聞いたら、いつも頭を低くして、ただ離れるだけだ。もし、ナチス・ドイツに会ったら、できるだけ早く最初の角を曲がるんだ。

「はい、おじさん、ベルトです。見てください」

僕の一番新しい作品である紐《ひも》で編んだベルト。それも最高の作品を差しだす。

「僕が編みました」

男はタバコを口にくわえてベルトに手を伸ばし、指でグィッと引っ張る。こういうスーツを着ている人は自分では使わないな。でも、子どもたちのためなら……もし子どもがいたら。

男がベルトを試している間、僕はほかにも買いそうなお客がいないかと広場に眼を走らせる。

今日は日曜日だ。だから、たくさんの家族連れが外に出ている。もう一つベルトが売れれば、二〇〇コルナが手に入る。そのお金で、バターを少し買うことができる。

「このベルトをいくらで売るのかね?」男がゆっくりと尋ねてきた。まるで僕がベルト店のカウンターの後ろに立っているかのように。

愛想のいい、最高の笑顔を見せて、「五〇コルナです」と答える。

「五〇?」と言って、彼は目を細くする。「かなり高いな」

「では、四〇コルナ」と言う。でも、彼は何も言わない。口の端からタバコを手にしただけだ。

僕はポケットに手を入れて、もう一本のベルトを引きだす。

「二本で六〇コルナ。とてもいい買い物ですよ、おじさん」

「悪いね」と彼は言い、最初のベルトを僕に返してきた。「また次のときにね、坊や」

うまくいきそうだったのに……。

手を背中で組んで、その男がゆっくりと歩き去る。人混みに消えようとしたとき、片手を顔のほうへ伸ばすのが見えた。そして、タバコを地面に投げ捨てた。

やった!　急げ!

僕は走っていく。タバコが落ちたところ、二つの敷石の間へ飛んでいく。素晴らしい!　少なくともまだ三分の一が残っている。集めたほかの吸い殻と合わせれば立派なタバコになる。いや、二本になるかも。先週は一本二五コルナで売れている。

僕はポケットの中を探《さぐ》る。約一六〇コルナ、まあいいか、何もないよりは。

カン、カン、カンカン！

古い天文時計「オルロイ」[1]の音色だ。その下に立っていたなんて気付きもしなかった。この壮大な時計は五〇〇年以上も前に造られたもので、何でも教えてくれる文字盤が付いている。時間、日、一二宮環[2]、太陽と月の位置……何でも分かる。以前、父さんがすべての部品がどのように連動しているか説明してくれたけど、時計を見るのに夢中でほとんど聞いていなかった。

カンカン、カン！

文字盤の右脇にある奇妙な骸骨が六〇分毎に動く。骨だけの手に持ったベルを、時間ごとにカンカンと鳴らすのだ。その上の

（1）（Pražský orloj）首都プラハにある中世の天文時計の一つで、観光名所として名高いです。

（2）北極点から見た黄道面を立体投影法によって映し出した形をしています。この時代の天文時計としては有名なものです。

天文時計「オルロイ」

ほうを、鐘が鳴るたびに別の像が（キリストの使徒だと思う）開いた窓を一人ずつ通りすぎていく。

カンカン、カンカンカン！

これを造った人はハヌシュとかいう時計職人で、この時計を仕上げたあと盲目にされたと言われている。そうすれば、同じようなものを造ることができないからだという。僕は、こんな言い伝えを信じていない。だって、人間はそれほど残酷にはなれない。そう思うだろう？

でも、最近は分からなくなってきた。ひょっとしたら、残酷になれるのかもしれない。そんなことは、どうってことないのかもしれない。だって、ひどい規則が次々と決まっていくから。リンゴを買ってはいけない。くじ引きをしてはいけない。タクシーに乗ってはいけない。ホテルに入ってはいけない。何にもないってことが、ナチス・ドイツにとっては何でもないことなんだろうか。

何にもないって、本当に嫌だ。僕らがリンゴを買ったからって何だ……それが何だというんだ。

多くのチェコ人たちは僕たちと同じくらいにナチスを嫌っている、と僕は思っているが、こんな状況に納得している人もかなりいる。お店の窓に貼られている必要以上に大きい残酷な標示、「ユダヤ人お断り」。そして、毎朝一番に、店の前には鉤《かぎ》十字の新しい旗が翻《ひるがえ》っている。

先週、僕はバイオリンを供出《きょうしゅつ》した。それは、次の規則による。

「ユダヤ人は楽器を所有してはいけない。この規則に、一二月までに従うこと」

僕たちは、早めにバイオリンを差しだした。たぶん、僕がとても怖がったからだろう。オタ叔父さんにバイオリンを教えてもらっていたが、僕がどんなに努力しても、二人が身もだえするような音しか出せなかった。よく分からないが、僕の弾くバイオリンは拷問《ごうもん》だと思っていたのだろう。

バイオリンを母さんに渡すことは、これまでナチスが出した命令のなかで僕が幸せを感じた最初で唯一のことだった。でも、やっぱり僕は全然幸せじゃない。昨日、無意味な宿題をすることになっていたとき、僕は突然、ナチスがやらないだろうと思える何かを考えだそうとした。何か、彼らが考えつきそうもない規則。でも、何も浮かんでこなかった。買ってもよい食べ物はない。行ってもよい場所もない。彼らが「やるな」と言わないことなんて何もない。新しい規則に従わなければ恐ろしい厳罰《げんばつ》がある。その厳罰というのは、死だ。

僕は思う。こういうことすべてが、実際にはもっともっと悪くなるのだろう。

あれ、もう六時になったのか。すぐに家に帰らなければ母さんに叱られる。でも、もう本当の家ではないが。

僕はゲットー内の狭い通りをコジー通りへと走る［二四ページの地図参照］。そこに、僕たちの新しいアパートがある。新しいアパートだ。決して新しいとは言えないが。

「ミーシャ！　どこに行っていたの？」僕を見て母さんが言う。

「見て、母さん」僕はコインを見せる。「二〇〇コルナくらいあるよ」

「すごいわ！」居間の隅からマリエッタが言う。そこは、台所であり、食堂でもある。彼女はベッドに座り、いつものように本に鼻を突っ込んでいる。僕のベッドはもう一方の隅にあり、マリエッタのベッドからそれほど離れていない。母さんと父さんは、一つだけある寝室で寝ている。この大きさなら、ホレショヴィツェにあった以前のアパートなら三つは入る。でも、文句を言ってはいけない。この建物もそうだ。たくさんの家族が入居していて、一つのアパートをほかの家族と分けあわなければならない。

「姉さんより多いだろう」と僕は言って、ベッドのそばに置いてある小さなタバコの箱に、ベルトとタバコの吸い殻を入れる。

「あれ、父さんは？」

「集会よ」スープのようなものに何かを入れて、それを混ぜながら母さんが言う。

実は、最近はこれしか食べていない。だから、僕はひどくお腹が空《す》いている。きっと、恐ろしいことになるぞ。だって、ナチス・ドイツが僕たちにくれるちゃちな配給券では何も買えないのだ。リンゴ、オレンジ、タマネギ、ニンニク、チーズ、鶏肉、魚、何も買えない。食べたいものは、そのほとんどを闇市《やみいち》で買わなければならない。そこでは、あらゆるものが普通よりもずっと高い。

「何の集会なの？」

「集会よ」僕のほうを見ようともせずに、母さんが言う。

思ったとおり、夕食はひどかった。父さんは、夕食のときにも戻ってこなかった。おまけに、食後に誰も一緒にトランプをしてくれない。

父さんは、帰ってくるなり寝室に急ぎ、ドアを締めた。僕に「寝なさい」と言うときだけ寝室から出てきた。

僕は本当に腹ペコで、せめてぐっすりと寝てしまえればいいのだけど、この場所にまだ慣れていないからそれもかなわない。

「マリエッタ」僕がささやく。

「何なの？」

「父さんがこんなに遅くまで出掛けているとき、何をしていると思う？」

「あんたはどう思うの？　ここから私たちを出そうとしているんでしょう」

「父さんはそうすると思う？」

「父さんは、ロンドンから絶対に帰ってくるべきじゃなかったわ。私たち全員をロンドンに移すように、そのときに何でもすべきだったのよ」

「だからって、これから僕たちはどこへ行くの？　父さんはすでに戻っている。つまり、ナチス・ドイツはどこにでもいるんだよ。それに、僕たちは……」

「ミーシャ」マリエッタが何だか愛想よく言う。「今じゃなくてもいいでしょ。私は寝たいの」


面白いのは、このアパートが旧新シナゴーグから三ブロックの所にあることだ。川に沿って歩くことはできないにしても、父さんと僕はまだそこに通っている。

先週、旧新シナゴーグに早く着き、父さんが古い建物の薄暗いほうを上っていく金属の階段を指さした。約二〇段あり、上るにつれてほんのちょっとカーブしている。それは、尖った三角屋根の真下、こげ茶色のレンガまで続いている。いつもは閉じている小さなドアのところで、なぜか階段が終わっている。それには、ドアノブさえ付いていない。

「あれを見たかい、ミーシャ？」父さんが聞く。

「うん」

「屋根裏へ続いているんだよ。分かるかい？」

「うん」

「あそこに何があるか、知っているかい？」

「何？」

「四〇〇年くらい前、偉大な長老ラビ・レフ[3]がいた。彼は、ユダヤ人を守りたいと思った。それで、川の土手から集めた粘土で泥人形をつくった」

「僕らの川?」

「そうだ、もちろんヴルタヴァ川から。それから、泥人形に命を吹き込んだ。ヘブライの力だけを使って、レフは泥人形に命を与えた。つまり、神の名を……」

「神の名? どういう意味?」

「いい質問だ」父さんは僕の肩を叩いて言った。「私には分からない。だが、ラビ・レフはそうした。彼は一枚の羊皮紙《ようひし》に神の名を書いて、その泥人形の口の中に入れた。そうやって泥人形は命を得たんだ。強力な生き物、ゴーレムだ」

「うまくいったの?」僕は尋ねた。「ゴーレムは本当に僕たちを守ったの?」

「そうだ、守った」うなずきながら父さんが言

(3)　ユダヤ教においての宗教的指導者で、学者でもあるような存在です。

プラハにある長老ラビ・レフの像

った。「ゴーレムが強くなりすぎないうちはね。ただ、私たちを守るだけでなく、守る価値のない人々を傷つけだした。ラビ・レフにも、彼をコントロールすることができなかった」

「それで、どうなったの？」

「ラビ・レフはゴーレムを騙《だま》して、自分の近くに来させた。それが、まさにちょうどここだ。今私たちが立っているここだ。それから彼は手を伸ばし……」

「どうやって騙したの？」

「どうしたんだろうね」父さんが笑った。「私には分からないよ。でも、長老ラビ・レフはとても頭がよかった。それで彼は、何とかゴーレムの口の中に手を入れて羊皮紙《ようひし》を取りだした」

「それでゴーレムを止めたんだね？」

「そうだ。またたく間に、ゴーレムは粉々になってしまった」

僕は歩道を見て、粘土の巨大な塊を思い描こうとした。でも、それは不可能だった。

「それが、あの階段と関係があるということだね？」

「そのとおりだ。あそこが、ラビ・レフがゴーレムを置いた場所だ。とにかく、彼の残骸《ざんがい》だな。あの粘土の塊すべてだ。多くの人たちは、ゴーレムがまだそこにいると信じている」

父さんもそれが本当の話だと思っているのか、と聞こうとした。ちょうどそのとき、ペトル・ヴァイスさんが僕たちの話に割り込んできた。彼はもう働いていないけど、いつも父さんと話をしたがる。父さんは重要な人物なのだ。

マリエッタの大きな息遣いが聞こえてくる。ぐっすり眠っている。幸せな奴だ。彼女に呼吸を合わせようとする。だって、時にはそれがうまくいくから。

なぜ、僕らはあそこに上って、ゴーレムを捕まえないのか？

誰かが神の名を知っているはずだし、ナチス・ドイツが何でも持っていってしまったとしても、どこかで羊皮紙《ようひし》というものを見つけられると思う。僕らがしなければならないことは、それを泥人形の口に戻すことだ。そうすれば、ゴーレムが何でも面倒を見てくれる。そうすれば、ナチス・ドイツは怖くない。

もちろん、また統制がなくなり、何でもない人々を痛めつけるだろう。だからってどうなんだ！　僕らにどんなことができたというんだ！　僕らは何をしたというんだ！　二、三週間前、子どもたちが僕に石を投げつけ、路地を追いかけてきたが、僕がいったい何をしたというんだ！ナチス・ドイツがおびえて殺そうとするほど、僕たちが何をしたというんだ。僕たちがホテルに入っているだけで、おびえるというのか！

それに、こういうことが終わらないとしたら、どうなるんだ？　本当に、どれほど悪くなるというんだ。

だめだ……眠れない。そっとベッドを出て、静かに母さんたちの寝室のほうへ行く。びっくりだ。明かりが消えている。そっとドアを開ける。もっと驚いたことに、二人はぐっすり眠っているようだ。

僕はベッドに上がって、二人の枕元のほうへ這っていき、二人の間に無理やり入った。

「ミーシャ？」父さんが半分眠ったままで言う。

「眠れないんだ」

父さんが毛布を上げて、僕が落ち着くのを待っている間に母さんが何かつぶやいた。前のアパートでは、こんなことは決してさせてくれなかった。それに、僕もしようとは思わなかった。でも、ここではいいんだ。

父さんが僕に腕をかけ、そばに引き寄せる。僕の耳が父さんのパジャマに押し付けられる。父さんの息で僕は、父さんが本当に疲れていることに気付いた。

たぶん、ゴーレムがいれば助けてくれる。でも、父さんだってかなり強い。おまけに、たぶんラビ・レフと同じくらい頭がいいし、同じくらい強力だ。それはとても安心できることだ。まもなく、父さんが素晴らしい計画を考えだすにちがいない。そうだ、父さんがそばにいるかぎり、僕たちはうまくいく。

一九四一年九月八日

あまり上手じゃないな。公園に入っていいのなら、僕が見本を見せてやるのに。ベストを着たあの子、ドリブルがまったくできていない。でも、見ているのも結構楽しいものだ。ベッドの中で、僕がやってもいい場所でのゲームを想像するのに役立つ。そういうゲームでは、僕はいつもスターなのだ。

いつもスター、星、そのとおり。

だって今、僕の胸にはいつも星が一つなければならないんだ。それが最新の規則だ。

一週間前、母さんがたくさんの星を持って帰ってきた。黄色で、六つのとんがり、それがユダヤ人の星とされる「ダビデの星」だ。少なくとも、父さんはそう言っている。そして、真ん中に、濃く黒いドイツ文字で「Jude」——ユダヤ人。

ここから離れたほうがいい。この戸口からのぞいている僕を見たら分かってしまう。こうやって星を付けているから、誰だって分かるのだ。

ダビデの星

もし分かったら、前に何度もあったように、追いかけてくるかもしれない。でも、今度はかなりいいゴールだ。耳の大きな子が、背の低い子に対して完全なフェイントをかけた。

その夜、僕たちのすべての上着や厚手のシャツに星を縫い付けた。左胸の真上に、だ。母さんが針と糸を僕に渡してやらせてくれたとき、うまく縫い付けることができなかった。

今、出掛けるときには、ユダヤ人とは違うふりができない。僕は、そこに手をあてて触ってばかりいる。なぜだか分からないが、たぶん星を隠そうとしているのだろう。そうすれば、少しはごまかせるから。それとも、そこにあることを確かめようとしているだけなのか。

だって、それを着けていないところを見つけられたら、彼らがつくった何千もの規則（二、三日前から、僕たちは図書館を使えないし、中にも入れない）を破ったことになって捕まってしまう。そんなことにはなりたくない。おそらく、慣れていないだけなのかもしれない。でも、こんなことにどうやって慣れろと言うんだ。

少年たちの一人がこっちを見ている。一番大きい奴だ。本当に離れないといけない。すでに何度か、数人の子どもが僕をユダヤ人だと分かって追いかけてきたことがある。あのころは星なんか付けていなかったけど、そんなことは問題じゃないんだ。ユダヤ人以外、公園の隅に子どもが一人で立っているわけがない。

　でも、一番大きい子は微笑《ほほえ》んでいる。たぶん、彼は気にしていない。きっと、見物人が欲しいんだ。それに、僕を仲間に入れたいと思っているんだ。僕と同じくらいナチス・ドイツを嫌っているんだ。ベストを着た子の肩を叩いて、こっちを指さした。

「おーい、そこの奴」彼が叫ぶ。

「はい？」

　突然、僕を目がけて石が飛んできた。子どもたちの一人が投げたにちがいない。この前もそうだったし、その前のときも。投げられた石は僕の二、三フィート前に落ち、転がっていた丸い石の向こう側に跳ねた。

　ここを離れなくちゃ。僕は向きを変えて別の方向へ向かう。半分歩き、半分走って、建物から別の建物へジグザグに行く。公園のほうをこっそり振り返りながら、僕の胸は星のところでドキドキしている。

　近くの通りで折り返し、彼らのほうをのぞく。よかった。彼らはいないみたいだ。でも、僕の心はそう思っていない。まあいいや、ほかのときにも同じような子どもたちから何回か逃げたことがある。今回も、できるだろう。

　たぶん、僕は広場のほうへ向かっている。この星を付けているので、今はほとんどの人たちが僕の近くに来ようとはしないが、申し訳ないと思っている人たちもいて、とびきり高い値段でタバコを買ってくれる。火曜日には、一人の女性がちょうどここみたいな通りの奥に連れていって、二本のタバコに対して一〇〇コルナもくれた。すごい、僕は家に走って……。

「それで、あいつをどうする？」

ちくしょう、奴らだ。

「言っただろう、オスカル」と大きな耳の子が言う。彼の恐ろしげな顔を見る前に、通りをがむしゃらに逃げる。石が地面に当たり、僕のそばを飛び跳ねる。それから、背中に何かが当たった。肩甲骨《けんこうこつ》のすぐ下だ。おそらく石だろう。本当に痛い、痛くて立ち止まりたい。とくに、右足を上げるたびに痛む。でも、止まるわけにはいかない。彼らの足音が建物の壁に響く。それは僕の足音なのか、それとも僕の心臓の音なのか。

別の通りに出た。急いで左に曲がる。彼らをまいたかどうかを確認するためにたいていの場合は振り返るが、今はしない。教会を過ぎて、また右へ向かう。ここが八百屋のある通りなら、家のすぐ近くまで来ている。彼らの足音を聞こうとするが、自分の足音が大きすぎた。

待てよ、八百屋はどこだ？　二回右に曲がったのか？　右、それとも左だったのか？　今度はどっちへ行く？　どうして足がこんなにも疲れるんだ。何時間も走れるはずだ、大丈夫。

そうだ左、いや右。それから戸口を見つけて隠れる。あぁ、だめだ、行き止まりだ。くそっ！　でも、おそらく彼らをまいているはずだ。前のようには走れないけど、同じ年の子どもたちよりは僕のほうが速い。おそらく諦めたのだろう。門の後ろにしゃがんで100まで数える。そのうち行ってしまうだろう。

1、2、3、4、5、6……石が当たったところにきっと傷があるにちがいない。母さんが見たら、僕を外出禁止にするだろう……7、8、9、10、11……僕は断言する。ここがプラハでなかったらどこでもいい……12、13、14、15……プラハは世界で一番いい所だった。でも今は、そう、今僕はどこか違う場所にいたい……16、17、18……。

そんなはずはない。どうして彼らは……。

「あそこだ！」一番チビの奴が叫ぶ。そして、ニヤニヤしている。「見つけた！」

「そうだ！」大きい耳の奴が叫ぶ。彼もまたニヤニヤしている。これまで見たこともない嫌な顔だ。四人全員が、二分前よりも大きくなっているように見える。

「お願い！」考えてみたけど、ほかに言う言葉が思いつかない。

心臓がまたドキドキしはじめた。今度は早くないが、ずっと強い。僕の肋骨《ろっこつ》を通り抜けて、代わりに入れるほかの男の子を探しに行きたいみたいだ。

「何がお願いだ、ユダヤ人！」一番大きい奴が道の真ん中に立って腕を組んだ。

僕はまた三つ数えて飛びあがり、肩を彼の肩にぶつけて押しのけた。彼は驚きながらも、僕の捨て身をすごいと思ったように見えた。でも、ほかの三人はそこに立ったままだ。

今度は、四人全員が僕に手をかけてきた。

「手を放せ！」僕は叫ぶ。「ほっといてくれ！」

僕は体をよじり、向きを変え、足を蹴る。でも、どうにもならない。強すぎるし、その笑い顔で強さのほどが分かる。大きい奴が僕の左足をつかんで、僕のポケットに手を入れ、三本のベルトを引っ張りだした。

「やめろ！　僕のだ！」

「だまれ、ユダヤ人」彼が静かに言う。まるで、僕が彼を困らせているかのように。

「そこだ、トマーシュ」僕のベルトをつかんでいる手で木を指す。「そこがいいよ」

僕の背中が木に押し付けられる。木の皮が上着を通して皮膚に突き刺さる。でも、足は自由だ。それで僕は、小さい奴とベストを着た奴の間に素早く足を突っ込む。この二人がもっとも弱そうだから、逃げるのには一番いい。だけど、大きい奴が後ろから僕をつかみ、木の幹にドスンと強く押し付けた。僕の頭が幹にぶつかった。

「ユダヤ人！」彼が言う。「僕は君を殴ったかい？」

「いや」

「そのとおり。でも、お前がまたあんな生意気なことをしたら殴るぞ。そうすりゃ、ユダヤ人が小ざかしいことをするなんてよくないということが分かるだろう」

　僕は何も言わず、一人ずつを見る。おそらく、ベストを着た奴（それがトマーシュだと思う）は僕を快く思っていないんだろう。

「おい、オスカル」彼が言う。「そのベルトを投げてくれ。いつも僕が言っていた結び方を説明してやるよ」

　固まって立っている四人は僕から一〇フィート［約三メートル］くらい離れ、自分たちがやったことに感心している。僕は、木に結ばれたベルトを引っ張る気もしない。トマーシュが結んだ結び目は南京錠《なんきんじょう》のようだ。僕は地面を見つめて、涙に引っ込むように言う。「引っ込め！」と。

　彼らがいなくなるにちがいないと思ったそのとき、大きい耳の奴がまた僕の真ん前に来た。ニヤニヤが戻り、顔の半分だけにそれがゆっくりと広がる。彼は頭をちょっと傾けて、半歩下がって僕のズボンをつかみ、ぐっと引っ張った。

「おい！」僕は叫ぶ。「何を……」

　ベルトがあるから、ズボンはすぐには下がらない。だからといって、長くはかからなかった。彼は自分のポケットに手を入れて、小さな折り畳みナイフを取りだした。刃渡りは一インチ［約二・五センチ」ほどだ。できるかぎりもがいてみたが、彼は簡単に哀れな僕のベルトを切り離した。それから僕のズボンに戻る。今度はとても強く引いた。ボタンが飛び、ズボンが僕の踵《かかと》まで落ちた。僕のズボンと下着が……。

「この星に気付かなくても……」オスカルが指さして笑う。「これなら分かるだろう」

彼らがやっと走り去った。

涙が流れっぱなしだ。もう、涙が誰のものなのかも分からない。

長い時間が経ってから、歩いている男の人が僕をほどいてくれた。何があったのかとは聞かないし、僕も言うつもりはない。彼のほうを見ようともしないで、僕はお礼を言う。

左手でズボンを持ちあげて、とれたボタンのことを母さんに何て言おうかと考えながら、真っすぐ家に帰る。だって、ボタンが見つからなかったのだ。それほど長く探したわけではないけど。

一九四一年一〇月一四日

「でも、なぜ三つなの？　一つというわけにはいかないの？」僕が尋ねる。

「だってミーシャ、それが規則なんだ」父さんが言う。「ナイトは二つ、次にもう一つしか進めない。または一つ、そして二つ」

「チェスって、ルールが多すぎるよ。ルールはもうたくさんだ。どうして、ダイヤモンドゲームだけできないの？」

　父さんが母さんのほうを見る。ひじ掛け椅子に座って、ソックスの穴をかがっている。以前は新しいものを買っていた。また、川に沿って歩くなど、いろんなことをしていた。でも、それさえもすでに許されていない。プラハで一番の場所、そこも取り上げられてしまった。

　父さんが見ているのに気付いた母さんが、繕《つくろ》っていた青いソックスから目を上げて、肩をすくめる。

　僕たちが座っている台所のテーブルで、父さんが僕のほうへ視線を戻す。

「ミーシャ、どうだろう、チェスをあと一〇分してから、お前のやりたいゲームをする。それならどうだ？」

「複雑すぎるんだよ、チェスは」自分のポーン（歩）を一つつまみあげて、もう一つの上に重ねようとしながら言う。もちろん、ポーンは落ちて、ついでにいくつかのピース（駒）を倒した。

「そのとおりだ」と父さんは答えて、僕のピースを元に戻す。「チェスはとても難しいゲームだ。でも、素晴らしいゲームでもある。それに、考えることを教えてくれるし、さらに……」

父さんの言うことを聞こうとする。本当にそうしようとしてる。でも、どういうわけかできない。だって、今朝はとても幸せだった。父さんは四時までに戻ってきて、僕と遊ぶと約束してくれていた。最近のいろいろな変化のなかで、それが唯一の楽しいことだった。父さんとたくさん一緒にいられる。カードゲームか何か、僕の得意なことをしようと思っていた。でも最近は、いつも難しすぎるチェスをしたがる。

「それに……」父さんを遮《さえぎ》る。「キングが一番大切なピースなら、どうして一コマしか進めないの？　ポーンとほとんど同じぐらいしか動けないキングって、何なの？」

父さんがクイーン（女王）を取りあげる。「これならどうだ？」父さんはクイーンを脇に置く。

「父さん、僕はクイーンなしでするよ」

もしマリエッタが家にいたら、一緒に父さんとマリッジ(1)をさせることができただろう。一番のトランプゲームだ。

助けてもらおうと、僕は母さんのほうを向く。でも、母さんは違うことを言うだけだ。

「ミーシャ、サッカー選手のアンドレイ・プチってどんな選手か知ってる？」

「アントニーン［一一ページ参照］だろう？」頭を大きく振り、目を動かしながら訂正する。

父さんが立ちあがり、流し台へ行く。おそらく、すでに二日も使っているティーバッグからもっと紅茶が出るかもしれないと確認するためだろう。

「アントニーン・プチって、プレーをはじめたとき、どんな選手だったか知ってるか？」と父さんが尋ねてきた。

「はぁ？」

「本当に嫌な奴だった」父さんが笑う。

「それは面白い。それで？」僕が尋ねる。

最近、彼らはこんなふうに、子どもの僕に対してタッグを組んでくることが多い。

「ミーシャ」テーブルに戻りながら父さんが言う。「私が法律を学びはじめたとき、完全に参ったよ。何事もきちんとできなかった。諦めようとしたとき……」

ここまで話したとき、戸口で速いノックが二回響いた。父さんは話をやめ、母さんは縫いものをやめた。僕は二人を代わる代わる見る。どちらの顔も、何も語っていない。

（1）（Marriage）トランプゲームの一つです。

「僕が出ようか？」と僕が聞く。

　またノックが二回、今度の音は高い。

　父さんはマグカップをテーブルに置き、ドアへ行って開ける。そこには二人のドイツ人将校が戸口いっぱいに立っていた。そして、断りもせずに入ってきた。

「カール・グルエンバウムか？」年上のほうが尋ねる。

　二人の体は大きい。父さんは二人の顎《あご》までしかない。彼らは暗い灰色の制服を着て、ほとんど膝まである、光る長靴《ちょうか》を履いている。それぞれ胸に黒い鉤《かぎ》十字を付け、襟カラーの先には二つの異なった襟章が飾られている。その襟章には、二つの真っすぐな「S」が付いている。それとも、二つの稲妻なのか。

　ナチス親衛隊の将校だ。僕の家に何をしに来たんだろう？　どうしたら帰ってもらえるのか？　一瞬、僕の喉が詰まり、息ができない。そーっと吸い込もうとする。注意して、気付かれないように。

「はい、そうです」父さんが言って、軽くうなずく。僕も同じことをしようとするが、頭が動かない。息を吸い込もうとする努力は半分だけ報われた。それで咳をしようとしたが、出もしない。

ルーン文字で表記した「SS」。別名「黒地に銀の重ね稲妻」

その代わり、呼吸を整えることにした。

尋ねた将校には、カラー〔襟〕にもう一つ襟章が付いている。対角線が入った小さな四角、サイコロで見るようなものだ。もう一人、若くて大きいほうには、真ん中に小さな四角が一つある襟章だ。帽子の先端近くに鷲のようなものが付いているが、その下にあるのは骸骨にちがいない。

頭を動かさず、若いほうが部屋全体にじっくりと目を走らせる。僕を見ても、まったく反応を示さない。まるで家具を見ているみたいに。

僕は、「気を付け」の姿勢をしていたが、さらに体を真っすぐにする。鼻から息を出そうとすると、うまくいった。ありがたいことに、咳をする必要がなくなった。

「私たちと一緒に来なさい」最初の将校が言う。

僕は父さんが何か言うのを、つまり質問をして、この状態をはっきりさせるのを待った。父さんは世界で一番賢い。この将校は、そう、二人とも大きいが、頭がよさそうには見えない。どうして父さんは「お座りください」と言わないのだろうか？　母さんと僕が散歩に出掛ければ、三人はここで話し合いができるだろうに。

やはり、父さんは何も言わない。クローゼットへ行って上着を取る。それを着てから、普通の白いカラーを付けてネクタイを締める。長い間、父さんは母さんを見ているが、どちらも何も言わない。

ネクタイを結び終えても父さんは何もしない。まったく何も。ただそこに立って、微笑《ほほえ》んでいるような感じだ。その間に将校たちは、一秒ごとに大きくなっているように見える。明らかに、帽子を被った頭蓋骨《ずがいこつ》も。

僕は母さんのほうへ頭を向ける。母さんはというと、針と糸を宙に浮かせて、手はまったく動いていない。僕が、「父さんと好きなだけチェスをするよ」と言おうとしたら、父さんが口を開いた。

「いいですよ」

三人は向きを変えて出ていく。父さんがドアを閉める。階段を下りていく足音に耳を澄ます。どうして、彼らが上ってくる音が聞こえなかったのだろう？

それから静かになる。

「さぁ」しばらくして、母さんが言う。「これはあとでもできるわ。えーっと……ダイヤモンドゲームはどう？」

「父さんはどこに行くの？」

「よく分からないの。でも、おそらく……」

母さんは流し台に行って、水を少し飲む。飲み終わってもしばらくそこに立ったままで、ずっと僕に背中を向けている。僕のほうに来て、「きっと、帰ってくれればみんな話してくれるわ」と言う。

「トラブルに巻き込まれているの？」

母さんが指で僕の髪の毛をすく。それをされるのが嫌いなことを知っているのに。

「そうなの？　どうして父さんがトラブルに巻き込まれるの？」

母さんが、まだ開いたままのクローゼットのほうへ行く。しばらくの間、クローゼットの中に消える。変だ！　だって、ダイヤモンドゲームがどこにしまってあるのか、ちゃんと分かっているはずだ。それに、そこにはほとんどモノが入っていない。

やっと、箱を持って出てきた。

「それで？」母さんが微笑《ほほえ》む。「どの色にしたいの？」

僕が「青」と言いそうになったとき、テーブルの端に取り残されているクイーンに気付いた。一番強いはずのピース。でも、そこではとても無力そうに見える。そこには、薄いお茶の入ったマグカップしかお相手がいないようだ。

一九四一年一一月二七日

僕は三回もノックをした。返事がなくてもちっとも驚かない。叫び声やガヤガヤする声は、階段の吹き抜けでも大きすぎるぐらいに聞こえた。それで、ドアの取っ手を回してみる。回った。ドアを押し開けると、騒音が僕の周りで破裂した。頭をそっと入れてみると、母さんがオムツを付けた二人の小さな子を膝《ひざ》に乗せている。一人は泣いていて、もう一人も泣きそうだ。

「やぁ」僕は言う。

「ミーシャ？」母さんが慌てる。「そのドアは鍵をかけておかなければならないのよ。急いで入って、入って」

「お昼ご飯には遅かったかな？」

「いいえ」

母さんは、子どもの一人を床に下ろして立ちあがり、僕を抱く。そして、ドアに鍵をかける。

「じゃあ、お手伝いをしてもらわなくちゃ」

母さんのワンピースが汚れている……僕には分からないもので汚れている。白いシミ、それとオレンジ色とか黄色のような汚れ。髪の毛は、あちこちが突っ立っている。いつもはオペラに行くところのように見えていたのに、今の母さんは育児室で働いていて、昨日着ていたものと同じ古い服を着ている。でも、僕たちにはお金が必要だ。父さんがいなくなる前でも、そうだった。二、三週間、父さんについて何にも聞いていない。聞きたくてしょうがないとき以外は、聞いてみようともしなくなった。でも、少なくとも日に二回は聞きたいときがある。

僕らに確実に分かっているのは、父さんは逮捕された、ということだけだ。あいつらナチスは、父さんと「話」をしようともしなかった。ナチスがやって来る前に、父さんと一緒に働いていた一三人を逮捕して、全員をプラハのパンクラーツ刑務所［二三ページの地図参照］に連れていった。それで今、外出禁止時間まで、彼らの奥さんたち数人が毎晩僕らのアパートに来て、お茶を飲みながらささやきあっている。彼女らの眼の下のたるみは、前日より少し大きく、少し暗くなっている。

三人の男の子が（おそらく二歳くらい）僕の足をつかみ、クスクスと笑う。

「ミーシャ」子どもたちが叫ぶ。

「昼食を用意する間、見ていてもらえるかしら？」と母さんが聞く。

僕は、ミーシャと呼んだ子どもたちと同じくらいの子ども二人を連れて別の部屋に行く。本当はキンスキー家の寝室だ。でも、至る所にオモチャが散らかっていて、それとは分からない。つまり、昼間はアパート全部が乳児室に変わるということだ。少なくとも二〇人の赤ちゃんとヨチヨチ歩きの子どもたち、それをたった二人の女性、母さんとキンスキー夫人が世話をしている。

マリエッタも時々手伝っている。僕自身はあまり手伝ってはいない。ちょっとだけ学校を抜けて、昼食時に現れる。子どもたちが食べ残したものを僕が平らげるためだ。

この積み木を使ってタワーをつくるんだよ、と分からせようとするけど、積み木は食べ物の一部と思っているみたいだ。その間に、小さな女の子がハイハイして部屋に入ってきた。悪臭のするオムツで、その子がやって来るのが分かる。

その子の脇の下を持って、台所に運ぶ。子どもたちとは喜んで遊ぶけど、ごちそうの匂いのオムツは替えたくない。でも、替えないと。ニンジンとマッシュポテトは、素晴らしいごちそうというわけにはいかない。

たいていの場合、台所のドアは閉じているので、片方の肘《ひじ》で押して開けようとしたとき、キンスキーさんの声がした。何かを言っている途中のようだ。

「……移動命令。家族全員。明日、通知がある……」

「移動」、最近、突然たくさん聞こえてくるようになった新しい言葉だ。ドイツ人たちは、新しい規則をつくりだすのにまだ満足していないようだ。今度は僕らをあちこちへと動かしはじめている。まるで汽車に載せた材木だ。父さんが逮捕されたころ、つまり先月からはじまった。

ピンクの招集状が来ると、町の展示場［二三ページの地図参照］に報告をしなければならない。

次はポーランドに行かされる、と知る。どうしてか僕には分からない。僕のなかでは、この汚いプラハより向こうのほうがよくなるんじゃないか、と思うところもあるが、今この時点で分かるはずはない。

「ロッジへ?」母さんが尋ねる。

「いいえ、テレジン」キンスキー夫人が答える。

「テレジンですって?」

戸口の隙間からそっとのぞく。二人は、昼食の支度《したく》をする手を止めた。キンスキーさんが肩から下げた小さなタオルで、ずんぐりとした手を拭く。ゲットー(1)には十分な食料はないが、キンスキーさんは人より多く食べているように見える。

「そこはチェコスロバキアにあるのよ。プラハからそれほど遠くない、古い軍隊用の要塞。アーダが、いとこのヘルマンが(料理人だと思うけど)、二、三日前にそこに送られたって言っていたわ。準備の手伝いね」

「準備ですって?」母さんが尋ねる。「何のための準備かしら?」

「どうして私に分かるの? おそらく……」

---

(1) ユダヤ人だけが住むようにつくられた町のことです。

そのとき、汚いオムツの持ち主が泣き声を上げ、二秒後にドアが全開となって会話が終わった。

約三〇分が過ぎたころ、母さんが台所に戻ってきたので、僕は後片づけを手伝っている。僕の場合は、お皿を全部指で拭くことだ。

「母さん」

「はい！」母さんは流し台にいて、お皿を洗っている。

「こういう移動って、何なの？　どうして僕たちがプラハにいてはダメなの？」

母さんは答えない。

「母さん？」

「分からないの、ミーシャ」と母さんは答えて、少し強くお皿をこすっている。

「僕たちはみんな、どこかに移動するの？」

返事がない。

「それに、ポーランドの代わりにどこか近くに送っていることは今よりもいいことなの？　それとも悪いこと？」

答えない。

「あぁ、たぶん父さんはもうそこにいるんだ」

僕は、最後のお皿に残っていたニンジンひと切れを飲み込んだ。

「たぶん、準備に法律家が必要で……コックだけじゃないんだ。だから、一緒に働いていた人たち全員を連れていったんだ。そうでしょう？　お金のことや何かを手伝うために」

母さんが水を止める。そして、目の上の汚れを腕でぬぐう。

「それで、もしそこに行くにしても、すべてが終われば戻ってくる。そうだよね？　戦争が終わったら、という意味だけど。もし、ドイツが負けたら、父さんたちは帰ってくるよね？」

母さんが来て、僕の右耳の後ろにある髪の毛を少し引っぱった。

「ミーシャ」やっと母さんが口を開いた。「勉強に戻る時間よ。二、三時間後にまたね」

僕の質問には答えないで、母さんは僕の頬にキスをしてクルリと回り、キンスキーさんを手伝うために台所を離れた。なぜって、食事のあとに子どもたちは昼寝をすることになっているが、子どもたちの半分は昼寝の時間じゃないと思っているからだ。

一九四一年一二月一八日

マリエッタと僕はベッドに腰かけている。彼女は絵を描き、僕はごみ箱で見つけた一週間前の新聞のスポーツ欄を読んでいる。でも、集中できない。テレジンのことが現実だから。

ロウシエ叔母さんとオタ叔父さんは、数日前に移動で去った。それほど頻繁《ひんぱん》に会っていたわけではないけど、それでもどこか、僕がほとんど知らない所に行ってしまったと思うと変な気持ちがする。それに、さまざまなことをより悪くしているのは、父さんと一緒に去った人たちが「行ったまま」であるということだ。

アパートのドアが開いた。母さんがドアを開けたのかと思って何か言おうとしたとき、マリエッタの表情が変なことに気付く。振り返ると、どういうわけか母さんのいるべきところにキンスキーさんがいる。彼女は、母さんの鍵を手に持っている。

「こんにちは、お二人さん」キンスキーさんは、巨大な灰色のワンピース姿でそこに立っている。

「こんにちは」僕たち二人は、ちょっととまどいながら答える。

彼女は、一方の手に小さな箱を抱えている。「私、思ったの……」と言いだしたが、そこでやめる。

「母さんはどこ？」マリエッタが尋ねる。

「もうすぐここに来るわ」キンスキーさんが言う。

僕には分かるはずもない理由で微笑《ほほえ》んでから、テーブルに座ってゆっくりと箱を開ける。

「つくったの……」マリエッタは描くのをやめて、顔をしかめる。混乱したり、嫌なときにする顔だ。

「クッキーを少しいかが、お二人さん」

一秒後、僕はテーブルのそばに来て箱の中を見る。最後にクッキーを食べてからどのくらいが経つだろう。それが、何枚ものクッキーなんて……特別なクッキーには見えない。チョコレートも粉砂糖も付いていないけど、間違いなくクッキーだ。僕には、それだけで十分すぎる。

「ありがとう！」一つを口に入れてから言い、もう一つが手のなかで待っている。

まもなく、マリエッタが僕の隣に立って箱を調べはじめる。何かの理由でクッキーを手に取らない。その代わりに頭を上げてキンスキーさんのほうを向き、また尋ねる。

「母さんはどこ？」

「母さんはどこ？」マリエッタが三度目を言う。

「一つどう？」僕は二つ目のクッキーを口いっぱいに頬張《ほおば》って、マリエッタにすすめる。

「あの人は用事ができて……」キンスキーさんが言う。

「ちょっとしたこと……乳児室にちょっとしたことがあって、残っていなければならないの。マリエッタ、どうぞクッキーを食べて。美味しいわよ」

「美味しいよ」三個目にかかりながら僕が言う。

でも、マリエッタは腰に手を当てているだけだ。

「どういうこと？　何があったっていうの？」

キンスキーさんが、大きな笑みを浮かべて言う。

「あらマリエッタ、そんなこと……」

でも、その微笑《ほほえ》みはすぐに消えて、さらに眼を見開いた。曇っているように見える。

「ごめんなさいね」と言い、洗面所へと急ぐ。彼女がそこへ着かないうちに、マリエッタがドアから出た。
二、三分と二、三個のクッキーのあと、洗面所からキンスキーさんが出てくる。その顔と二重顎《あご》は、ポツポツと赤らんでいる。
「マリエッタはどこ？」彼女が尋ねる。

「知らない」僕の胃が変だ。なんか、ちょっと痛む。「出掛けたよ」

キンスキーさんは目を閉じて大きく息を吐き、「来てミーシャ、行きましょう」と言って僕の手を取り、どういうわけか頭のてっぺんにキスをした。石鹸の匂いがする。

乳児室となっている台所に着く前から二人の声が聞こえる。二人とも明らかに泣いている。僕が入っていくと、母さんが顔を上げる。顔が真っ青、そして同時に真っ赤だ。僕の胃がなんだかおかしい。それで、少しの間、キンスキーさんが持ってきたクッキーに腹を立てる。でも、そのとき、僕の皮膚や体全体が痛むほど、ほとんど立っていられないほど、何かが僕を締めつけてくる。質問をしようとするけど、しようとしている姿しか母さんに見せることができない。母さんの眼が、分かっている、と僕に言っている。

マリエッタが母さんの膝《ひざ》ですすり泣いている間、僕は言葉を探す。僕がそれを口に出せるように、母さんは微笑《ほほえ》もうとしているのだと思う。でも、とても難しい。二、三秒後、「父さんが？」とやっと言えた。母さんがうなずき、それから僕は立っていられなくなる。

どのくらいの時間が過ぎ、どうやって窓の近くにあるタイルに顔を伏せたのか分からないが、母さんが隣にいて、僕の背中をさすっている。長い間、僕たちはそうしている。僕の足が床を蹴るのに疲れ、僕の一部分が残りの部分を死なせようとするのを諦めるまで。

「どうして？」顔を上げずに聞く。「何があったの？　どうして父さんは……」

泣いているのだが、その涙は僕のものでないような気がする。僕の顔全体、僕の頭、僕の全身、どれもが僕のものではないような気がする。

母さんは返事をしない。それで僕は、また床を蹴りだす。

しばらくして、顔を上げる。母さんは、部屋の真ん中にある貧弱な木の椅子に腰掛けている。鼻の穴が大きく開いていて、唇を強く閉じたままだ。


「報告書では尿毒症よ」

「尿毒症ですって?」マリエッタが聞く。僕からそれほど離れていない床に座っていて、飾り箪《たん》笥《す》に背をあずけ、頭を膝《ひざ》の間にうずめている。顔は光るほど濡れている。

「腎臓《じんぞう》の病気の一つよ」キンスキーさんが静かに言う。

「父さんは腎臓に問題があったの?」座ろうとしながら僕が尋ねる。

「いいえ」母さんが言う。「いいえ、そんなことありません」

一九四一年一二月一九日

母さんが僕の頭をきつく抱いていて、痛い。でも、何も言わない。一方の手で、母さんはマリエッタにも同じことをしているのだろう。だけど、時々は途切れる。自分の涙をぬぐうために一分おきくらいに僕の頭を離すから。僕は、また手が戻ってくるのを待っている。でも、僕が最初に知ったこと以外、何もない。

路面電車の中は、僕たち三人と叔父さん四人、叔母さん一人を除けば、誰も乗っていない。ゲットーから遠く離れている。オルシャンスカ墓地［二三ページの地図参照］はどのくらい遠いのかと聞こうとするが、静かにしているべきだと分かっている。

路面電車が止まる。「さあ」と母さんが言うので、僕たちは降りる。八人だ。寒いので寄り添って立つ。人々と車が通りすぎる。二、三人が僕たちの星に気付くが、気にするようには見えない。通りの向こうの大きな門の上に、大きな文字で「オルシャンスカ墓地」と書かれている。

通りを渡って門をくぐる。ここは、昔からユダヤ人たちが何世紀も使わなければならなかった旧新シナゴーグのそばにある窮屈で古いユダヤ人墓地［二三ページの地図参照］よりずっと大きい。あそこは狭くて、お墓の上にお墓を積み重ねなければならなかった。ここの墓地は、どこまで続いているのか分からないほど広い。

誰から泣きだしたのか分からないけど、母さんとマリエッタが大声で泣いている。マリエッタは、母さんの胸に顔をうずめている。アルノスト叔父さんが僕のところに来て、僕の肩に手を置いた。父さんの代わりに生きていることを一瞬憎んだけど、叔父さんが僕を引き寄せたとき、叔父さんに身を預けたままにした。僕は目を閉じる。叔父さんが「よしよし」と言って僕の背中をなでている間、あらゆるものがゆっくりと回る。

しばらくの間、僕たちはみんなで歩いていく。

永遠のように思われるものに向かって、ただ歩く。舗装された中央の歩道をそれて、細い汚れた小道に入る。ここには一〇〇万人もの人々が葬られているにちがいない。お墓はどれも違っている。あるものは大きく、あるものは小さい。あるものは広く、あるものは平らな石だけだったり、あるものは天使やイエスの像だったりする。小さな、何なのか分からないけど、家のように見えるものもある。どの木も葉っぱが落ちている。冬の用意だ。

父さんがここにいたら、この場所についてあらゆることを教えてくれるだろう。きっとそうだ。顔が重いような気がする。それとも、寒いだけなのか。誰も話をしない。前方に手押し車と二

プラハ中心部にある旧ユダヤ人墓地

人の男性がいる。その一人は、埋葬のためのラビ・ランダウ〔四五ページ参照〕だ。長い木の箱が手押し車の後ろに突きでている。

父さんだ！

アルノスト叔父さんが棺《ひつぎ》に近づき、蓋に手を伸ばす。

「ダメだ」父さんのいとこの一人が言う。アルノスト叔父さんは何も言わず、いとこのほうに頭を向ける。

「指令があった……開けるなと」

アルノスト叔父さんは蓋の縁に置いた両手を上げる。すぐに目を閉じて、蓋を元通りにする。木の蓋がパタッと音を立てる。それから目を思い切り強く閉じて、顎《あご》を胸につける。そのあと、みんなから六歩ほど離れて背を向ける。

一分後、こちらを向いたとき、ハンカチで口の端を拭きながら地面に向かってつぶやく。

「見ることができる奴なんて誰もいない」

僕たちは小さな円になって、深い穴の周りに立っている。ラビ・ランダウが小さな古い本を持って、ヘブライ語でつぶやく。彼の隣には、シャベルが大きな土の山から突きでている。

僕らはユダヤ人で、父さんはユダヤ人であることだけで殺され、そして今、僕たちはユダヤ人のやり方で父さんを土の中に入れている。意味が分からない。

胃が痛い。昨日、ひと晩じゅうそうだった。クッキーのせいか、それとも父さんのことが分かったせいか。

ラビ・ランダウはカディシュ(1)の最後の祈りに入り、全員が加わる。毎週このお祈りをしているので、みんな知っている。

シナゴーグで僕の隣に立つ父さんは、一つ一つの言葉をはっきりと言ったものだ。そのシナゴーグは、ナチスが父さんを連れ去ったころに閉鎖された。でも、どうでもいい。そこに二度と戻ることはない。決して戻らない。

父さんは、それは死者のための祈りだと言っていた。でも、神様についての話ばかりだった。ほかには、意味の分からないことばかり。

ラビ・ランダウ、アルノスト叔父さん、父さんのいとこ二人が木の棺を地面の穴の中に下ろす。

父さんが中にいる、と言う。でも、きっとそうじゃない。ナチスがアルノスト叔父さんに、「父さんだと言え」って言ったんだ。見た人にはたとえ顔が不気味に見えたとしても、父さんの顔に見えなかったら困るから「誰も中を見ちゃいけない」と言ったんだ。

事によったら、あれは父さんじゃないかもしれない。誰かほかの人だ。たぶん、アルノスト叔父さんは、死んだほかの人を見ただけなのかもしれない。誰か、実際に知っているほかの人を。

それとも、人じゃないかもしれない。それはたくさんの石で、父さんをパンクラーツ刑務所からほかの刑務所へ移さなかったんだ。テレジンの「小要塞」(2)と呼ばれるところにも連れていかなかったし、殺さなかった。もしかしたら、ホレショヴィツェのアパートで僕たちが戻るのを待っていて、ナチスは殺したふりをしているだけかもしれない。すべての出来事は、この二年間のすべては、僕に何かを教えるための冗談なんだろう。

いや、母さんはこんな冗談では泣かない。泣けやしない。それに、冗談で僕たちの服を切ったりはしない。とりわけ、そんなにたくさん着るものを持っていないこんなときに。

ラビ・ランダウだって協力しない。ユダヤ人の誰かが死んだときに服を切るように(3)、僕たちの服を切ったりはしない。それに、僕たちは決してゲットーから出られないし、地面に穴を掘ってくれる人もいないし、お金がないから棺《ひつぎ》も買えない。これ以上ひどいことにはならないだろうと思っていても、物事はますます悪くなっていくものだと僕に教えるだけの、恐ろしい策略なんだ。

順番に、スコップで穴に土を入れていく。棺の中の父さんの上に。

僕の順番が来たが、やりたくない。だって、これは冗談じゃなくて、父さんは戻ってこないと

(1) 一日に三回行われる礼拝の最後に唱えられる、ユダヤ教の神をたたえる重要な祈りです。
(2) テレジンには、「大要塞（ゲットー）」と「小要塞（刑務所）」がありました。
(3) ユダヤ教における埋葬の際には、服を切るという習慣があります。

いうことだから。だけど、僕たちはそれでも、ユダヤ人としての行動をするべきだと思う。たとえ、ユダヤ人だというだけで彼らが僕らを殺しても。そして、それはまもなく穴に土を入れ終わる、ということでもあり、このあと路面電車に戻り、一番後ろの車両に乗り、ゲットーに戻り、そこで円になって座り、普段よりも一〇倍も高いパンを食べ、肉ってどんな味だったかを思い出そうとしなければならないということなんだ。

　そして、移動の順番が来たことを示す招集状を待つ。どこかより良いところへ連れていってくれる移動なのか、それとももっとひどいところなのか。ひょっとしたら、ここ、ゲットーと同じようなところなのか。そうだったら最悪だ。

　僕はシャベルを持って、土の山に突き刺す。シャベルを取りだし、また突き刺す。何回も何回も、だんだん早く。何も見えないが、僕の下唇《したくちびる》が上がったり下がったりして震え、何かが鼻から出てきたのを感じる。すぐに、シャベルをできるかぎり強く土に投げ込んだ。

　なぜか、僕は土の山の上に横になっている。マリエッタが僕の名前を呼ぶ。でも、彼女が何を望んでいるのか分からないし、気にもしない。泥は硬くて冷たい。そして、父さんは二度と僕をお城に連れていくことがない。それに、シュチェホヴィツェやロヴォシュ［xiページの地図参照］へハイキングにも絶対に行けない。

　父さんは世界で一番素敵な人だったし、何をしても優秀だと思われていた。こんなふうに土を置いて、棺《ひつぎ》の中を見えなくするようなことはしてはいけないんだ。

いくつかの手が僕の腕や肩にかかる。それから逃れようともがく。マリエッタがまた僕の名前を呼ぶ。今度はずっと近くにいる。僕が身をよじって素早く向きを変えるので、誰も僕をつかめない。それで僕は、父さんの上に残りの土を入れることをやめられた。無意識に、音が僕の口から出てくる。でも、それは言葉じゃない。おそらく、それが理由でみんな近づかないのだろう。

だけど、それも二本の強い腕が僕の腰をつかんで、ぐいっと引きあげるまでだった。その締め付けがとても強くて、僕は音を立てるのをやめる。僕が諦めるまで、その締め付けが続く。

腕の一本が離れて、母さんの匂いがする濡れた冷たいハンカチが僕の顔を拭く。

「家に帰る時間よ、ミーシャ」母さんが耳元で言う。

「家?」母さんは、まだ僕をごまかそうとしているの? と言わんばかりに僕は尋ねる。

母さんは、頭を後ろに引いて何度かうなずき、自分の顔をぬぐおうともしない。それが理由で、また涙が出てくる。「分かっている」と言う。「分かっているわ」と。

それから僕の手を取って、「さあ、帰る時間よ」と母さんが言う。

僕たちは歩きだして、父さんをあの薄っぺらな木箱の中に残す。硬く、冷たい土から守ってくれるであろう、あの木箱の中に。

一九四二年九月二三日

クリストフ・クラール。もし誰かが尋ねたら、それが僕の名前だ。僕は、プラハ中央部から遠く離れているアルベルトフ通りに住んでいる。それから、僕の父さんドミニクは劇場で働いている。俳優だ。聞いたこともないって？　本当に？　そう、僕は放課後、このあたりで父さんと会っている。リハーサルが遅くまでかかるときは、僕を映画に行かせてくれる。だから、今、映画館に向かってる。

なぜ僕は星を付けていないのか。もちろん、僕がクリスチャンだからだ。決してユダヤ人ではない。どうして僕がユダヤ人だと思うんだ？　僕の名前はクリストフだ。息子にクリストフと付けるユダヤ人がいるかい？　ドミニク・クラールではない。それは確かだ。

そう、彼は本当に痩《や》せている。僕みたいだ。分かっている。僕らは生まれつき痩せているんだ。

僕はまた自分の胸を見る。糸は一本も残っていない。そこに何かがあったなんて、分からないはずだ。日光の反射か何かで跡があるのではないかと心配だった。でも、幸運なことに何もない。確認のため、唾《つば》をその上にこすり付けてみる。僕がこんなことをしているなんて信じられない。

クリストフ・クラール。アルベルトフ通り。

今朝、あの一〇コルナを階段部屋で見つけたとき、僕は気付いた。もし、ベルトが売れれば行ける、と。それでドアの陰で、このくだらない星を引き剥《は》がした。そのときに思った。それを投げ捨てるか、それともポケットの中に押し込むか。だって、もしナチスなんかに止められたら、こう言う。

「ポケットの中にあります。数人の男の子が剥がしました。だから、この端が破れていますよね？　とても強く剥がしました。すぐ家に帰って、また縫いつけます。本当です」

とはいえ、ポケットに入れても落ちてしまうことがある。そうあってほしくない。入場券を買っているときなんかに落ちたら、どうなるんだ？

それで僕は、それをゴミの中に放る。いや、放るんじゃない、埋めるんだ。ゴミの奥に埋める。そのあとすぐに誰かが通りすぎたときの用心に。そうすれば、彼らは星を見ないだろうし、僕のことも見ない。そして、自分自身に質問をはじめる。

行くべきじゃない、戻るべきだ。

見てくれ、ナーロドニー通り［一二三ページの地図参照］はいつもこうだ。路面電車や車、そしてカフェに座っている人たち。君たちは、ゲットーが（ここからそれほど遠くない）、混雑していたゲットーが、最近はそれほど混みあっていないことを知らないだろう。おそらく今は、プラハよりテレジンのほうがユダヤ人は多い。彼らがそのことで嘘をついていないかぎり。その代わりに、どこかほかの場所に僕たちを送っていないかぎり。

何らかの理由で、まだ僕たちには出頭を命じてこない。母さんは「よいことだ」と言うが、僕はそれほどよいとは思っていない。だって、ここよりひどいところ、毎日、ユダヤ人への新しい規則が生まれるところより悪いところがあるなんて信じられない。

公衆電話は使えない。お城には行けない。果物を買えない。帽子も買えない。新聞も買えない。ペットがいてはいけない。それに、銀行にお金が残っていても、それに手をつけることができないなんてところよりも。

あの二人はバルコニーから飛び下りた。どうして起こりつつあることを知っていたのだろう？

そう、僕に分かるのは、もうここにいることは我慢できない、ということだ。本当の学校はなく、公園もなく、お金もなく、美味しい食べ物もない。何にもない。そのうえ、父さんがいない。

あとで、レギイ橋の上でみんなを追い越すぞ。しばらくやっていない。レギイ橋でそんなことをしたこともはっきりとしない。ふん、ドイツ兵だって追い越してやる。見ものだ。

たぶんあとで。映画のあとで。なぜ映画に行こうとしているのか？　分からないが、でも行く。

『オレグのアパート（Oleg's Apartment・英）』、この映画を観よう。いいポスターだ。かなり面白そうだ。彼のメガネを見てみろよ。きっと面白いだろう。どんな話かな、よし観るぞ。

そうだ、ユダヤ人っぽく発音しないようにしなければいけない。チケット売り場の女性にユダヤ人だって分からないように、これが普通だという調子で。今日、映画を観に来たのは大したことじゃないんだ、っていうように。

「一枚ください」と言って、チケット売り場にいる小柄な女性に二〇コルナを渡す。いいぞ、僕のほうを見もしない。広げた新聞に鼻を突っ込んでいる。僕のお金を取って、窓からチケットを押しだしてきた。

「映画はあと五分ではじまります」

「はい、ありがとう」

凄《すご》い、凄い、やった！　もっとお金を持っていないのが残念すぎる。ポップコーン、それともキャンディをいくつか……黒いリコリスキャンディをひとつかみだって買えるのに。

どこに座ったらいいか？　普通なら前列のほうに行くところだが、そこにはほかの子どもたちが座っているだろう。子どもって、時々誰にでも話しかけてくる。きっと、僕にも話しかけるだろう。分かってしまう。きっと、分かってしまうだろう。そして、それから……。

だから、僕は後ろのほうに座ればいい。でも、映画館で後ろに座る子どもって、どんな子なんだろう？　隠れようとしている子ども。そうだ、誰かが見抜くだろう。そして、それから……。

いいよ、それなら真ん中に座る。通路側に、それとも中間に？　通路がいい。クリストフ、心配するのはやめろ！　いろいろな人が通路脇に座る。子ども、大人、問題ない。ただ座れ。

早くはじまればいいのに、と僕は思う。暗くなってしまえば大丈夫だ。僕が見えなければいい。こんなにかいている汗よ、止まれ！　暗くなって映画がはじまってしまえば、もう僕はいないようなものだ。そうなれば、誰にも悩まされることはない。

でも、誰かが遅れて入ってきて、僕の列に座りたいとしたら、僕を押し分けて通らなければならない。もし、それが知っている人、僕たちの昔からの歯医者であるアムブロズ先生、いや、レツィ婆やだったら？　暗いなかでも、きっと僕に気付くだろう。もし、彼女が僕の脇を無理に通り抜けようとして僕に気付き、泣きだして抱きつこうとしたらどうする？

誰にも言わないように頼む。そうしてくれるだろう。でも、そうしたら父さんのことを話さなければならない。

それは本当に辛《つら》い。捕まるより辛い。いや、そんなことにはならない。くだらない映画を観に行って、捕まったりしたら……。

いいよ、通路のそばには座らない。中に入ろう。六つ先の席なら大丈夫だ。

やった！　映画を観られるなんて思ってもいなかった。

うっ、馬鹿げたドイツニュースだ。これは避けられない。スターリングラードのことか何かだろうが、どうでもいいだろう！(1)

凄《すご》いなー、それで好きな町を征服することができるんだ。凄いよ。機関銃や手榴弾や戦車をもっているんだ。あんたたちがしていることは、町を瓦礫《がれき》にすることだ。スターリングラードを取ったからって、何がそんなに凄いんだ⁉

とうとうプラハは爆撃しなかった。どうしてプラハを爆撃しなかったのか？　そう、少なくともしなかった。思いつくかぎりのあらゆる手段で破滅させたにしても。

拍手しなくちゃいけないかな？　劇場のどこかに、普通のビジネスマンのような服装でナチス・ドイツのスパイがいるのかな？　ニュース映画のあとで誰が拍手したのか、誰が拍手しなかったのかを見定めるために、各映画館にスパイを送っているのかな？

「恐れ入ります。そこの若い方、お話があります。スターリングラードでの我らの攻撃に関するニュースのあと拍手をされませんでしたが、帝国の敵ですか？」

いいよ、みんなが拍手をはじめるなら、少しは拍手をする。でも、仕方なく拍手するだけ。

---

(1)　一九四二年五月、ドイツ軍の第六軍と第一装甲軍は、突出部から前進したソ連軍の攻勢部隊を遮断して壊滅しました（第二次ハリコフ攻防戦）。

「クリストフ・クラール？　アルベルトフ通り。ふむ、我々の記録では、アルベルトフ通りにクラール家族なんて存在しません」

よかった。ニュースが終わったけど、誰も拍手をしなかった。もちろん、僕も。どうして、くだらないニュースに拍手なんかするんだろう？

やっと映画だ。面白ければいいな。ここで笑いたいからじゃない。

オレグは面白い。あの歩き方を見て！　ズボンが合っていないからなんだ。それに、まったく「R」が発音できない。新しいアパートを借りるのに、とてもソワソワしている。五秒毎にメガネを押しあげている。彼がいっぱい汗をかいている様子を見てくれ！　すべてがうまくいっているふりをしなければならないのだ。

笑っていると、変な気がしてくる。「シーッ、ミーシャ」笑うのをやめろ。あまりにも笑いすぎている。たしかに面白いよ。でも、それほど面白くないぞ。

分かった！　さあ、呼吸をするんだ。お前はクリストフだぞ。もし、誰かに聞かれたら。

ミーシャ？　ミーシャって誰？　僕はクリストフです。

誰が聞こうっていうんだ？　シーッ、ただ観ていろ。

分かった。笑うのをやめろ、ミーシャ。

そうだ、クリストフ、やめろ。やめろ！

でも、止められない。深呼吸をしろ、深呼吸を。

でも、うまくいかない。ほら、みんながお前を見ているぞ。分かってしまうぞ。それに、お前の馬鹿げたクリストフ話を誰も信じやしない。お前は、クリストフなんかには見えないぞ。

どうしてまだ笑っている？　そのシーンは終わった。ここはまったくおかしくないところだ。

笑うのをやめろ、やめろ！

痛っ！

クリストフ、どうしてつねるんだ？

笑うのをやめないからだ。

そんなに強くつねらなくたっていいだろ。本当に痛いよ。

文句を言うな。捕まりたいのか？　捕まりたいと思っているのか？　そういうふうに笑っていれば分かってしまう。ナチスの奴ら、何でも知っているぞ。たぶん……父さんにお前のことを何もかも話させようとした。それで父さんは……父さんはおそらく話した。話したくなかったけど、何日間か話さないでいたけど。

父さんは、おそらく僕がどんな映画を好きなのか話したんだ。ここに、スパイがいるにちがいない。お前のすぐ後ろに座っているんだ。

何のことを言っている？　いや、彼らはいない。

あぁそう、どうしてそう思う？　彼らが何を、なぜするのか、何でも知っていると、どうしてそう思うんだ？　はっきりさせておきたいことの一つを知りたいんだろう？　お前を捕まえたとき、きっと捕まえるだろうが、彼らがお前にするのはつねることだけだと願っているんだろう。ゲットーを離れること、星を外すこと、映画のためだけなら誰が気にする？　絶対にしないさ。規則は規則だ。法は法だ。彼らは父さんを殺した。まだ、なぜなのか分からない。父さんが、本当に何か悪いことをするはずがない。今、僕は、彼らとゲームをしているのか？　映画を観に行って？　お前は、馬鹿か？

黙れ！

つねられるのが大変なことだって？　本当に？　じゃあ、彼らがこんなことをしたら……。

わぁ！

彼らがお前の手をつかんで、できるだけ強く、もっと引っ張ったら……。

やめろ！

それとも、お前の舌を引っ張りだして、強く噛《か》ませたら……。

痛い!!

思いっきり強く噛め。強くて、舌先が落ちそうに。

さあ、自分をクリストフって呼んでみろ。どうってことないさ。お前が何をしたってどうってことない。彼らは決してお前を許さない。決して、誰も許さない。

お前は、今、一つ小さな間違いをしている。それは、彼らを認めるだけのことだ。お前は永久に彼らのものだ。お前に飽きるまで、お前は彼らのものだ。お前が答えられない質問をするのに飽き、お前を傷つけるのに飽きるまで。そうなったとき……そう、次はどうなるか分かっている。そうだろう?

一人にしてくれ!

一年で二度目となるグルエンバウム家の葬式。そのとおりだ。そんなふうに震えるのをやめなければ、今、お前のすぐ後ろに座っているスパイは、映画が終わるのを待つことはない。

黙れ!

震えるのをやめて、黙ろう。でも、できない。

やめろ。

できない!

震えるのをやめろ! 震えるのをやめろ、ミーシャ。さもないと死ぬぞ。

できない! 止めようとしているけど……。

もう遅い、もうお前は……。

どうやって外に出たのか？　どうして外にいるのか？

息を切らして。汗をたらして。星なしで。

星も付けずにゲットーの外に出て、一体、何をしているのか？　頭がおかしいのか？　映画を観るために星をはぎ取ってゲットーを出るなんて、どれほどまぬけなんだ？

クリストフ・クラールがそうだ。偽者《にせもの》だ。

母さんが知ったら怒り狂うだろう。二度と外に出さないだろう。

いいよ、歩きはじめよう。深呼吸をして、真っすぐ家に向かって歩きはじめるんだ。そして、お話をつくりあげる。だって、僕がどこに行っていたか、母さんが知りたがるから。

もう、映画はたくさんだ。クリストフも、たくさんだ。お前はミーシャ・グルエンバウムで、ユダヤ人ゲットーのコジー通り［一二三ページの地図参照］に住んでいる。星が示すように、お前はユダヤ人だ。

馬鹿者め！

これは映画の話じゃない。残念ながら、これは現実の世界だ。

一九四二年一一月一七日

「ミーシャ、お願いだから寝てちょうだい」母さんが言う。

「どのくらい長く？」僕が聞く。

「何？」母さんが聞く。疲れ果てて、混乱している。

「母さんが戻ってくるまで、どのくらい？」

「寝なさい」スーツケースを持ち上げながら母さんが言う。「私はすぐに帰ってきますよ」

母さんの後ろでドアが閉まる。あと一回で出掛けるのは最後だから、だって？　最後っていうのは、さっき母さんが戻ったときだ。これからは二度と出掛けない、って母さんが約束したから。もう出掛けないだろう。だって、もう持っていくものが何もないから。僕は目を閉じたままベッドに行く。隅にある僕らのバッグのほか、床には何もないことが分かっているから。

マリエッタの隣でゆっくりしようとする。でも、母さんのマットレスは僕ら二人に十分なほど大きくはない。母さんは、僕とマリエッタのマットレスを昨日持っていってしまっている。

次の日、ピンクの招集状がとうとう僕たちのところに来た。実際には、それが最初ではなかった。一か月前に最初の招集状が来たのだが、母さんは何らかの方法で僕たちを移動から外した。

父さんがユダヤ人コミュニティにいたからだと思う。つまり、どのユダヤ人がいつ行くかを決める今の委員会が、以前とは別のユダヤ人でつくられているということだ。今度は、母さんも何もできない。というのも、遅かれ早かれ、順番は来るのだから。

明日、テレジンへ行く。

それが理由で、母さんはあまり幸せそうには見えない。でも、ここに来て何が心配なんだ？　僕たちはほとんど何も持っていないし、規則だけがやって来る。たぶん、テレジンでもよくはならないかもしれないが、僕はチャンスに賭けてみる。

「マルガレーテ、マリエッタ、そしてミハエル・グルエンバウム。一九四二年一一月一八日午前八時に、テレジンシュタットへ移動のためホレショヴィツェの展示場へ集合のこと」［一二三ページの地図参照］

テレジンシュタット――ナチスが「テレジン」と呼ぶ所だ。

一、二か月前から、このアパートから持ち物がだんだん消えていくのに気付いた。ここでは、ほとんど何も持っていなかったけど。僕たちお気に入りの銀の器《うつわ》。ここに移動して以来、押し入れにしまっていた敷物（どの部屋にも大きすぎたから）。壁に掛かっていた額縁に入った絵。

招集状が来て、突然、母さんに猛烈なギアが入った！　残っているものは何でも荷造りする。シーツ、服、靴、本、お皿。お皿を持っていることに何の意味もない。いずれにせよ、食べるものがほとんどないのだから。卵は数週間見ていない。それに、僕が最後に食べた、必死に噛まなければならないような大きな肉のひと切れも思い出せない。

もう二四時間以上、母さんは動くのをやめない。あらゆるものが詰まった二つのスーツケースを持って、ドアの外へ行く。そして二、三時間後、空のスーツケースを持って戻ってくる。今日の午後に戻ってきたとき以外は。

「全部、どこに持っていったの？」

母さんがコップの水を持って椅子に座り込んだときに尋ねた。

すると、ある人の名前を答えた。ユダヤ人の友達じゃない人の名前、僕が知らない名前だ。ホレショヴィツェ以来の古い友人だと思う。母さんはその名前を言ってスーツケースを開け、巨大なズック袋を取りだした。今日、もしくは明日、着るつもりのないものは全部その袋に入れるように、と言う。マリエッタにも同じことをさせている。一人につき一〇〇ポンド以上の荷物を持ち込むことが許されていないからだ。

僕たちの荷物はもっと少ない。だって、一二歳の子どもがそんなにたくさん運べるはずがない。

僕は注意深く、母さんの足音に耳を澄ます。しばらくは戻らない、と知ってはいるが。早く帰ってきたほうがいい。夜間の外出時間を過ぎている。ダウンの布団《ふとん》を一枚とってある。

何時間にも思える間、僕はしっかりと耳を澄ますが、ほとんど何も聞こえない。時折、建物が軋《きし》む音がする。そうでなくても軋むんだ。それはそうだ。この建物は、僕たちが最初にここに来たときは人がいっぱい詰め込まれていたが、今はほとんど空っぽなのだ。友達も、一人ずつみんな消えていった。僕たちは、テレジンに行く最後のユダヤ人なのだろう。

とうとうドアが開く。母さんの足音が大きくなる。部屋に入るほんの少し前、僕はマリエッタのほうへ転がっていこうとする。薄い布団《ふとん》を取りあげて、母さんが僕たちに加わる。母さんの体は冷たいが、同時に暖かい。

僕は母さんに、すぐになんて帰ってこなかったじゃないか、と言いそうになるが、その代わりにぐっすり眠っているふりをした。ほかにもいろいろなことがあるのに、明日は疲れるだろうなんて、母さんを心配させるわけにはいかない。

一九四二年一一月一八日

路面電車がヴェレトゥルジェニー宮殿前［一一三ページの地図参照］で止まる。信じられない。ホレショヴィツェに戻っている。

二四人のユダヤ人と一緒に、僕たち三人が降りる。みんなの大きなバッグやスーツケース。とにかく、ゲットーを出ようとしていることで、この人たちも招集されているんだと分かる。歩道に着くと、僕はすぐに気付いた。向こうに、僕たちと同じく荷物を持っている長い長い人の列。

前にいるマリエッタと、後ろにいる母さんの間を僕が歩いていく。二人とも大きなスーツケースを運んでいる。僕は小さなバッグを皮紐《かわひも》で背中に背負い、もっと重いバッグを手に下げている。止まるたびに手を持ち替える。キャンバス地の持ち手が僕の手にくい込むが、たいしたことはない。マリエッタの髪の毛が、歩くたびに前後に揺れている。その様子に集中しようとする。

元のアパートからどの位のところにいるのか、はっきり思い出すことができない。かなり近いところにいるような気がする。

ブリーフケースを抱えている人が仕事場に向かっている。路面電車は通りを曲がっていき、子どもたちは、僕のものとそれほど変わらないカバンを肩にかけて学校へと歩いている。もちろん、あの子たちのカバンには、僕のバッグのようにはモノが詰め込まれてはいない。だって、不要なものをしまっておくだけの家があるんだから。僕が持っているものは、二つのバッグの中に残らず入っている。

実際にどこにいるにしても、ホレショヴィツェのどこかであり、全体的に整然とした区域だ。あるいは、少なくとも僕たちの行列が到着するまでは、整然としたホレショヴィツェであっただろう。だって、無関係な人たちが手を止めて、車から出るところで、バイクに乗ったまま、お店を出たところで僕らをじっと見ている。

二〇〇人から三〇〇人の、疲れて飢えたユダヤ人が重い足取りで歩道を歩いている。顔をそむける人や、信じられないように顔を拭《ぬぐ》う人がいる。泣いているような人もいる。あのとき、僕を木に縛りつけたあの馬鹿者たちの友達だろう、数人の子どもが指をさして笑っている。

僕たちは中央の交差点に着く。標識はヴェレトゥルジェニーとベルスケーホ通りだ［一二三ページの地図参照］。もちろん、知っている。元のアパートからたった数ブロックのところにいるんだ。ここを右に曲がれば、五分もかからずにそこに着く。でも、そうすることはなく、真っすぐ前に向かって行進する。

バフカの店を過ぎる。窓越しに立ち席を見る。二、三時間もするとランチタイムだ。さまざまな幸運な人たちがそこに立って、美味しいフランクフルト・ソーセージを食べ、ひとかじりするごとに油が柔らかいパンに流れ込む。

ベルスケーホ・パン屋の前を通る。そこで母さんは、キャラウェイシード［香辛料］がいっぱい入った素敵なライ麦パンを買っていた。世界で一番美味しいパン……今なら、ひと切れのために何でもする。それから、父さんがスーツをつくった仕立て屋と、マルチンのアパート。次に薬屋、そしてあの真っ赤なドアのある気味の悪い建物。

もうすぐシマツコヴァ通りを過ぎるというとき、誰かがベルスケーホ通りの反対側にある日除けの下に立っていた。よく知っている人だ。通りすぎて数秒間はすぐに思い出せない。脳が名前を言う前に、彼女のあらゆるところをよく知っていると気付く。彼女のしなやかな髪、長い顔、細い指、ビーズのハンドバッグ、襟にピンクのバラがある茶色の上着――レツィ婆やだ。

彼女が僕たち三人に気付く前に、僕は分かった。レツィ婆やは凍りついている。口が赤い点になり、哀れな行列を見つめている。僕はマリエッタの肩を叩く。

「見て！　レツィがあそこにいる。見て！」

彼女が僕たちを見ている。そして、眼を見開いた。僕はバッグを持っている手でちょっと合図をする。少しの間、僕は幸せだった。なんだか、レツィ婆やが通りを横切ろうとして、クッキーの入った皿を突きだしたり、「学校で何を習ったの？」と聞いてきたり、エプロンの端で僕の顎《あご》から何かを拭い落したりするみたいに思えた。

彼女が泣きはじめる。ちょっとじゃない。またたく間に、何ともなかった顔の半分がずぶ濡れになり、目の周りのお化粧が黒い筋となって頬を流れている。

「前へ行って、ミーシャ」母さんが言う。

僕はまた進みはじめる。振り返るな、と自分に言い聞かせながら。

一分後、前方に巨大なプラハの産業宮殿が見える。中央のどこかに展示場がある。

「高価なものを隠している者は……」肩幅の広いナチス親衛隊の兵士が大声で言う。「お金や宝石など……射殺される」

彼の長く平べったい顔が、まるで次の催し物の時間を告げるガイドのように言う。展示場は、数百人もいたらそうなるだろうというような音に満ちているが、約一〇分毎に彼がこう叫ぶと、全員が完全に静かになる。彼の声が一、二秒ほど響く。そして、また騒音がはじまる。

兵士が三回目を言ったとき、「母さん」と僕はささやいて、母さんの耳を僕の口元に引き寄せる。

「何か隠してない、大丈夫?」

僕を見ることもなく、「隠すものなんて残ってないわ、ミーシャ」と母さんが答える。

「本当に?」

母さんは僕の頭のてっぺんにキスをしたが、何も言わない。

なんかの拍子に特別強く息をすると、変な匂いが僕を襲う。何なのかはっきり分からないけど、路面電車の線路のずっとはずれで、おしっこに行ったときのことを思い出した。

父さんと僕はハイキングに行くところだった。

「五分待て、ミーシャ。森の中に行け」

でも、僕は待てなくて駅の洗面所に急いだ。ぞっとするような汚い部屋。明かりが点いたり消えたりしていて、一度も掃除されたことがないような悪臭がした。

ここは、あそこと同じような匂いがする。もっと強くて、もっとひどい。

僕たちの前には、二〇人位の人たちが並んでいる。この行列では……ということだ。つまり、このテーブルにいる人と話をしたら、次のテーブルの行列で並ばなくちゃいけない。一つのテーブルを終えると、荷物を引きずって次の行列の後ろに行く。僕は疲れて、お腹が空いて、退屈だ。いろいろなことがあるのに、ここにこうして立っていなければならないのは不公平だ。番号をいくつか言い、その番号が呼ばれるまで僕らを座らせておいてほしい。それなら僕たちは、本を読んだり、トランプをしたり、休んでもいられる。でも、ダメなのだ。その代わりに、僕らを立たせておく。

やっと、僕たちは列の前に出る。テーブルの向こうに座っているのは、鼻の先にメガネを乗せたユダヤ人の男だ。母さんがピンクの招集状を手渡す。彼はそれを読み、メガネの下から僕たち三人を見上げ、親指の爪を噛み、巨大な紙の山をめくりだす。しばらくしてから、やっと何かを消す。それから、テーブルの向こう側から、三枚の小さな、大部分が白い長方形の紙を取りだす。男は母さんが渡した招集状を見返して、それに僕らの名前を書きはじめる。

彼はスタンプを握り、インクパッドに押しつけ、それぞれの紙に書かれた名前の真上に、素早く「W」を押す。そして、三枚の長方形の紙を母さんに差しだす。

「ありがとう」僕は言う。

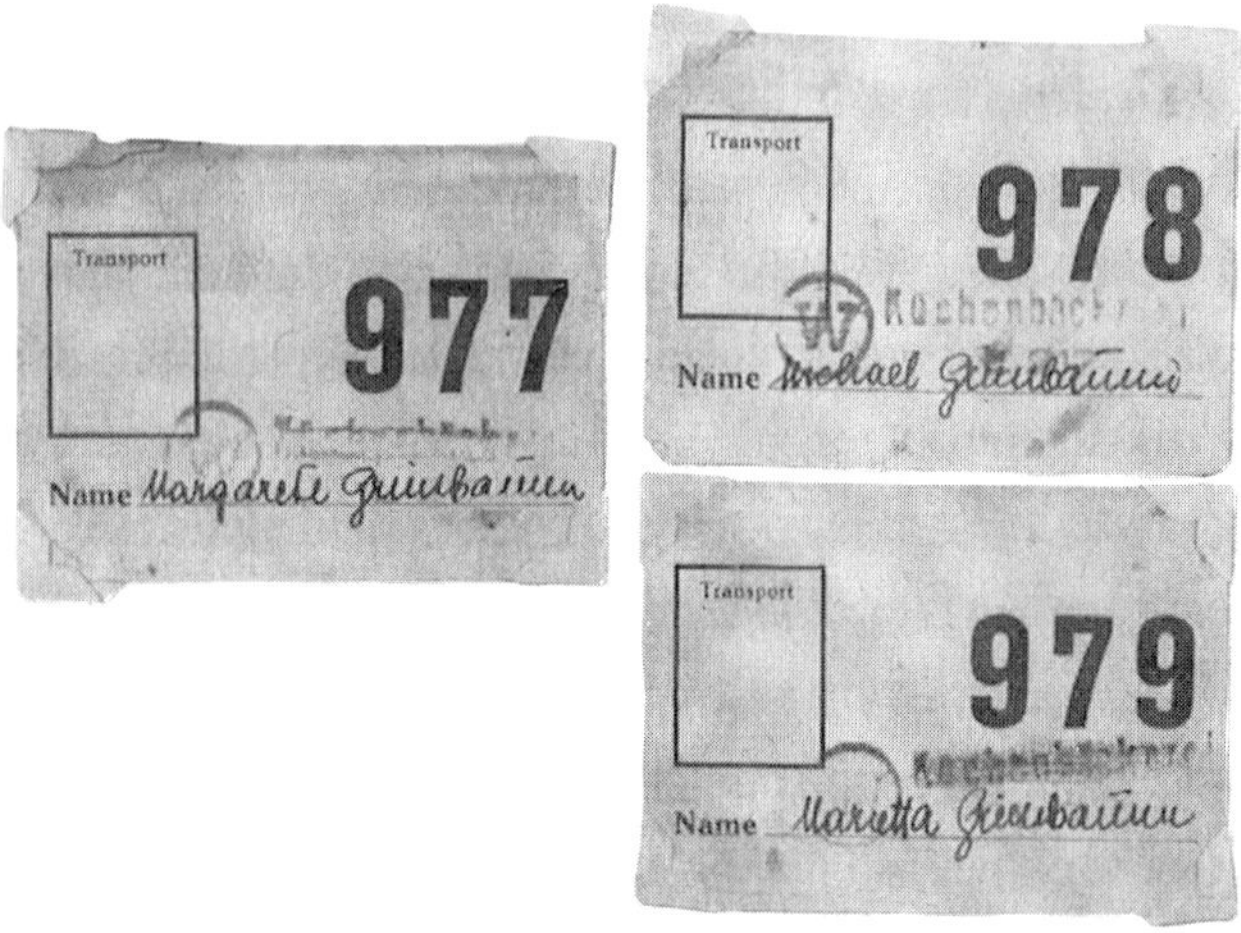

977　マルガレーテ・グルエンバウム
978　ミハエル・グルエンバウム
979　マリエッタ・グルエンバウム

その男は僕に答えず、親指をまた噛むだけだ。その明るいピンクの皮膚はひどく傷ついている。

「この紙にある四角の枠は何のため？」マリエッタが尋ねる。

「私たちが乗る移動列車の名前よ」母さんが答える。「ここにいるみんなが、私たちと同じ移動『Cc』に乗るから、空白にしておくのでしょう」

「Cc？」僕は聞く。「なぜ、Ccなの？」

「Aからはじめて去年Zになったから、またAaからはじめたのよ」

少しの間、僕は考える。

「それで、僕たちは二九番目の移動列車に乗るんだね？」

「貴重品を隠している者は……」ナチスの兵士がまた言う。「お金、宝石、そのほか……射殺される」

次のテーブルで、黄色い星を付けた別の男が配給手帳を求める。母さんがそれを渡す。その男は巻き毛で、頭のてっぺんが大きく禿《は》げている。配給手帳をパラパラとめくってから、足元の段ボール箱に投げ入れる。その箱は、すでに半分ぐらいが埋まっている。

「でも、どうやって食べるの？」マリエッタが、母さんに高いささやき声で尋ねる。

「あんたたちが行くところでは、それは必要ない」その男は、ナチスの兵士と同じくらい強く言う。「次！」

次のテーブルへ。人々がそこで自宅の鍵を渡している。(1) やっと半分まで来たとき、母さんに言う。

「トイレに行きたい」

ホール全体をゆっくり見渡して、母さんが「我慢できないの？」と聞く。

「どのくらい？」

母さんは行列をずっと見て、それから次の二つのテーブルに並ぶ行列を見渡す。

「マリエッタ」母さんが言う。「ミーシャをトイレに連れてって」

「でも、私は行きたくない」マリエッタが答える。

「マリエッタ、お願い」

「荷物はどうするの？」

「私が荷物を見てるわ。お願い、連れていって」

「トイレがどこにあるかも知らないわ」

「じゃあ、誰かに聞いて」母さんが、マリエッタの肩から何かを払い落としながら言う。

少し時間がかかったけど、やっと「男便所」という表示を見つける。

ここの匂いは、ずっとずっと強い。

「急いで」マリエッタがブラウスの袖口を上げて、鼻を覆いながら言う。

僕は入り口を入って、狭い通路を進む。歩くたびに匂いがひどくなる。廊下を曲がると、以前通っていた教室の半分くらいの広場がある。悪臭のせいで、何かが僕の喉に上がってくる。一方の壁の前に、金属のバケツが並んでいる。バケツの周りには、嫌な水溜まりがある。灰色の髪で、青白い足の男の人が、入り口から一番遠いバケツの上にかがみ込み、背中をこっちに向けてズボンを膝の下まで下ろしている。

戻る途中、マリエッタは以前の友達にばったり出会った。二人は抱きあい、学校で授業の合間にしていたように、おしゃべりをはじめる。僕は数フィート離れて立ち、展示場にこんなにも多くの人々を詰め込むことができるのかと驚く。最初のテーブルの行列は、今はもう一〇〇人以上の長さになっている。

最後のテーブルのあと、僕たちはバッグを持って建物のもう一方の端へと歩く。そこには、小さなマットレスが何列も床の上に並べられている。多くの人々が後方の壁に一番近いところを占めていて、彼らのバッグはマットレスの間にある狭い場所に積みあげられている。

（1）　ナチスは強制収容所へ送ったユダヤ人の住居を接収して、そこにドイツ人やチェコ人を住まわせていました。

僕たちは持ち主の決まっていないマットレスの端のほうに行き、荷物を投げだす。

「さあ、それで？」マリエッタが聞く。

「まあ、待ちましょう」母さんが言う。

「どのくらい？」僕が聞く。

「分からないわ」母さんが上着のボタンをはずす。ホール内はそれほど暖かくないのに。「一日、二日、いえ、三日かもしれない」

僕は何も言わない。ただ、僕のマットレスの上にドサッと落ち込む。マットレスは、なんとか僕の落下を支えてくれた。それは、麦藁《むぎわら》を詰めただけの、長くて細い袋だ。

そのうち、誰かが母さんのマットレスにおしっこをした。僕たちがどこか別のところに移ろうと荷物に手をかけたとき、部屋を巡回しているチェコ警察官が「移動は固く禁じられている」と言う。
二、三時間後、昼食に呼ばれる。僕たちは行列に並び、長いリストから番号をチェックして、ブリキのボウルを渡している人に僕らのバッジを見せる。
待つ間、僕は数を数える。500と数えたころ、男がジャガイモ半分と、なんかほとんど茶色の液体を僕らのボウルに入れる。スープなんだろう。

ここでは、何もすることがない。食事のあと、友達を探すためにマリエッタがしばらくいなくなる。同じくらいの男の子を二、三人見かけたが、僕の知らない子どもだった。おまけにここは、まったく遊ぶところがない。それでバッグを開けて、入れておいた本を取りだす。

『*Klapzubova Eleven*（クラプズボヴァ・イレブン）』、本当に飛びきりいい本だ。クラプズボヴァ家は、本当に飛びきりの家族なのだから。架空の家族だったにしても、クラプズボヴァ家には父親と一一人の息子がいる。サッカーチームをつくるのに何人必要か、ということで一一人なのだ。

兄弟の一人ひとりが驚くべき選手であるだけでなく、全員が異なったポジションでプレーができるのだ。しばらくの間、彼らは悩んでいた。というのも、みんなシュートが上手じゃなかった。そのとき、一番下の弟アンドレイが、生まれつきの天才だと分かる。

僕は一〇回ぐらい読んだけど、飽きることがない。

それで、彼らがプラハの最上位クラブから挑戦を受けるところを開く。そのチームは、本気でクラプズボヴァ・チームを負かしたがっている。なぜかって、一番上の兄ツカーシュは家族のなかで一番の選手なのだが、プラハのそのチームとの契約を断っているんだ。もちろん彼は、得意のバイシクル・シュートでゲームに勝つ。彼の得意技だ。

彼がゴールに背を向けて空中に飛びあがる場面までもう少しというところで、「ドスン」という大きな音が聞こえた。その音に続いて、僕から一〇枚ほど離れたマットレスの人たちが、一斉に立ちあがった。僕は本を下ろして、そっちへ向かう。小さな人垣の向こう側を見るのに、ちょっと時間がかかった。

年寄りの女性が倒れている。

夕食は昼食と同じ。それにニンジンが半分。それをもらうのに617まで数える。

眠りに落ちたことを覚えていない。眠れないだろうと思っていたからだ。巨大なホールは真っ暗だけど、静かになることはない。赤ちゃんが泣き、具合の悪い人がうめき、一〇〇〇人の人たちが汚れた麦藁《むぎわら》のマットレスの上で寝返りを打って転がる。

真夜中、突然、僕は目が覚めた。寝返りを打って母さんに気付く。母さんは真っすぐに座って、顔が凍りつき、眼を見開いていた。

一九四二年一一月一九日

ここでは、何もすることがない。

おしっこをできるだけ長く我慢すること以外は。

朝食をもらうまでに429を数える。いったい何なのか分からない食事だ。白っぽくて、とても軟らかくて、糊のような味がする。食事が終わって持ち物のところに戻ったとき、母さんが自分のバッグからパンの塊《かたまり》を一個取りだして、僕とマリエッタにその四分の一をちぎらせた。

たくさんの人たちが到着するが、昨日ほどは多くない。別の背の低いナチスの兵士が、「高価なものを隠すと撃つ」と脅している。

一人のナチス将校が、昨日、指をかんでいた男のテーブルの後ろで働いていた人に向かって叫ぶ。その男が何か言うと、将校は彼の後頭部を強く二度殴った。一時間後、僕がそっちを見たら、ほかの人がテーブルについていた。

ホールの隅で、僕は男の子たちとゲームをする。クシャクシャに丸めた紙を使って追いかけっこをしていると、誰か女の人が叫び声を上げたのでやめる。

クラブズボヴァたちは、イタリアのナショナルチームをペナルティキックで破った。アンドレイは、イタリアのキャプテンが放《はな》ったシュートを小指の先で弾《はじ》いた。ボールがクロスバーに当たり、空中高く跳ねあがり、アンドレイの腕の中にすっぽりと収まった。イタリアのキャプテンが、初めてシュートをブロックされた瞬間だ。

昼食は昨日と同じ。でも、もらうまでに714まで数えなければならなかった。

一人の女性が母さんの名前を呼ぶ。父さんの古い仕事仲間の奥さんだ。手を取りあって一時間以上も話している。それから、とてもとても長い間、抱きあっていた。

時々、どういうわけか、おしっこのような臭いがするのを忘れる。でも、ふとまた思い出す。

昨日倒れたお年寄りの女性、まだ起きてこない。母さんと同じぐらいの年齢の女性が、ほとんど一日じゅう、彼女のそばに座って濡れた布で額を拭いている。

僕が五〇回ぐらい頼むと、マリエッタがとうとうトランプをしてくれることになった。でも、彼女は全然真剣に考えようとしない。だから、僕は簡単に勝ってしまう。それでは面白くない。

夕食（ニンジン一個と、鶏肉のような小さな破片が入ったものが少量）の前に、僕はトイレに行く気力を奮い起こす。入り口から約二〇フィート［約六メートル］のところの床に、顔がとても腫《は》れている若い男性がいる。彼はあぐらをかいて、何もない床の真ん中に座っている。彼の近くには、マットレスもバッグもない。

「741」と書かれた名札が胸にピンで留められている。歌っているのか、うめいているのか、あるいはその両方なのか。そして、前後に揺れながら、厚い舌を口から垂らしている。

彼を通りすぎるとき、彼がズボンを濡らしているのに気付く。彼は、自分の周りの水溜まりでしきりに手をこすっている。それから片手をズボンに突っ込んだが、ポケットにではない。後ろのほうに手を突っ込んだのだ。目をそらさなくちゃ、と何かが僕に訴えているができない。

数秒後、彼は手を出した。なんか濃い茶色い塊が指先にくっついている。なんと、彼はそれを食べている。

胃が裏返しになるような気がして、僕はトイレに駆け込み、できるかぎりそこの悪臭を吸い込む。僕の肺がトイレの恐ろしい空気でいっぱいになっても、気が紛れることはない。もっと悪いことに、数年前に飛び下りた二人連れの場合のように、今見たことをずっと忘れることはできないだろうと、何かが僕に話しかけてきた。

ゆっくりと、僕たちのマットレスのほうへ歩く。僕の胃は、まだ勝手にグルグルとのたうち回っている。


「寝ようと思うんだ」戻ったとき、母さんに言う。

「こんなに早く?」

母さんはかがみ込んで、お休みのキスをする。元どおりに座ろうとしている母さんの肩をつかむ。

「母さん」

「なあに?」

「ねえ、覚えてる?」

「覚えてるって、何を?」

「なんでもない」

「何なの?」

「僕がずっと小さかったころ、母さんはいつも……」

「何のこと、ミーシャ?」

母さんを、近くに引き寄せる。

「なあに?」

「母さんは……」僕は小声で、「母さんは、僕の背中をさすって寝かせてくれたよね。同じようにしてもらえる?」

「もちろんよ。いい子ね」母さんは少しニコッとし、目を閉じた。

母さんが背中をさすってくれる。皮膚に沿って手が行ったり来たりする。その手に強く集中すれば、あの男性の様子や匂い、そして口論やうめき声や足音、胸に刺さる麦藁《むぎわら》やあの女性のことが消えるだろう。マットレスが一〇枚離れているあの女性、その人が頼み続けている。

「お願い、お母さん。お願い、何か飲まなくちゃ。お願い」

一九四二年一一月二〇日

「起きろ！　起きろ！　全員起きろ！」

チェコの警察官たちと数人のナチス親衛隊が歩き回って、僕らに叫んでいる。外はまだ真っ暗なのに。

「何時？」マリエッタが尋ねる。

「分からないわ」母さんが言う。もちろん分からない。母さんの腕時計は、ちょうど一年前にロンドンに送っている。

「とても早いと思うわ」


約一時間後、みんなが荷造りをしてから、ひどい朝食を食べる。その後、彼らは五つの長い列に僕たちを並ばせる。番号順に。

真っ黒だった窓は、すでに薄い灰色になっている。全員が自分の持ち物をすべて抱えているか、自分のそばに置いている。ドイツ軍兵士二四人が到着していて、銃剣を手にして僕たちの行列に沿って立つ。

行列の二〇人ほど前に、あのお年寄りと女性がいる。なんとか、ちゃんと立っている。いや、はっきり言えば立ってはいない。直立して、あの女性、つまり彼女の娘に寄りかかっている。

行列に並び終えると、一人の親衛隊将校がホールに入ってきた。これまで見たことのない顔だ。かなりデブだ。彼が咳払いをすると、部屋が静かになる。

「今日、君たちは新しい生活をはじめることになる。迫害のない場所、テレジンで」

彼の最後の言葉が、数秒間ホールに鳴り響く。音を立てる者はいない。

「すでにそこには、完全なる安全のもとに暮らしている数千人の仲間がいる。それに、君たちも加わる。到着すれば仕事が割り当てられ、ドイツ国の生産的な仲間になる機会が与えられるだろう。君たちの新しい未来は今日はじまるのだ。ハイル・ヒトラー」

将校が話を終え、光った靴の踵《かかと》でクルリと向きを変えてホールを出ていっても、誰もひと言もしゃべらない。たぶん、僕のように、みんな呆然《ぼうぜん》としているんだ。新しい生活？　迫害がないところだって？　彼が嘘を言ってない可能性なんて、本当にあるのだろうか？

「母さん」僕はささやく。「あの人は嘘を言っていると思う？」

母さんがうなずいているように思える。でも、よく分からない。なぜなら、僕たちは前方に行進をはじめていたから。

どこまで行進させるつもりなのか分からない。でも、この速度では永久に到着しないだろう。みんな、バッグを整えるために、一〇歩毎に立ち止まっているみたいだ。そういうときには、誰かが自分の前の人にぶつかる。次の瞬間、年配の人が大きなバッグにつまずいて倒れた。すぐさまドイツ兵がそこへ行って腕をつかみ、持ち上げる。でも、それから地面に投げ戻し、横腹を蹴った。その男性は立ちあがることができない。

あのお婆さんと娘さんが僕たちの列から離れた。娘さんが、お婆さんを建物の壁にもたれさせている。一人の兵士が二人のほうに行って銃剣をお婆さんに向けると、娘さんが祈るように手を合わせた。

そこで、僕たちは角を曲がった。だから、その後、何が起こったのか知らない。

プラハ・ブブニー駅、そこが、僕たちが行こうとしているところだ。平凡な灰色の建物が、ブベンスカ通りの向こうで僕らを待っている［一二三ページの地図参照］。その後ろに、いくつかの長い列車が少しだけ見える。テレジンに僕たちを連れていくために待っている列車だ。

「900番から950番、この車両だ！」

親衛隊が叫び、列車を指さした。行列がゆっくりと進みはじめ、自分の体とバッグを列車に積込みはじめる。六、七本の線路があり、僕たちの列車はその二番目だ。

駅の向こうには、たいして見るものがない。二つか三つの建物と、いくつかの小さな丘があるだけだ。しばらくすると雲が消えた。だから、空が青い。

「951番から1000番。この車両！」と言って、また親衛隊が指さす。

数分後、僕は階段を上って列車に乗る。座席の下に入るだけバッグを押し込んで、残りは通路に置く。僕たち三人は、二人用の座席に詰めて座る。

窓の外に、三人が近づいてくるのが見える。お婆さんとその娘さん、それにもう一人、ユダヤ人の男性だ。お婆さんを運んでいるのだが、お婆さんはぐっすり眠っているようだ。たぶん、また意識をなくしたのかもしれない。それから僕たちの車両に乗り、娘さんの泣く声があらゆる声の上に被《かぶ》さる。

僕は、頭を母さんの脇に寄りかける。太陽の光で頭が暖かい。目を閉じる。

――僕を指さして笑っている少年たちの顔が見える。上下している彼らの白い歯。そして、踵《かかと》まで下ろされた僕のズボン、レッィ婆や、あの臭い水溜まりのなかに座っている男、ゴーレムの屋根裏に続く階段、空中を落ちていく二人が見える。父さんは上着を着ようとしているが、僕にさよならを言わない。

疲れすぎて、世界で一番悲しい子どもじゃない、というふりが僕にはできない。あまりにも悲しすぎて、空っぽの胃が痛い。まるで何週間も泣いているみたいだ。それから、悲しいなんてことにかまっていられないんだと気付く。だから、僕の悲しみは、空っぽの内臓の中に座っているだけで、僕とは何の関係もないような感じだ。やはり、疲れすぎているのだろう。

列車が動きだすと、この感覚は消えて、その場所に何かほかのものが現れた。何かよく分からないもの。ずーっと長い間、感じていなかったもの。

それは安心。さようなら、プラハ。

第2部 テレジン

テレジン小要塞の入り口

一九四二年一一月二〇日

「ミーシャ、ミーシャ、起きなさい。着きましたよ。起きなさい、起きなさい」

母さんが優しく僕の肩を揺すっている。僕は目を開ける。マリエッタは僕の前に立って、バックパックの肩バンドを腕に通している。

「僕たち、どこにいるの?」

「ボフシュヴィツェよ」母さんが言う。「列車の駅よ」

「ボフシュ……?」目をこすりながら言う。「僕たちはテレジンに行くんじゃなかったの」

母さんは答えない。母さんとマリエッタは、すでに通路に向かっている。出口へ向かう人たちでいっぱいの通路。


ちょっと大きな家くらいの建物のそばで降りる。その壁の色は、色あせた黄色と色あせたオレンジ色の中間だ。プラハにあったほどの線路はないし、その向こうにはほとんど何もない。遠くに道が続いているだけ。線路はそのまま続いている。どこに行くのか分からない。

狭いプラットフォームは、人々とスーツケースであふれている。監視人たちは怒って、イライラしながら命令を叫んでいる。僕は、母さんとマリエッタのあとについて建物を回る。そこで、バッグは巨大な手押し車に載せられる。人々の長い行列が、駅から延びている泥だらけの道の端に沿って進んでいく。

僕たちの荷物を、帽子を被った若いユダヤ人の男性に手渡す。その男性が、それを僕たちのすぐ前の手押し車に投げあげた。そのとき僕は、お婆さんの娘さんを見た。彼女は僕から五〇フィート［約一五メートル］くらい離れた木の下に座り、腕で脚を抱え込み、頭を膝に埋めている。誰かに動くように言われるまで、少しの間、僕は見つめている。横を向くと、二人の男性が何か長いものを運んでいるのが見える。それは、二枚の毛布に包み込まれている。手押し車のずっと奥、僕たちの荷物がつくりあげた大きな山の端に、彼らは注意深くそれを置く。

「おいで、ミーシャ」マリエッタが言う。「行きましょう」

僕たちも行列に加わる。一〇分くらいあとに、その手押し車が通りすぎる。道の凸凹を越えるとき、後ろの車輪が一瞬空中に飛びあがった。ドスンと車輪が着地し、毛布が落ちた。その端が開いて、二本の足が見える。その爪先は、まったく違った角度で地面のほうへ垂れていた。

三〇分ほどして、通りから離れて小さな橋のようなものを渡る。両側は野原で、真ん中を小さな運河が流れている。前方には灰色のセメント石に縁どられた巨大な赤レンガの壁があり、僕らを待っている。二〇フィート［約六メートル］ぐらいの高さがあるにちがいない。大きなアーチになった出入り口が切り抜かれている。壁のてっぺんには、草が生えているようだ。

出入り口に着き、僕たちはアーチになった通路に入る。おそらく、一〇〇フィートはあるだろう。その中で、一人ひとりの足音が不思議なくらい柔らかい響きを立てる。なぜか、誰も何も言わない。通路の端まで来ると、大きく、広く、黄色っぽい建物の前。そこで母さんに尋ねる。

「テレジンなの？」

母さんが目を閉じてうなずく。


「何歳だね？」一人のユダヤ人男性（この人の顔には無精髭がいっぱい生えている）が僕に聞く。

彼は、真ん中に太い割れ目のある木製テーブルの向こうにある低い椅子に座っている。そのテーブルと彼が座っている椅子だけが窓のない事務所にある家具で、僕たちは通路から直接入る。すべてのものが要塞の壁の中にある、ということだ。子どもも含めて、人々が出たり入ったりしている。なぜなのか分からない。

「一二歳」と僕は答える。

「一二歳？」彼はモジャモジャ眉の片方を上げて、母さんに聞く。

「はい」母さんが続ける。「息子は一二歳です。誕生日は一九三〇年八月二三日です」

男は返事をせず、ノートに書かれたたくさんの番号と、略図のようなものが載っているページを開ける。鉛筆の先を何枚かの紙に書かれた枠の中で軽く叩きながら、そのページを一、二分調べるが、その間ずっと鼻歌を歌っている。それからうなずき、たぶん笑っているのだろう。

「パヴェル！」その男が叫ぶ。

僕より少し身長の高い少年が現れる。「はい」と、前歯の間のすき間を見せて言う。

「この立派な若者を、L417［一三五ページの図参照］へ連れていきなさい。ルーム……」

「恐れ入りますが……」母さんがとっさに、頭を前後に振って遮《さえぎ》った。「L-4-1ですって？」

「L417」男がゆっくりと言う。「ここの建物の一つで、子どもの部屋です。息子さんは7号室に入ります。少年の部屋の一つです」

「子どもの部屋？　何の一つですって？」

尋ねた母さんの口は、大きく開いたままの状態だ。

「子どもの部屋って何？」僕はマリエッタに尋ねる。

「パヴェル、説明してやってくれ」

パヴェルが腕をかきながら言う。

「ここでは、子ども同士で暮らします。家族と一緒ではないんです……」

「どういうことですか!?」母さんは口を閉じるが、上唇がとても不規則に動いている。

「僕も7号室です」たいしたことじゃない、というようにパヴェルが言う。

「でも、この子は……」と母さんが言いはじめる。

僕も何か言いたい。だって、急に僕の胸が、本当にひどく痛みだしたのだ。でも、黙っている。

「パヴェル」男が深く息を吸って、額を手の甲で拭《ぬぐ》いながら言う。「父親には、どのくらい会っているかね?」

パヴェルが一方の肩をすくめる。

「分かりません。毎日、かなりたくさんです。そのときによります」

「君のお母さんには、どうなの?」僕が尋ねる。

「かなりたくさん?」母さんが尋ねる。

「ええ、かなりたくさん」とパヴェルが答える。

母さんは何も言わない。右の目に小さな涙があるが、そのまま止まっている。僕はマリエッタを見る。その顔が急に灰色っぽく見え、古い岩か何かから切りだされたみたいだ。僕の胸が痛む。思わず僕は、母さんのほうを振り向いて言う。

「それでいいよ。そうでしょう?」

母さんが僕をとても強く抱いたので、胸の痛みが何だかバラバラに壊れ、恐ろしいと同時に気持ちよい感じがした。

このときのことを僕が覚えているのは、次に外に出て、パヴェルについて行ったことだ。彼は「おいでよ、急いで」と数回言った。そして、クルリと振り返って聞いてきた。

「あ、ところで君の名前は？」


大きくて広い建物を次々と通りすぎていく。それぞれが小さな通路で分けられている。どこか小さな町を歩いているような感じだ。

「この場所は何？」パヴェルに尋ねる。

「どういう意味？　テレジンだよ。ほかに何だっていうんだ」

「いや、でも、僕は、その……」

「ナチスは『テレジンシュタット』って呼んでる。どっちだって同じことさ」

僕たちは角を曲がる。別の建物はなく、大きい広場のそばを通りすぎる。中央にサーカスのテントのようなものがある。広場の端には古い教会がある。星を付けた多くの人たちが、その場所を歩き回っている。すべての年齢の人が、それこそたくさんの老人を含めて。さらにたくさんの人たちが、ベンチにただ座っていたり、同じような建物の入り口に立ったりしている。

「これらは僕たちのために建てたものなの？」

「いや」と、パヴェルは言う。「一〇〇年以上、ここにあったんだ。軍の要塞として使われていた、と僕は思う。でも、今は僕たちのものだ。まあ、正確に僕たちのものというわけではないけど。正確にはナチスのものさ。でも、僕たちが運営している。ユダヤ人が、という意味だ。そう、そういうことだよ。たいていのナチスは、ここを運営しているユダヤ人に対してやるべきことを言うだけだから。いや、もっとある。ここだと、実際のナチスをほとんど見なくてもすむ。見かけるのは、かなりたくさんのユダヤ人だけだ。それに、ここには子どももたくさんいる。本当にたくさんだ」

茶色の屋根をした薄黄色の建物に着く。パヴェルが階段を二段飛びで上っていく。

「L417だ、来いよ」

建物の中では学校のような音がする。すべての教室のドアが閉まっているときの、学校の音のような感じだ。でも、みんなが大騒ぎをしている声が聞こえてくる。僕たちは廊下を進み、それからいくつか階段を上る。それからまた廊下を進み、パヴェルが立ち止まってドアを開ける。凄い音があふれ出てくる。「7号室だ」と彼が言う。僕は頭をそっと突っ込むが、中には入らない。

部屋の広さは、たぶん小さな教室と同じくらい。机と椅子の代わりに、至る所に狭いベッドがある。木で造られた質素な三段ベッド。木製の梯子《はしご》がそれぞれに掛けられている。部屋全体にベッドがぎっしりと並べられていて、部屋の奥の半分は見えない。おまけに、ベッドからあらゆる

現在は「ゲットー博物館」となっているL417の建物

再現された三段ベッドが並ぶ部屋

ものがぶら下がっている。シャツ、ズボン、上着、靴、毛布、バッグ……なんでもある。

　そして、子どもたちだ。どこも子どもだらけ。みんな僕と同じぐらいの年齢だ。ベッドに横になっている。ベッドに座っている。ベッドの横に立っている。話している。描いている。本を読んでいる。ゲームをしている。チェス盤を組み立てている。さらに数人の子どもたちが、ベッドの間に置かれた小さな木の机に座っている。

　二人の少年が、机の下で取っ組みあいをしているようだ。

「来いよ」パヴェルが僕のコートの端をつかんで言う。「つっ立っていないで」

　僕は三歩ほど中に入る。数人の少年がそれに気付く。

「はーい、みんな！」パヴェルが叫ぶ。子どもたちが僕のほうを見るが、それは数人だ。「ミーシャだ」

　誰もあまり気にしないようだ。

「そう呼んでいいね。あれはキキナ」パヴェルが明るい茶色の髪をした少年を指さす。「そして、あれがシュプルカ」

　でも、どの子のことなのか分からない。

「それから、パイークとゴリラ……」

「ゴリラ？」

「それから、マヨシェクとエクストラブルトとロビン。彼は……ウーン、彼の名前を思い出せない。彼も新人だ。あれはペトルだと思う。それと……あぁ、忘れた」

「この部屋には、子どもが何人住んでいるの?」

パヴェルが上着をぬいで、ベッドの一番上に放り投げる。

「おおよそ四〇人」パヴェルが言う。「大体で」

僕は、誰かほかの人に何か言おうとする。足をどこかに動かそうとしたけど、なんか凍りついている。


「ねえ」パヴェルが誰にともなく言う。「誰か、フランタを知らない?」


イルカは、いびきをかきっぱなしだ。いや、本当にいびきをかいているわけじゃない。呼吸の終わりに出るいびき以上の音だ。何かを鼻の中に詰め込んでいるみたいだ。

実は、彼の名前が本当にイルカなのかは分からない。イジーかもしれない。今日は本当にたくさんの子どもに会ったので、名前をきちんと覚えられない。パウルとマルチンがいる。それにエリフ、ヤン、ココ。さらにハヌシュとレオ……レオは二人いるらしい。いや、三人かもしれない。ハヌシュは確実に二人いる。それからメンデルとエゴンとイーラ。たくさんいすぎて今は覚えきれない。そう、僕のベッドのすぐ隣に寝ている子が誰であれ、彼はいびきをかき続けている。

眠れない。プラハを出るころの、ゲットーの静かさに慣れてしまったのだろう。とにかくマリエッタは、あそこでは石みたいに眠っていた。今はどこにいるのか？ そして母さんは？ 男の子の一人が（たぶんメンデルだったか）、「女の人たちはたぶんドレスデン兵舎という建物で寝る」［一三五ページの図参照］と言っていた。それに、マリエッタは一六歳だから、ここでは大人と見なされる。どこであっても、二人は一緒だと思う。よかった。

でも、僕はそうじゃない。僕は、まったく知らない四〇人の少年たちと一緒の部屋だ。その半分くらいは、何か本当に大切な会話をしているように見える。それは、眠りのなかであっても。一人が何かをつぶやくと、すぐにほかの子がうめいて答える。そして、二人はほかの誰かが加わるまで、しばらく話が行ったり来たりする。それから三人になり、一人が諦めるまで議論をする。そうすると、残りの二人がそこから受け継ぐ。少なくとも、最後までそんな感じだ。

それで、フランタはどこだ。パヴェルの向こうの角にベッドがあるって、たしかキキナが言ったけど、そこにはいないと思う。

フランタと会ったとき、みんなと違って、彼は本当に気にかけてくれているように見えた。

「ミーシャ、ネシャリムにようこそ」と彼は言って、強く握手をしてくれた。

「ネシャ……って何？」教室の入り口に立ったまま、僕は尋ねた。

「ネシャリム」茶色のちぢれ毛の子（たぶんカプル）が言った。「『鷲』という意味だよ。僕たちは鷲だ。フランタは僕らのマドリフだ」

「はぁ？」僕は頭をひねった。

「ヘブライ語だよ」カプルが言う。

「そうだ」初めて会った子（僕のように背が低い）が言う。たぶんレオだ。「『ネシャリム』とは、ヘブライ語の『鷲』という意味だ」

「でも」本当に混乱して、僕は言った。「さっき聞いたのは別の言葉だったよ」

僕は助けを求めてフランタを見るが、彼は小さな笑みを浮かべてそこに立ったままだ。

「どんな別の言葉？」カプルが聞く。

「ネシャリムとは別の言葉だよ……フランタがその言葉の人だって君が言ったよ」

「分かった！」レオがカプルを肘《ひじ》でつついた。「マドリフのことを言ってるんだ」

「そうか」カプルが言った。「マドリフは、カウンセラーのことだ。じゃなかったら、先生、ガイド、あるいは何かそのような人。部屋担任のことだよ」

「ヘブライ語でな」レオが付け加えた。

「ああ、分かった」と僕は答えた。

フランタは急いでうなずいて、二、三秒大きな顎《あご》をこすってから僕らを見下ろした。彼は、大人にしてはあまり背が高くないし、年も若い。高校生に間違えられそうだ。

「イジー」数枚のトランプを置いて僕たちのほうへ来た三番目の子を指して、フランタが言った。

「ミーシャがネシャリムの一員になるには、何を知らなければならないのかな？」

「ええと……」イジーの頬には、明るい茶色のそばかすがたくさんついている。

「一日二回……一日二回、フランタに『自分は清潔だ』って示さなければならない。髪の毛、顔、手、爪、そういうものを」

フランタは眉を下げてうなずいた。彼の黒い眼が僕をするどく見た。どういうわけか、僕はその目をそらした。彼の眼が嫌だとか怖いからじゃない。その眼を見ていると、直視することができなかった。少なくとも、そのときはそうだった。

「よし！」彼は言った。「ほかには？」

「毎朝、ベッドを整えなければならない」カプルが言った。

フランタは重々しくうなずいたが、何も言わなかった。

「それからトコジラミ」とレオが言った。「毎日、それを調べる」

「それからほかの虫も」イジーが付け足す。

フランタが、さらに何回かうなずいた。

「洗面所はどうだ？」

「僕たちが掃除をします」カプルが言う。

「そして……」レオが急いで言う。「手などが汚いと、トイレを掃除しなければならない！」

「それは本当にうんざりする」とイジーは言って、肩をすくめて目をギュッと閉じた。

「それで全部か？　我々はここで一日中掃除をするのか？」フランタが尋ねた。

「時には、そのように感じることもあります」レオが言った。

「いいえ」とカプルが言った。「僕たちには、毎日たくさんのプログラムがあります」

「プログラム？」僕が尋ねた。

「授業みたいなものだよ」イジーが言った。「授業みたいな。まあ、そんなものだ。公的な学校が許されていないので、そう呼んでいる。でも、ほとんど毎日、午前と午後にそれがある」

「仕事がなければね」とカプルが言う。「仕事のときは、プログラムを抜けることが許されている」

　仕事って何のことだろうと聞こうとしたとき、フランタがまた顎《あご》をこすりながら部屋をゆっくりと調べているのに気付いた。

「ミーシャは、イジーの隣で寝よう」フランタがやっと言った。いや、イルカだったかも？

「イジー、その場所を、行って教えなさい」

　イジーに続いて、僕は一歩踏みだす。そのとき、肩に手が乗せられたのを感じた。僕は止まって振り向いた。フランタの手だった。彼の指は細くて強く、アンドレイ・クラプズボヴァの指に(1)本当によく似ていた。フランタは僕の高さまで腰を落として、真っすぐ僕を見つめた。

また顔をそむけたかったたが、今度はできない。彼の黒っぽい眼が僕を見ているだけで圧倒されそうな感じだった。彼が僕の両眼をじっと見た。おそらく彼は、本当に大切な何かを僕から見つけようとしているのだろう。それから、僕の肩と首の間を走る筋肉を押した。かなり強く押されたが、たいして痛まなかった。実際、いい気持ちだったし、きっと僕をより真っすぐな姿勢にさせたんだろう。

「ミーシャ」僕の名前を確かめるように言った。それから眉を下げた。彼の眉はそれほど濃くない。その下の皮膚は厚くない。その眼が僕を見たときには、何をしているときでも僕の心を見ているんだろう、と思った。

「ミーシャ」彼がまた言った。それからうなずき、僕の背中をなで、ポンと叩いて「ようこそ、ミーシャ。ネシャリムにようこそ」と言った。

そういうわけで、僕はネシャリムの一員となった。だけど、たった一人、やはり眠れない。

(1) 一〇七ページ参照。ミーシャが読んでいた本に登場する天才ゴールキーパーです。

地図③　テレジン・ゲットー内の地図（以下は当時の名称）

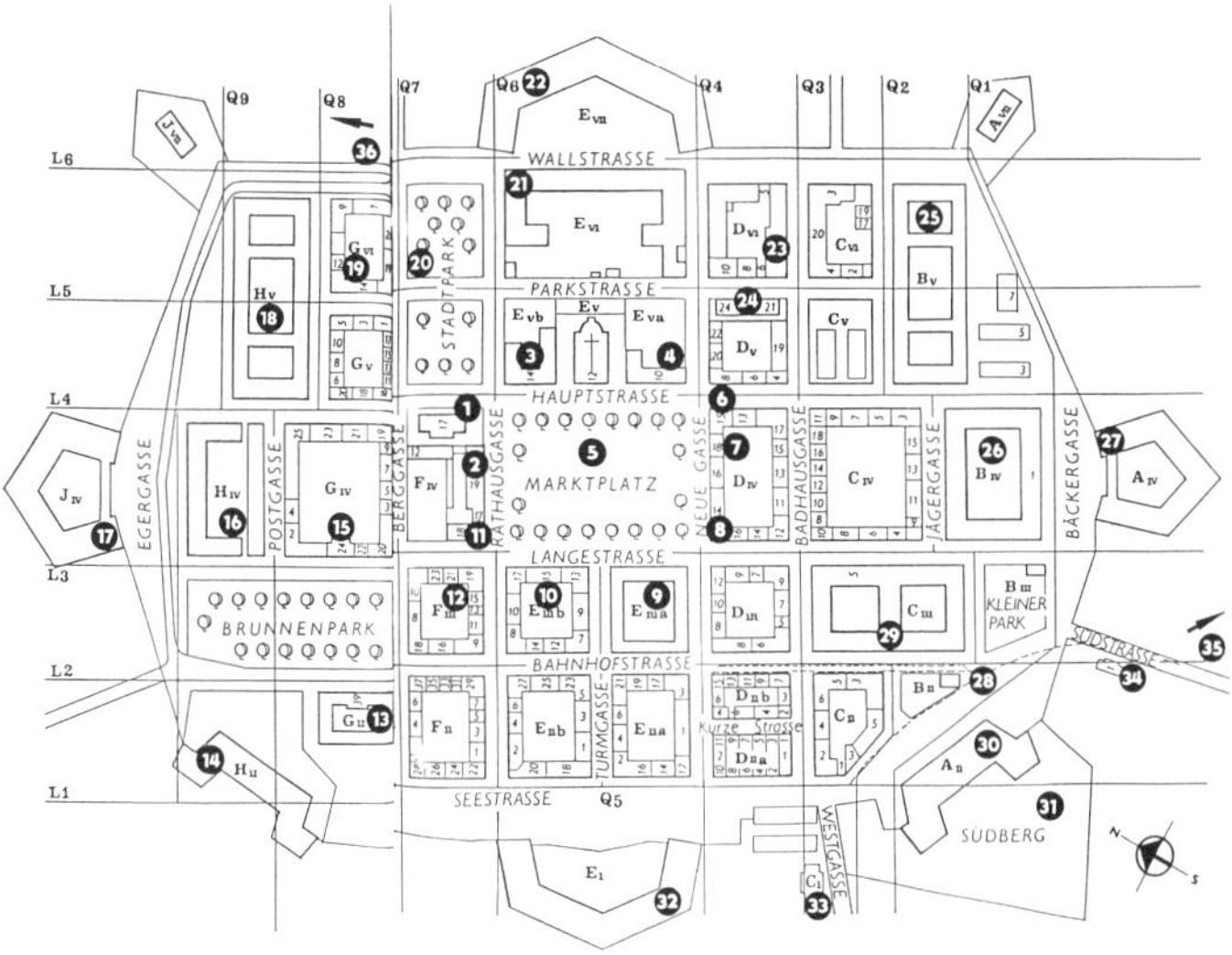

❶ L417「男の子の家」、現在は「ゲットー博物館」
❷ 現テレジン市庁舎
❸ 要塞司令部。後に郵便局と青年の家
❹ L410「女の子の家」
❺ 広場。視察団来訪時以外は立入禁止
❻ 店
❼ 喫茶店
❽ ゲットー司令部・Q414
❾ エンジニア兵舎
❿ ゲットー監督者詰め所
⓫ 幼児の家・調理場
⓬ 子どもの家
⓭ ゲットー監視所
⓮ 建築作業場
⓯ ヴィクトルカ（1階は食堂・上階は住居）
⓰ ポドモクリー兵舎
⓱ ウスチー兵舎
⓲ ドレスデン兵舎
⓳ 乳幼児と母親の家・図書室
⓴ 都市公園。視察団来訪時は遊園地
㉑ ホヘネル兵舎
㉒ カヴァリール兵舎
㉓ 消毒所
㉔ 元馬小屋・家具工場
㉕ マグデブルグ兵舎
㉖ ハノーヴァー兵舎
㉗ パン焼き所
㉘ 収容者が造った鉄道の引き込み線
㉙ ハンブルグ兵舎
㉚ シュロイスカ（列車発着所）
㉛ バシュタ（スポーツ用グランド）
㉜ ズデーテン兵舎
㉝ コミュニティセンター・ソコルホール
㉞ 死体仮置場と葬儀場
㉟ ユダヤ人墓地と死体焼却場
㊱ オフジェ川岸・遺灰が投入された

一九四二年一一月二三日

「やあ、ミーシャ」と、フェリックスが声をかけてきた。

僕は、昼食が終わったところだ。あれを、昼食と言えるなら。二〇分ほど行列して待ったあと（ここで、また数えだした。いつも50あたりになると忘れてしまう）、堅いロールパン、ひどいスープ、それからほんの少しのホウレンソウがあった。この一〇分間に一〇回、僕はポケットの中にある食事券をチェックした。パヴェルが「絶対に失くすなよ」と言ったからだ。

「うん？」

「サッカーは好きかい？」

僕はうなずく。「どうして？」

「来いよ」とフェリックスは言って、建物の出口に向かう。

「待って！」僕は叫んだ。「どこに行くの？」

「どこだと思う？」

僕は彼に追いつこうとする。

「でも、僕たちはそんなことをしてちゃ……今は休み時間じゃないだろう？」

僕たちは外に出る。フェドリナが、ペドロ、ブレナ、ココ、エリフ、プドリナ、そしてギダのところへ疾走する。ペドロが本物のサッカーボールを抱えている。これまでの人生で、こんなにも汚いボールを見たことがない。その汚れは、絶対に普通の五倍くらい汚く見える。

でも、誰が気にする？　それは、たしかにサッカーボールだ。

「やあ、君がゴールキーパーだとは知らなかった」と、フェリックスがペドロに、女の子であるかのように言う。

「僕はゴールキーパーじゃない」とペドロが答えた。

ココがペドロの手からボールを打ち落として、笑いはじめる。

「それじゃあ、どうしてボールを手に抱えているんだ？」

ココは通りでドリブルをしはじめる。ほかの子どもたちは彼の後ろにいる。全員が「パスしろよ」と彼に叫んでいる。

僕は質問をしようと口を開ける。休憩時間に7号室にいなくてもいいのかと、再確認しようとする。フランタが「そこにいるように」と言ったのに、どこに行ってもいいのか。ペドロが叫ぶ。

「バシュタに最後に着く奴は控えだぞ！」［二三五ページの図参照］

それで、僕は追いつこうと全力疾走する。ところで、バシュタって何だろう？

道路の終わりに着き、草が生えているところを越え、小さな丘を駆けあがる。僕らが要塞のてっぺんに立っていることが分かる。そこは薄黄色の草で覆われていて、小さなフィールドのように見える。これがバシュタだな、と思う。数人の知らない子どもたちが、すでに僕たちを待っている。

ここで、やっと僕はブレナに追いつく。信じられない。だって、以前の僕は今よりずっと速かった。これまでの二年間、プラハのゲットーで暮らし、ほんの少しの、食べ物とは言えないようなものを食べていたから走るのが遅くなったのだ。

「よかったな、ブレナ」とフェリックスが言ってゴミボールを彼に蹴り、「一〇人いる」と言う。

子どもたちはお互いにボールをパスしはじめたが、僕は息切れがひどくて、ほとんど真っすぐに立っていられない。僕は、靴紐を結び直すようなふりをする。本当は靴を直さなくてはならないのだが、どうしようもない。草は昨日の雨で少し湿っていて、膝《ひざ》をつくとかなり濡れた。

ペドロと数人の子どもがバシュタの隅に上着を投げ、つま先と踵《かかと》をつけた小さな歩幅でフィールドの距離を測る。これは、以前プラハでしていたことと同じだ。

「16！」ペドロが、もう一方の端に向かって叫ぶ。そこでは、プドリナとフェリックスが同じことをしている。それから、フェリックスとギダがみんなから少し離れてささやいたり、僕たちを指さしたりしはじめる。誰かが僕に向かってボールを蹴る。膝で数回リフティングをしようとしたが、失敗ばっかりだ。たぶん、ボールの空気圧があまいんだ。

僕は諦めて、知らない子のほうにボールを蹴る。

そのとき、僕は気付いた。今までどうして気付かなかったんだろう。ここは、かなり見晴らしがいい。いくつかの庭と壁をすぎ、川をすぎ、ずーっと先にひとかたまりの建物がある。そのほかに、いくつかの家も見える。僕たちが立っているところから一〇〇〇フィート［約三〇〇メートル］もない。

普通の人たちは、あそこに住んでいるのだろうか。普通の人たちは、その気になれば、いつでも行ったり来たりしているのか？　望んだことは何でもできる人たち。まずくて少量の食事のために長い列に並んだり、四〇人の他人同士が詰め込まれた部屋で寝たりしない人たち。僕たちの部屋では、一人の持ち物にたった一つの小さな棚しかない。でも、その棚はたっぷりの広さだ。だって、ほとんど何も持っていないから。

普通の人たちは、この場所で行われていることを知っているのだろうか？　胸に黄色い星を付けた、五万人以上の人たちが詰め込まれていることを。

ここには、入るべき人数の一〇倍もいる。五万人の囚人たちは、なぜここにいるのか。いや、どのような悪いことをしたのか分からない。子どもや普通の大人は、まだなんとか暮らせている。でも、老人は無理だ。昨日、少なくとも一〇人の老人が乗った手押し車を見た。全員が死者だ。

僕たちの建物をすぎて、通りの真ん中を押されていく。多くは毛布で覆われていたが、あくまでも、多くはということだ。特別たいしたことではないかのように押されていく。まるで、何もなかったかのように……。

「ミーシャ、ミーシャ！」とギダが叫んで、僕を肘《ひじ》で突っついた。

「はぁ？」

「僕が呼ぶのが聞こえなかったのか？」

「えっ、なに？」

「それで、君はウイングができるのか、できないのか？」

「はい」

もちろん、僕にはできる。少なくとも、サッカーをしていたときはできた。それが、いつのことだったにしても。

「来いよ」フェリックスが言う。「1対0、同点のチャンスだ」

僕とフェリックス、ブレナ、それにもう二人とほかの全員との試合。

フェリックスは素晴らしい。右利きなのか左利きなのか分からないが、素晴らしい。ブレナはのんびり屋かもしれないが、素晴らしいゴールキーパーだ。簡単に「3対0」になりそうなのに、確実に防いでいる。ほかの二人（名前はグスタフとアルノシュト）、決して悪いディフェンダーじゃないが、相手チームのプドリナがボールを持ったら彼らには無理だろう。

ということは、僕が問題となる。僕の足は、サッカーボールを見たことがないみたいになっている。まだ息が切れている。相手チームは、フェリックスに対して二人で守っている。そうだ、今、僕はフリーだ。そのとき、僕のほうにパスが来た。でも、僕はそれに対して反応することができない。相手チームのギダがまた僕からボールを奪う。まるで、最初から彼にボールを渡すと同意していたみたいだ。それに加えて、僕の靴紐がほどけ続けている。

僕はギダが得点するのを見ようと、馬鹿な靴紐から目を上げる。またやられた。二回ゴールを決められたあとに、「ごめん」と僕はフェリックスに言う。なんとかゴールを決めて、「3対1」になった。

「本当に、以前はうまかったんだ。本当だよ」

フェリックスは僕を見ていない。ただ、唇の端をかんでいる。

「そんなこと気にするな」彼は汗に濡れた額を袖で拭う。「ただゴールに走れ。ボールを君に回す」

僕はトライする。でも、どういうわけか本当に悪くなっていく。それでも、彼が言ったように僕はゴールに向かって走る。彼が、言ったとおり僕にボールを回してくる。でも、前足を前に出したとき、なぜかボールのまったく違うところを蹴ってしまい、真っすぐ外に出てしまった。

フェリックスは僕にうんざりしたと思う。すでに彼は、全部のプレーを一人でやろうとしている。彼が上手なように、彼の兄弟であるプドリナはもっと上手かもしれない。ペドロも入れると、彼らは凄すぎる。

「ゴール!!」ペドロが叫んだ。これで「4対1」。

ブレナがやって来たのは、僕がグスタフと交替してディフェンスをする、と申し出ようとしたときだ。僕の袖《そで》の端をつかんで、フェリックスのところに引っ張っていく。

「何が問題なのか、分かった」と、彼がフェリックスに言う。僕は、顔が重く沈むのを感じる。昼食後、フランタを手伝うと約束したことを今思い出した、と言おうとしたとき、ブレナが言葉を付け加えた。

「君は、まだ合言葉を知らないんだ」

フェリックスが目を細くして僕を見る。

「知らないのか?」

合言葉? なんの合言葉? 僕は肩をすくめる。

「リム、リム、リム、テンポ、ネシャリム」ブレナがとても早口で言う。「グスタフとアルノシュトはネシャリムじゃない。だから、今ここで使うべきじゃない」

「リム、リム、リム、テンポ　ネシャリム?」僕が聞く。

「そうだ!」フェリックスが言う。「ゴー、ゴー、ゴー、ネシャリム。ほかの部屋と試合をするときのための、僕らの合い言葉だ。フランタがつくった。彼は、僕らのコーチだ」

「僕たちにコーチがいるの？」僕が尋ねる。

「もちろん、コーチがいる。コーチがいないなんて、どんなチームだ？」

「僕たちにチームがあるの？」再び僕が尋ねる。

　ブレナが笑う。

「もちろんあるさ。それに、僕らのチームは強い。グスタフとアルノシュトがいる『テレジンシュタット・スパルタ』よりも強い。数週間前、6対1で彼らをやっつけた」

「7対1」とフェリックスが言い直す。

「僕はチームに入れるの？」

「君はネシャリムの一員だろう？」

「はぁ？」

「リム、リム、リム、テンポ、ネシャリム」ブレナが、頭を振りながら歌うように言う。

　僕もやってみる。「リム、リム、リム、テンポ、ネシャリム」

「リム、リム、リム、テンポ、ネシャリム」フェリックスが言うと、すぐあとに僕たちは、低い、大きなドラ声で、頭をくっつきそうにしてみんなで唱える。

「さあ！」ココがフィールドの向こうから叫ぶ。「おしゃべりはそこまで！」

フェリックスが僕の肩を二、三度軽く叩いて、フィールドの僕のポジションのほうに押す。

不思議と、僕の靴がよくなった。肺がハイ・ギアへの切り替え方を思い出したわけではないのに、突然、何かが変わった。失敗するたびに（三〇秒毎だけど）、僕は一人で「リム、リム、リム、テンポ、ネシャリム」とつぶやく。そうすると……そうすると、理由は分からないが、快調。まあ、少なくとも悪くはない。

フェリックスがボールを僕に回してくる。今度は、それなりにボールをコントロールすることができた。僕は、シュート、と思った。でも、ペドロが僕にぴったりくっついているので、ボールをフェリックスに戻す。彼は、エリフを抜いて蹴り飛ばす。

「4対2」

「リム、リム、リム、テンポ、ネシャリム」僕は一人で何度も何度も言う。この言葉は、僕の呼吸と調和して、なんとか落ち着かせてくれる。

ギダが僕のほうに向かってドリブルしてくる。そのとき、僕は突然分かった。彼は、右へ行くふりをして左に行くんだ。そう、それで僕は彼の左に足を出した。覚えているのは、僕がボールを奪い、フェリックスに蹴りあげたことだ。

「4対3」

「リム、リム、リム、テンポ、ネシャリム」この言葉が頭の中で繰り返されている。その言葉を考えなくてもいい。僕の声だけど、同時にたくさんの声なんだ。たしかに、フェリックスとブレナの声でもある。ほかのたくさんの声も一緒だ。

　フランタの声のようだ。彼の声はほとんど知らないけど、大きく、はっきりと。おそらく、これが最初の歌だったからだろう。彼は僕たちにいろいろと説明し、物語を読み、朝には「ベッドから出なさい」と言う。彼の声はいつも素晴らしく、きっぱりとして、同時にすごく優しい。

　ボールが僕のほうに向かってくる。

「リム、リム、リム、テンポ、ネシャリム」

　でも、それは一つの声じゃない。父さんの声も聞こえてくる。たしかに聞こえる。父さんは、僕が間違いをしたとき、「落ち着け」といつも言ってくれるような人だった。僕に、「集中すれば、やりたいことは何でもできる」といつも言っていた。

　僕に初めて自転車の乗り方を教えてくれた日、僕が自転車から落ちたら、父さんは抱きあげてくれた。父さんは、しゃがみ込んで僕を抱き、膝《ひざ》の傷を拭いてくれた。父さんがささやくように、「もう一度やってみるか？」と聞いた。その気になった。そして五分後、僕はいつでも大丈夫と言えるぐらい乗れるようになった。

　とても変な感じだ。父さんのことを考えないようにしてきたことに気付いた。もう数か月が経つ。あの悲しみをもう一度繰り返すなんて……。でも今は、父さんのことを考えると、何かほかのことも感じられる。もちろん、僕は悲しい。でも、それだけじゃない。何であれ、僕はあらゆることがいつも悪くなっていくと、以前のように感じなくなっている。たぶん、ここテレジンは、全体的にはいいほうなのだろう。

僕はボールをコントロールして、バシュタのほうを見る。ギダが僕の前にいる。ペドロとエリフは、フェリックスの向こうにいる。もし、僕がギダを抜けたら、僕とゴールキーパーのココだけになる。

それで僕は、ギダにフェイントをかけることにする。右へと見せかけて、左に行くのだ。分かりはしない。僕はココのほうへ速いドリブルでいく。彼は僕のシュートを待って、力んでいるはずだ。僕は左足を固定し、右足を前に出す。

リム、リム、リム、テンポ、ネシャリム。

僕は、これまでにないほど強くボールを蹴った。でも、ボールはなんだか気味の悪い嫌な音を立て、僕の足先で浮き、数フィート前に落ちた。頭の中の声が消え、僕はすべての静けさの真ん中に立っている。要塞の壁の上で、泥の中の大きな窪みを見つめながら。

「わぁ、なんだ?」ココが頭を振りながら駆けてくる。

フェリックスが到着して、破れたボールを拾いあげ、それを手の間でペシャンコにする。ボールが、最後の音を一つ打ち鳴らした。

「裏あてがダメになってる、って言っただろう」僕たちのほうへ歩いてきながらギダが言う。

「ごめん」と僕は言うが、誰も何も言わない。

「9号室は、ちゃんとしたボールを持っているって聞いたよ」フェリックスが言う。

「ぼろきれボールでもできるよ」ココが言う。「先週やったみたいに」

「だめだな」キダが言う。「そんなものより、ブリキ缶のほうがいい」

「それはダメだ！」

「何であれ、ゲームに戻らなくちゃ。同点だ」フェリックスが言う。

「同点？」とココが言う。「何を言ってるんだ。僕らは4対3で勝った」

「ミーシャは得点するところだった」フェリックスが言う。「見ただろ、ミーシャは……」

「得点するところ？」プドリナが、ペシャンコな、汚い、丸いボールを、野営地の隅のほうへあてもなく投げながら言う。

四人が、ほかのみんなと一緒に、ペシャンコのボールを後ろや前に蹴り、スコアについて議論しながら丘を駆け下りる。僕は川の向こう側にある家々を振り返り、二、三回深いため息をついてから、追いつこうと全力疾走する。

一九四二年一一月二六日

「やあ」とイジーが声をかけてきた。「ジョークを聞きたいかい？」

「もちろん」と僕は答える。

「よし」イジーが熊手に寄りかかって話しだす。


さて、ユダヤ人の子どもが二人、プラハの通りを歩いている。すると、二人のナチス親衛隊が近づいてきた。二人は子どもを止めて、聞く。

「誰が戦争をはじめたのか？」

ユダヤ人の子どもたちは、教わったとおりに答える。

「ユダヤ人です」

親衛隊の二人は、その答えに満足して子どもたちから離れて歩きだす。そのとき、子どもたちが何かを言って、笑っているのが聞こえてきた。それで、親衛隊が戻ってきて言う。

「何を言った？　何を笑っている？」

ユダヤ人の子どもの一人が答える。

「自転車乗りです」

親衛隊はとても混乱して、改めて聞く。

「なぜ、自転車乗りか？」

そこで子どもは、肩をすくめて答える。

「分かりません。なぜ、ユダヤ人？」


僕はにっこりするが、笑うことができない。

「分からなかったのか？」イジーが聞く。

「分かったと思う」と僕は言って、少しだけ笑いはじめる。

「おい、カプル」イジーが言う。「ミーシャは、自転車乗りジョークを面白いと思わないよ」

「だって、面白くないよ」カプルが、熊手から顔を上げずに答える。

少しの間、僕らは熊手を使い続ける。それから、僕がカプルに聞く。

「あそこの女の子、知ってる？」

「どの子？」カプルがうれしそうに聞く。

「楽しそうだね、なんの話をしているんだ？」イジーが話に加わる。

「やあ、あれは誰？」僕がイジーに尋ねる。

彼は小さな熊手を地面に下ろし、手の甲で鼻をこすりながら、「誰、誰だって?」と言う。

「あの女の子」と僕がささやく。僕らから一〇〇フィート［約三〇メートル］も離れている彼女のほうに顔を向ける。

イジーは僕の目線をたどって、僕たちがかき集めた干し草や藁を土の上に広げている、同じ年ぐらいの女の子たちを見る。

僕たちは、冬に備えて畑の準備をしている。それが、実際どういう意味があるのか知ってるわけではない。でも、どうやら母さんが、この仕事を僕がするように頼んだみたいだ。外の新鮮な空気のなかにいてほしいと思っているのだろう。

全員が、「これはいい仕事だ」と言っている。なぜそうなのかはっきりとはしないが、プログラムに参加する代わりに僕は一日中ここで働いている。

畑仕事やプログラムなど、こういうすべてのことがなぜ重要なのか、まだ僕にははっきりしていないけど、仲間の一人が昨日プログラムのテストについて話しているのを聞いた。僕たちのために、大人たちが考えていることだけは間違いない。

この季節に、なぜ作物が残っていないのだろうか。時々、土の中に誰かが採り忘れたニンジンが目に留まるが、それを見るたびに小さな金の欠片《かけら》のように思える。ここにいるほんの少しの間で、食べ物と言えるものがだんだん少なくなっていることに気付いている。僕は、野菜が大好きというわけではないが、ここでは、本物だと思えるものなら何でも嬉しい。

「どの女の子？」イジーは少し困って聞く。「あそこには、三〇人はいるよ」

「あの子だよ」肘《ひじ》で指す。「赤毛で、頭に青いものを付けている子」

イジーは長靴の踵《かかと》で、まだ熊手を使っているカプルをそっと蹴り、「インカに注目したのは誰だと思う？」と言う。

「インカ？」僕が尋ねる。

カプルは僕のほうを見て頭を振ったが、何も言わない。

「何？」と僕は聞く。

「がんばれ」としか言わない。

少しの間、誰も何も言わない。それで僕は、もう少しだけ彼女を見てしまう。なんか変だ。だって僕は、それほど女の子たちを気にかけたことがない。でも、彼女には注目せずにはいられない。彼女が可愛いからじゃない。いや、たしかに可愛い。

もし、なんかの行事で坂を行進していて、ユダヤ人収容所に入っていく代わりにほかの道を曲がって、突然、プラハにいるとしたら……彼女はそこに住む子どものように見える。もちろん、彼女は星を外している普通の女の子に見える。いろいろなことが、プラハではどんなふうだったかを、彼女は思い出させてくれる。また元の生活に戻れるかもしれないと、感じさせてくれる。

「一番まずいのは、彼女が本当にいいってことだ」とイジーが言う。

「おい、二人とも」カプルが、僕たちの端にいる監視人の一人を頭で指して言う。「仕事に戻れよ。トラブルに巻き込まれるのは嫌だ」

二〇分後、僕はまたインカを見つめている。そのとき、とんでもない行為を見てしまった。

彼女はほかの少女たちと一緒に手と膝《ひざ》をついて、藁が平らに広がっているかを確かめていた。彼女たちの後ろを、一人の監視人がゆっくりと歩いている。彼には見えない線（約一〇〇フィートの長さ）に沿って歩き、その終わりに着くと、回れ右をして再び戻りはじめる。インカは、運河に一番近い端にいる。

監視人が二〇フィート通りすぎたそのとき、インカの左にいた少女がインカの陰から監視人を見て、インカのお尻に自分のお尻をぶつけた。そのとき、僕がチラッと見たのは、オレンジ色のきらめきだ。インカは一本のニンジンを枯草の下からつかみ、シャツの上のほうに突っ込んだ！

一秒後、これが本当に起こったことなのか、僕にははっきりと分からなかった。

「イジー」僕はささやく。

「はあ？」

「インカが今……」

「えっ、何？」あまり興味がなさそうに言う。

「ニンジンが……ニンジンが彼女のシャツの中に。ニンジンをシャツの中に入れた」

イジーはニヤリとしたが、掃くのをやめない。

「行け、インカ。素晴らしい！　僕たちの、最高のシュロイサーだ」

「シュツケサーって何？」僕は尋ねる。

「シュロイサー」と彼は言う。

「シュロイサーが何だって？」

「カプル、ミーシャにシュロイサーについて教えてやれ」

カプルは真っすぐ立ち、熊手を使って靴底から少しの土の塊《かたまり》を落とす。そして、僕らの監視人が近くにいないかとチェックする。

「もし、君がパンを届けている途中、ロールパンがたまたま一個、君のポケットに入る。それがシュロイサーだ」

「たまたま入るって？　それって、どういうことなんだい？」

「どうして僕に分かるっていうのさ？」いかにもおおげさに、カプルは肩をすくめる。「僕はパンを届けていた。次に、このロールパンが（一個でもいいよ）僕のポケットに入ったのを知った」

そのとき、誰かが僕の頭を平手打ちしたような気がした。

「泥棒？　シュロイサーっていうのは泥棒だろう？」

「違うよ」僕をバカにしたようにイジーが言う。「泥棒は泥棒。シュロイサーはシュロイサー。まあ、ちょろまかし、かな？」

「違いは何？」

　カプルは、再び熊手を使いはじめながら言う。

「ミーシャ、ちょっと質問させてくれよ。君が最初に僕らの部屋にやって来たとき、どのバッグを持っていた？」

「うーん」僕は思い出そうとする。一週間しか経ってないのに、二年も前のことのように感じる。

「バックパックだけだ。なぜ？」

「残りはあとで届けられた。そうだよね？」

「ああ、そう思う」

「なぜ、そう思ったんだ。ナチスが五つ星ホテルでも経営しているとでも？」

「あなたさまのバッグです」イジーがうやうやしく言う。

「分からない」と僕は答える。

「つまり、君がここに着いたとき、全員が持ち物を持って門、つまりシュロイス(1)を通った」

　一人の監視人が僕たちの横を通りすぎていく。それで、しばらく誰もしゃべらない。熊手を動かすだけ。イジーがまた話しはじめる。

「君がバッグの中に持っていたもので、価値のあるものは何でも……」

「でも、僕は価値のあるものなんて持っていなかったよ」

「もし持っていたら」とイジーは続ける。「たくさんの人たちが持っていた。そしたら……」

カプルが指をパチンと鳴らす。

「ナチスは、それを君には絶対届けない。そのためにシュロイスがある」

僕は熊手を使い続ける。でも、本当に掃いているわけではない。何回も何回も、同じところで動かしているだけだ。

「それで、それが彼女と何の関係があるんだ」僕は声を低くして言う。「彼女が今したことと何の関係があるの？」

「あいつらにはあいつらのシュロイスがあり、僕たちには僕たちのシュロイスがある」カプルが言う。

「でも、それは泥棒だ。あのニンジンは……誰が取ったにしても、取っちゃいけない。それに、彼女が捕まったら？　そしたらどうなる？」

「君が正しいなら、捕まらない」とカプルが言う。

(1)　ドイツ語で水門の意味です。テレジンでは、入り口のことを指します。

僕は思い出した。今度は、父さんと僕が「鉄道王国」（二八ページ参照）にいたときの場面だ。その朝に公開された新しい線路の周囲に、みんなが集まっている。でも、僕はちびだったから、それに加わらなかった。どうせ見えないと分かっていたからだ。それで別のほうへ行って、小さなテーブルで、小さな黒い車掌車を前後に押していた。

突然、僕の手が車掌車をズボンのポケットに入れていた。一秒後、父さんが僕の手首をつかんだ。父さんを見上げて、その表情を見て、消えてしまいたいと思った。

そんなことのあと、僕たちは歩道に立っていた。車掌車がどうなったのか覚えていないが、僕たちが外に出たときには、僕の手の中にも、ポケットの中にも絶対になかった。

「ミハエル・グルエンバウム」怒鳴るよりもっと怖い、穏やかな声で父さんが言った。

「また、あんなことをしているのを見たら……」

「しないよ」僕はしどろもどろになって言った。そして、僕たちは黙ったまま家へと歩いた。

カプルが僕の頭をつっつく。「ミーシャ、いいから熊手を使っているふりをしろ」

「でも」僕はつぶやく。「プラハでは……シュロイサーは、君たちが何て言おうと泥棒だ」

「ああ、そうだろう」カプルが言う。「でも、ここでは……今はまだ分かっていないにしても、ここは絶対にプラハじゃない」

一九四二年一二月一日

「アペル！」ベッドの間を行ったり来たりしながらフランタが叫ぶ。「一〇分以内だぞ！」
イジーが僕の上を這って出ていく。起きなくちゃいけないのは分かっている。でも、とても疲れている。このところ、きちんと眠れていない。みんなのうなる声を聞きながら、夜の半分は起きている。それに今回は、二、三人が泣いていた。そのうえ、トコジラミやノミがひと晩中僕を刺していた。

「九分！」フランタが叫ぶ。

とても冷えていて息が見える。僕の毛布が薄いからだろう。でも、ないよりはましだ。暖かい。

二、三分後、僕は急いで起きて、ズボンと靴を身につける。床は、まるで氷が張りつめているみたいだ。

洗面所は満員。僕は流しの行列に加わる。トイレの行列のほうが短いくらいだ。昨晩、フランタはネシャリムの規則の一つ、手や爪をきれいにするという清潔さを、ほとんど認めてくれなかった。だから、今朝もだめだろう。

彼は再び秒読みをするが、騒がしくって数が聞こえない。流し台に着き、冷たい水で爪磨きの仕事にかかる。爪の下の汚れを取り除くのは、ほとんど不可能だ。石鹸があれば楽なのに。

「ミーシャ」僕の後ろでいら立っている奴が言う。ゴリラだと思う。「急いでくれ！」

僕は顔に水をバシャバシャとかけ、耳を数回こする。これで、もう大丈夫だろう。


「手を出せ、手のひらを上に」とフランタが言う。僕たちは、彼の言うとおりにする。全員が、ベッドの前で肩をくっつけて並ぶ。なんだか僕たちは軍隊にいて、フランタは司令官のような気がする。彼は通路をゆっくりと、胸のところで腕を組んで、僕らの手をじっと見ながら歩く。

あるときは立ち止まって、一人の手をひっくり返す。あるときは、ただ進み続ける。きっと、僕のところで止まるぞ。

「今日はだいぶいいな」と、パヴェルに向かって言う。彼は、僕の二人前に立っている。

フランタが僕のところに来た。思ったとおりだ。彼が止まった。僕の両手を取ってひっくり返した。かがみ込んで、僕の爪を点検する。汚れがいっぱいついている。でも、全部にではない。頑張ったのに……。

「ミーシャ」フランタが言う。

「はい」自信に満ちているように、僕は答える。

「君が畑で働いていることは嬉しい。仕事をもつのはいいことだし、外の仕事はさらにいい。仕事が君の健康を保ってくれるだろう。到着してすぐに君のために手配をしたなんて、君のお母さんはとても賢明な婦人だ。しかし、畑は汚れる仕事だ。しかし、この部屋に泥を入れることはできない。泥には小さな生き物がいるし、7号室には、すでにたくさんすぎる生き物がいる。そうだろう？」

「はい」急いで僕はうなずく。

「メンデルが、爪磨きの素晴らしいテクニックを開発している。それを教えてもらいなさい。風呂場を掃除してからな」

二、三人の子どもがクスクスと笑う。フランタが僕の肩を叩く。僕は爪のまぬけな茶色の線をにらみ、自分に向かって、泣かないほうがいいぞ、と呼びかける。列の向こうでは、クスクス笑いが続いている。それから、誰かが「ガキはとにかく薄汚《うすぎたな》い」みたいなことを言う。

僕のすぐ前に立っていたフランタが動きを止めた。

「誰が言った？」声のほうを向かずに尋ねる。誰も答えない。

「誰がミーシャを薄汚い奴って言ったんだ？」

また返事がない。フランタは少しも動かない。ひと言もしゃべらない。怒っているはずなのに、そのようには見えない。実際、悲しそうに見える。

一〇秒がすぎる。少なくともクスクス笑いは消えた。でも、まだ誰も何も言わない。完全なる静けさ。フランタは、本当に悲しそうに見える。

「ミーシャは……」彼は静かに言うが、まだ動かない。

「薄汚くはない。一一日前にネシャリムに加わった子だ。一二日前にはプラハに住んでいた。プラハだ。テレジンじゃない。お母さんとお姉さんと一緒に。今、彼のお母さんとお姉さんはドレスデン兵舎にいて、ミーシャは僕たち同様、ここの捕虜だ。彼は畑で働くから手が汚れる。メンデルが爪の中の泥の取り方を教えてくれる。ミーシャはベストを尽くしている。彼は汚くない」

フランタがちらりと僕を見るが、表情に変化はない。そして、誰も口を開かない。

「もし、この部屋にチフスが発生したら、どんなことが起きるか分かるか？」

彼は頭を後ろにそらして、ちょっと構える。

「十分な食料もなく、こんなふうに押し込められていたら、最後の一人まで病気にかかってしまう。熱、発疹《はっしん》、そして恐ろしい、恐ろしい、恐ろしい頭痛。よくなる者もいるだろうし、かからない者もいるだろう。しかし、死ぬ者もいる。もし、本当に重大な伝染病が僕らの部屋を襲ったら、ドイツ人はどうすると思う？　彼らは僕らを隔離する。彼らだってチフスが怖い。僕らのドアに大きな表示、あるいは建物全体に『伝染　危険』と張りだすだろう。そして、彼らは待つ。二週間、三週間、たぶん一か月でも。僕たち全員が回復するか、あるいは死ぬまでだ。たくさん死ぬほど、彼らにとっては都合がいい。もし、最終的に四〇人がチフスにかかったら、ネシャリムが消える。彼らは気にもかけないだろう。いや、逆だ。祝うことだろう」

　フランタが列の先のほうまで見る。クスクス笑いのしたほうを。すでに一時間も前のことのような気がする。

「だからナチスは、僕たちがお互いにさげすむことを願っているのだ。僕らがお互いを、『だらしない奴』、『怠け者』、『弱虫』、そして『馬鹿者』と呼びあってほしいのだ。もっと嫌なこと、そう、君たちの一人がほかの子に対して『汚れたユダヤ人』と呼ぶことを、どれほど聞きたがっていることか。お互いに支えあう代わりに、兄弟のように愛しあう代わりに、彼らは僕たちが馬鹿にしあうことを望んでいるんだ。そうすれば、僕たちは憎しみあう。そうすれば、僕たちは弱くなる。僕たちが弱くなれば、彼らの仕事が楽になる。僕たちが弱くなればなるほど、チフスがやって来たとき、闘うのが難しくなる。すでに君たちはみんな兄弟だ。それを忘れるな」

　フランタが床を見下ろすと、彼の眉毛も一緒に下がる。何かを思い出そうとしているようだ。それから咳払いをして、顔をなで、深く息を吸う。少年たちの半分は、まだ手を突きだしている。

「ナチスは、僕たちを人間だと思っていない。もっと下等な何かだと思っている。僕たちを動物だと思っている。そうでなければ、なぜ僕たちを家畜のように押し込めているのか？　彼らは間違っている！」

　最後の言葉があたりに響いている間、フランタは腕を組んでいる。

「何事にも、僕らの人間性を切り離させはしない。彼らの侮辱《ぶじょく》にも、命令にも、収容所にも。ここにおける僕たちの義務は、生き残ることだ。そして、人間として生き抜くことだ。獣としてじゃない。これが、僕たち自身に対する義務だ。そして、僕らの両親への。これが終わるときの生活に備えていかなければならない。そうなるからだ。また、そうならなければいけない。ミーシャがプラハに戻るとき……［彼が僕を指さす］。パヴェルはオストラヴァへ。僕はブルノへ。僕らは全員、人間として戻らなければならない。もちろん、ほかの人を尊敬し、愛することができる人として」

フランタは微笑《ほほえ》んで、手を背中で組んで、列を歩きはじめる。なんだか左右に揺れている。

「だから違うぞ！　ミーシャはだらしない奴じゃない。ここで最善を尽くしている若い男だ」

そして、言葉を続ける。

「それから朝食のあと、（列の終わりのほうにいる二、三人の少年を指して）ハヌシュとクルト、お前たち二人の笑いん坊は、この地区全体でネシャリムが優れていることをミーシャに示すんだ。トイレの掃除を含めてだ。さあ、みんな、朝食に行きなさい」(1)

（1）　この二人がミーシャを笑い、罰としてトイレ掃除を命じられたと考えられます。

一九四二年一二月一三日

「あなたの、畑の仕事が終わってしまって残念だわ」母さんが言う。「でも、次の春には戻れると思うわ。もっとも、私たちがそのときにまだここにいたとしての話だけど。それで、話ってなに？　学校はどうなの？」

僕は、ドレスデン兵舎の、母さんたちの部屋にある長いテーブルで、マリエッタの向かいに座っている。いや、二人の部屋ではない。この部屋にも、三段ベッドが詰め込まれている。ここには、7号室よりもたくさんの人が暮らしているようだ。今は半分しかいないが、それでも女の人たちが部屋いっぱいにいて、縫物、掃除、あるいはおしゃべりをしている。

僕がやって来るときの夕方は、たいていこんな様子だ。というのも、僕たちは行きたいところには、いつでも自由に行けるのだ。もちろん、テレジンの中だけで、外出禁止時間の前には自分の部屋に戻ることになっている。その後は誰も出られない。それから、フランタに「ここにいるように」と指示されている場合も自由に動くことはできない。

「学校じゃないよ」母さんがなんとかして手に入れた、小さな美味しいペストリー「パイ状のお菓子」の、最後のひと口を飲み込みながら僕は言う。これを、あと一〇個は食べられるな。この日の夕食には、サラミがひと切れついた。

「プログラムって呼ばれているんだ。学校は許可されてない。だから僕は、プログラムをしているときは入り口で見張るんだ。分かった？　ナチスの将校が建物に来るのを見張るのさ」

「そんなこと、決して起こらないわ」マリエッタが言う。「何のトラブルも起こさずにいれば、ナチスは私たちがここでしていることなんか気にしないわ。ここに来てから、あの怪獣を一人も見ていないもの」

　母さんは僕たちの後ろにいて、ベッドで何かをしている。でも、何をしているのか分からない。

「まあ、いいわ。それで、今日のプログラムで何を勉強したの？」母さんが尋ねる。マリエッタがクラブのジャックを置く。でも、それがどういうことなのか思い出せない。彼女がここで教わった新しいトランプゲームを、「みんなにやってみせるべきだ」と言って僕に教えている。

「今日……」僕は思い出そうとする。「コフン教授……」

「教授？」母さんが聞く。

「そう、プラハで教授だったのかな。彼が数学の授業をしてくれたよ」

「へぇ、数学！」マリエッタが言う。「洗濯場で、一日中仕事をしていてよかったわ」

「そんなに嫌でもなかったよ」僕は言う。「書ける紙があまりないんだ。それで、計算の順序を覚えるのに役立つ歌を教えてくれた」

「どんな歌なの？」母さんが聞く。

「もういいよ」と僕は言って、ダイヤの10を置く。マリエッタは、テーブルの上に出ている二枚の彼女のカードの下に、そのカードを入れる。その指は、青白く皺《しわ》がよっていて、以前のような指ではない。仕事のせいだ。

　母さんがマットレスの端を上げて、毛布の端を引っ張りだした。

「いいわ、それでコフン教授のあと、それから何？」

「ああ、それからズウィッケル教授……」

「別の教授ね」母さんが言う。

「彼は、チェコの歴史に関する講義をしてくれた」

「面白かった？」

「よかったよ」

「彼は何を話したの？」

　僕は覚えてないようなふりをする。思い出していたのは講義のあとに起こったことだ。

　ズウィッケル教授は、「木曜日に試験があるだろう」と言って出ていった。フランタとヤコプも、別の部屋担任と一緒に「実習時間をチェックしなければならない」と言って去った。次にイェリンコヴァ教授が英語を教えに来ることになっていたが、彼女は何かの理由で遅れていた。それで、僕らは待っていた。そのとき、突然変な音が二回聞こえた。一つは右、それからもう一つは部屋の向こうから。最初は「ポッ」という音、次には「ドシン」というような音。

僕は見渡した。ゴリラが床に横になって、ぼんやりと笑みを浮かべていた。彼の上にイジーが立っていて、枕を手に持ち、ゴリラよりもはっきりとした笑みを浮かべていた。

ゴリラが飛び起き、イジーの枕をつかんで、イジーの脇腹をバシッと強く叩いた。二秒も経たないうちに、教室にいた全員が加わった。二〇、三〇、四〇個の枕が空中を飛び交っていた。イジーは両手に枕を持ち、テーブルの向こうから来て、手当たり次第にぶん殴る。フェリックスは二つの椅子にまたがり、ブレナがその下を駆け抜けようとするとひっかいた。エリフとココは二人組になってペトルをやっつけていた。ペトルはクスクス笑いながら、騒ぎのなか、中央にあるベッドの下を急いで這っていった。

僕は部屋の前に立って、両手で枕の端っこをぐっとつかんで(僕の枕というわけじゃないが)誰かが攻撃してくるのを待った。ブレナがフェリックスの頭にある枕に爪をきつく立てすぎたため、彼の枕が裂けた。羽根と一緒に、藁《わら》や木屑が混じったものが飛びだした。フェリックスがそれをひとつかみ握って、ブレナのシャツに突っ込んだ。そのとき僕は、羽毛が部屋のほかの場所からもフワフワフワと沸きあがっているのに気付いた。

二、三秒後、僕は枕を肩の後ろに背負い、走り回ってクスクス笑っていた。そのときフランタが、胸の前で腕を組んで、戸口に立っているのに気付いた。

僕はぎょっとした。枕が手から抜け、床にすべり落ちた。あたりいっぱいに広がっている羽毛のなかを、走っているとは見えないようにできるだけ早く、座っていた椅子に戻った。

フランタがドアをピシャリと閉めた。「ネシャリム！」彼は叫んだ。数人が気付いたが、全員ではない。部屋のほかの部分は、まったくのカオス状態だった。

「ネシャリム!!」フランタがかなりの大声で叫び、まだ枕の中身を何でもかまわずつかんで殴りあっている集団に向かって進んでいった。少量の羽毛が空中を漂っていたが、数秒後、枕戦争は完全に終わった。

「みんな、気が狂ったのか？」とフランタが尋ねた。彼の顔は赤い。「どこにいると思っている。ここが行楽地だと思っているのか？」

誰も何も言わない。

「このいっぱいの羽毛をどうするつもりだ？　どうやって枕の中に戻す？　それに、枕なしでどうやって眠る？　枕の中に虫が心地よく住んでいたら、どうする？　そいつらは、これからどこに住むと思う？　ナチスの親衛隊がたまたまこの瞬間に窓の下を歩いていたら、どうする？　おそらく、今日は収容所の中で検分となるぞ。なぜ、自分たちが注目されるようなことをするんだ。

君たちの騒いでいる声が、廊下の向こう端でも聞こえた。毎日、テレジンが僕たちに十分な難題を押しつけていると思わないか？　さらに難題を生じさせる必要があるのか⁉」

誰もひと言も発しない。フランタは、羽毛と木屑を靴で集めて小さな山をつくった。

「これを、これ全部を、五分以内にきれいにする。そして、その後、イェリンコヴァ先生が病気なので、授業の代わりに本読みをする」

「でも僕たち、今晩は練習がありますす」パヴェルが言った。

ああ、そうだ。母さんを見ながら、今、思い出す。練習だ。すっかり忘れていた。

「今、何時？」母さんに尋ねる。

「分からないわ。なぜ？」

「行かなくちゃ」と言って、僕は立ちあがる。

「なあに？　来たばかりじゃないの」

「劇の本読みがあるんだ。きっと、もうはじまっている」

マリエッタがトランプを切りながら、「劇？　何をするの？」と尋ねる。

「『ハーメルンの笛吹き男』だ」上着のボタンを留めながら答える。

「あなたたちの学校のように、劇も秘密なの？」母さんが尋ねる。

「うーん、よく分からない」ドアに向かいながら言う。「今はただ、練習をしているだけだよ」

「トランプも覚えてよ！」マリエッタが僕に叫ぶ。「エースは、最高点か最低点か、よ」

「待って、待って、ミーシャ」母さんが言う。

振り向くと、母さんは手に畳んだ毛布を持っている。その模様に見覚えがある。それは、父さんと母さんがプラハで使っていた毛布だ。

「これ、持っていって」

「何？」

「持っていきなさい。冬が来るわ」

「私たちはどうなるの？　それは、私たちの厚手の毛布よ」マリエッタが尋ねる。

「今朝、グレタが屋根裏で二枚のフランネルの毛布を見たと言ってるの。私たちはそれで十分よ」

「でも、それって、ほとんど……」マリエッタが言う。

「僕は持っていけないよ」

「何を言っているの。持っていけないですって？」母さんが尋ねる。

「フェアじゃないよ。こんな毛布、誰も持ってないよ」

母さんが、それを僕の腕の中に入れながら、「でも、持っていくのよ。これは、とても大切なことよ」と言う。

「いらない」それを母さんに押し戻して、僕が言う。「あの部屋ではフェアじゃない。どっちにしても、フランタが認めないよ」

「フランタ?」母さんは、笑っているみたいに言う。「フランタはあなたの母さんじゃないわ。彼には決められないわ。今すぐあなたと一緒に行って、私から彼に話します」

「やめてよ!」思っていたよりずっと強く、僕は反論してしまう。母さんの表情は、まるで僕がビンタをしたようだ。

「ごめん。やめて、僕が彼に話すよ」話さないと分かっているけど、「いいかい?」と僕は言う。

母さんが毛布を胸に抱える。その頬が赤い。僕はマリエッタのほうを見るが、彼女はただ頭を振るだけだ。目の端で、数人の女性が僕らを見つめているのに気付く。二、三歩母さんのほうへ行き、抱き締める。母さんがすぐに離さないので、畳んだ毛布の間に顔を深くうずめたとき、ホレショヴィツェにあった古いアパートの匂いがした、と断言できる。その匂いが、いつまでもこんなふうにしていたいと思わせたが、それでも僕は顔を上げた。

「お菓子ありがとう」と母さんに言う。返事がこないうちにドアを出る。遅れたことでフランタに怒られないことを願って。


劇の読みあわせのあとに手を洗っていると、フランタが入ってきた。どういうわけか、ここには二人だけだ。彼のほうを見るが、彼はなんだか床を見ている。それからかがみ込んで、何かを拾いあげた。一枚の羽毛だ。それを、フランタが指の間で前後に動かす。「来月のために、これを見つけておこう」と、頭を振りながら言う。

「すみません」と僕は言って、残っている羽毛がないかと床を調べながら部屋へと歩きだす。

「ミーシャ」僕がちょうど戸口に着いたとき、フランタが呼びかける。

「はい？」と言って、振り向く。

「面白かったか？　そうだろうな？」

「何が？」

「枕戦争だよ」

どう答えたらいいのか、僕に何を言わせたいのか、分からない。手がかりを求めて彼の目を探る。僕を試しているのだろうか？

「ああ、はい、まあ、そうです」

「まあ、だって？」彼の目が少し和らいだ。

「はい。そうでした。本当に面白かった」

「そうだったろう」と言って、彼は少し微笑《ほほえ》んだ。「そりゃそうだ」

僕は何も言わず、彼が床を見つめている様子をただ見ているだけ。フランタは、確かに何かを考えている。それが何なのか、分からない。

「ここでは、いろんなことが楽しいです」僕が言う。「サッカーとか、劇の練習も。今、なぜ母さんが僕らを移動からはずそうとしていたのか分かりません」

フランタが笑った。でも、本当の笑いではない。たぶん、ため息だろう。

「何ですか?」

「何でもない」

「何ですか?」

「君がここを楽しむことができて嬉しいよ。何とかそれが、この腐った場所での共通の経験であるように願っている」

「どういう意味ですか?」

フランタの笑顔がだんだん大きくなる。でも、目はまったく笑っていない。

「何でもない、ミーシャ」彼が言う。「何の意味もないよ。僕が言ったことは忘れてくれ。さて、寝る時間だ、もう遅い。明日は明日だ」

「おやすみなさい、フランタ」

「おやすみ、ミーシャ」

すぐに僕はベッドに入り、ほとんど同時に眠りに落ちた。枕は、今朝の半分になっていた。

一九四二年一二月二八日

今朝は太陽が出ている。フランタが「練習をするぞ」と言ったとき、僕はとても興奮したが、この日もひどいプレーだった。

「僕はダメだ」バシュタから出て、Ｌ417に戻りながらイジーに言う。

「そんなことはないよ」とイジーは言うが、親切心で言おうとしていることは分かっている。

「何を言ってる？　ここに来てから一度もゴールをしていないんだ」

「それで？」イジーが言う。「僕も、ほとんど点を取ったことがないよ」

「君はディフェンダーだ、イジー。ディフェンダーは得点をしなくたっていい。僕はウイングなんだ。ウイングは……」

「あぁ、そうだ」イジーが周りを見回して言う。「帽子を忘れた！」

僕はしばらくそこに立って、どうしてここでは僕のサッカーがダメなのか、理由を見つけだそうとする。でも、イジーがすぐ戻ってこないので、後ろのフィールドのほうに頭を向ける。そのとき、彼はフランタと話をしていた。フランタが小さな紙きれを畳んでポケットに入れている。二人は何を、あるいは誰のことを話しているのか。

かなりはっきりと分かるように、僕を見た。僕は気付かないふりをする。すぐに僕たち三人は一緒になり、歩いて戻っていく。

「イジー、ミーシャ」何本目かの木の下を歩きながらフランタが言う。「手伝ってくれるか？　小枝をたくさん集めてくれ」

「どのくらい？」僕が尋ねる。

「たくさんだ」

「どうして？」今度はイジーが尋ねる。

「いいから拾え」

彼の言うとおりにすると、少しねじれている長い枝や短いものが二、三ダース集まった。フランタがベンチに腰かける。僕たちも、手に枝を持って腰かける。

「イジー、小枝を渡せ」フランタが言う。フランタは、イジーから長めの枝を受け取って、僕らの前にかかげる。

「僕がこれを曲げようとしたら、どうなる？」

「折れます」僕が言う。

「そのとおり」とフランタは言って、半分にポキッと折る。

「イジー、あと二本頼む」

イジーが短めの二本を渡す。するとフランタは、僕らの前でその二本を持って、「これならどうだ?」と言う。

イジーと僕は、顔を見合わせる。「同じことです」と、イジーがまるで質問に答えるように言う。

そして、フランタが二本とも半分に折る。

「ミーシャ、僕に……一一本くれ」

一度に一一本の枝を渡す。彼はそれを取って小さな束にする。

「これならどうだ?」

僕は肩をすくめる。

「僕に、これが折れると思うか?」

「わおー!」イジーが言う。

フランタが手の甲の腱《けん》を膨らませながら、束を固く握る。体格がいいほうではないが、その手は信じられないくらい強い。やっぱり、彼はゴールキーパーだった。初めて会った日に僕が思ったように。

まだ彼のプレーを見たことはないが、子どもたち全員が「彼は素晴らしい」と言う。まったく恐れを知らない、と。

ずっと寒すぎたが、暖かくなったら、彼ら大人はまたサッカー・リーグをはじめるだろう。違った仕事のグループがチームをつくり、一緒にプレーをする。僕は、フランタがいる先生たちのチームがとても強いと思っている。

フランタの拳《こぶし》が白くなっていくが、小枝は折れない。彼は手を放して、「さあ」と言いながら枝の束を僕に渡して、「やってごらん。からかってるんじゃないよ」と言った。

それで、僕は手に取ってやってみる。もちろん、フランタが僕をからかうとは思っていないが。

「できません」

「では、イジー」とフランタが言うので、イジーが全部の枝の束をつかむ。

「いや、一本だけ持って」

イジーが、そうする。もちろん、折れる。もう一本、もう一本、すぐに二三本の小枝が僕たちの前の地面に並んだ。

「それで?」フランタが質問する。

「全部一緒には折れません」僕は小枝を見つめて言う。

「そうか?」フランタは何も言わない。「そうか?」

僕は、それほど離れていない通りを歩いてくる二人の男をフランタが見つめていることに気付いた。彼は瞬《まばた》きもせず、しばらく彼らを眼で追っている。一人はユダヤ人で、緑の丸いメガネをかけている。もう一人は、とがった鼻と突きでた顎《あご》をしているナチス親衛隊の将校だ。ここに来てから親衛隊の将校を見たのは二度目だ。

彼はただゆっくり歩いているだけだが、僕は一瞬震えて、胸の中で何かがキュッとするのを感じた。この距離では細かなところは見えないが、彼の制服には鉤《かぎ》十字と、正方形と鷲、そして骸骨が付いているのがかなりはっきりと分かる。僕たちのアパートに来て、父さんを連れていった男たちとそっくりだ。僕は目を閉じて、頭を低くする。

「あれは誰？」イジーにささやく。

「セイドルだと思う。それと……」

「エデルステイン」目をそらさずに、フランタが言う。

「彼らは何者？」僕が尋ねる。

「セイドルは、テレジンにおけるすべての責任者だ」イジーが言う。

「ナチスの親衛隊将校、ジーグフリード・セイドル博士」フランタが静かに言う。そして、嫌悪を込めて「テレジンの司令官だ」と付け加える。

「それに、エデルステインは……」イジーが言う。

ヤコブ・エデルステイン

「ヤコプ・エデルステインは、セイドルのために収容所を運営している」とフランタが説明する。

「運営しているって、どういう意味ですか？」

「彼は、ユダヤ人協議会の筆頭だ」とイジーが言う。

「えっ？」僕は聞く。

「エデルステインは、毎日の作業を監督している」とフランタが言う。

「だから、ナチスは何もしなくてもいい。彼は腐った協力者にすぎない。ナチスは、不可能な決定をしなければならないだけだ」

僕がイジーに「不可能な決定」ってどういう意味か聞こうとすると、フランタが立ちあがった。

「さあ、行こう！　まもなく文学の授業がはじまる」

一分後、Ｌ417の近くまで来て、フランタに尋ねる。

「待って。小枝のことですが、何だったんですか？」

「そうだ」と言って、イジーも加わる。

フランタの口の左端がゆがむ。彼は下を見て、通りの端のほうにある細い小枝をつかんだ。

「ミーシャ、これは君だ。君はまあ、とにかく今はまだ細い枝だ」

「はい」馬鹿みたいな気がしたけど答える。

「でも、いつかは太くなるだろう。いつかは、私たち全員が太くなる。そして、イジー、君は少し太い枝だ。ゴトズリンゲル兄弟、プドリナ、そしてフェリックス、彼らはネシャリムのなかでは一番太い枝だ。しかし、やはり全員がとても痩せている」

　僕は何も言わず、ただイジーのほうを見る。僕と同じく、混乱しているように見える。

「僕たちそれぞれは、自分たちだけでは……チャンスの多くに立ち向かうことができない。すまない、ミーシャ」とフランタは言って、ポキンと枝を折った。

「君はかなりいい選手だ。実際、君が思っているよりもいい。君は、いろんなことをうまくこなしてる。ボールをためないし、素早い。反撃があると、いつもディフェンスに急いで戻っている。そして、スローインのとき、素晴らしい仕事をしている」

　イジーが僕の背中を叩く。

「そうだ！　僕も認めるよ。ワールドカップの試合じゃない。けど、それほど悪くない。だって君には、貢献するものがたくさんある。君は一人でプレーしているわけじゃない。それを忘れるな。チームでプレーをしているんだ。一本一本の枝だ。ネシャリムだ。僕らの何人かは、そこそこうまい。プドリナとフェリックス、確かに彼らはすごい。しかし、驚くほどではない。とにかく今は、まだだ。でも、一緒になれば僕らは凄くなれる。一緒に一本一本でプレーすればな」

　フランタが深い息をしてうなずく。それからまた話しはじめる。前よりも静かに、ゆっくりと。

「もし、僕らが一緒にプレーをし、お互いに助けあい、それぞれができることをお互いに支えあってするなら、自分ができないことは誰かほかの人がする、と信じる。そうすれば、僕らはこの建物の中で一番のチームになるだろう。そういうことだ」

僕らは、また歩きはじめる。

「オットー・ヒルシュのプレーを見たことがあるか？」とフランタが尋ねる。

「1号室の？」

「彼は凄い」とイジーが言う。

「そうだ」フランタが言う。「彼は、僕らの建物で一番うまいプレーヤーだ。彼のフットワークは、彼の二倍も訓練を積んだ選手よりもいい。でも、彼は下を見てプレーしている。これは、誰にも言わないでくれよ。正直言って、彼はボール狂みたいな奴だ。彼のチームメイトは、周りに立って見ているだけだ。見ていろ。彼らと試合をやるとき、彼はハットトリックをするぞ。でも、僕らは4対3で勝つ」

僕は、本物のチームにいたことがない。ここテレジンに、ユニフォームがあるのかどうかは分からない。それでも、本物のチームにいるってことだけで、かなり凄いことになるだろう。いや、凄いどころじゃない。こういうことがはじまってから……一番素晴らしいことになるだろう。

イジーがL417への階段を駆け上りはじめる。それで僕は、彼を追い抜こうと走りだす。

「待て！」フランタが叫ぶ。それで、僕らは止まる。彼の頭が、セイドルとエデルステインが歩いているほうを向いている。すでに、ずーっと先に行っているが。

「君たちは知らねばならない、ナチスが……」

「えっ？」僕は尋ねる。

「ナチスだ。彼らも一緒になって仕事をしている。ヒトラーはたくさんの枝を集めた。何百万もの……」フランタが並木を指さす。

「まったく同時に『ハイル・ヒトラー』と叫びながら、一万人が腕を突きだしている様子を見たら、それは凄い束だ。そうだろう？　我々全員をテレジンに連れてきて、閉じ込めて、こんな状態で、彼らは何をしたか、何をしようとしているのか。僕らには、とても、とても、とても大きな束が必要だ」

「でも、それなら、どうやって……」僕が言おうとすると、

「そう……」フランタが急いで言いかけたが、またやめる。

「そう、みんなが団結するだけでは十分ではない。いつも、自分自身に尋ねていなければならない。自分は正しい束のなかにいるのか？　それに加わることで、より強くしたいと思えるだけの束なのか？」

　少し混乱して、僕は木々を見る。

「ネシャリムは、いい束です」とイジーが言う。

「そうなのかな？」と僕が尋ねる。

「そうだ」フランタが言う。「僕はそう信じている。僕はネシャリムが素晴らしい束をつくると信じている」

フランタは顎《あご》をなで、何か考えている。誰にも分からない。

「来い、二本の枝たち」彼が言う。「行こう。ほかの子どもたちが、僕たちに何かあったのかと心配しはじめるぞ」

フランタが階段を跳ぶように上り、僕たち二人がすぐそのあとに続く。

一九四三年一月二二日

『おお、詩人よ（OH, POET）』、ヴァイス先生がヨゼフ・ホラ（Josef Hora, 1891～1945）という人の詩を読む。手を空中に伸ばして、何ともドラマチックに読む。

「私は　そのもっとも深い潮に引き裂かれて　君の海の中で　溺れている」

今日、僕は気分転換に聞こうとしている。でも、チェコ文学は授業のなかで一番退屈だ。だって、時々ヴァイス先生は中断して、僕らの誰かに「詩がどんなことを言っていると思うか」と尋ねて、説明をさせるからだ。早く終わらないかといつも思っているが、朝の授業はたいてい九時から正午まで続くので、まだまだ続くということだ。

突然、ドアがノックされる。みんな一瞬固まり、それから素早く、あたりにある隠れられるものに急ぐ。ここでは、誰もノックなんてしないからだ。

パヴェルとハヌシュの二人は本当に文学が好きで、ノートをとっている。紙の切れっぱしと短くなった鉛筆を、手近にあるマットレスの下に投げ込んだ。

ヴァイス先生は本を閉じて立ちあがり、すぐにまた座る。

ドアが開くと、突然、ユダヤ人女性が入ってきた。一人だけだ。おそらく、母さんと同じくらいの年齢だ。母さんより背が高く、花模様の、もう美しくはない古いワンピースを着ている。彼女の髪は少しウエーブのある縮れ毛だが、大部分を後ろで丸く留めている。彼女がドアを閉める。

「母さん?」とイーラが言う。

フランタは、彼女が入った途端に立ちあがる。「ツヴァイク夫人」と言ってまたドアを開け、一緒になって外に戻そうとする。でも、彼女はそこを動かず、フランタを完全に無視している。

「ツヴァイク夫人!」フランタが今度は厳しく言う。「申し訳ありませんが、授業中です」

「明日、移送があります」彼女の声が震えている。彼女はイーラのところへ急ぎ、彼を抱いた。

彼は困っているようだ。

「私たちはそれに乗るのよ」

ヴァイス先生がメガネをはずして、顔をこすっている。フランタは大きくため息をつくが、何も言わない。

僕はペドロのほうを向く。彼は隣に座っている。

「移送?」とささやいて、「どこへ移送?」と聞くが、彼は答えない。

実際、少しの間、誰も何も言わない。みんながイーラの母さんを見つめている。彼女は、場所もかまわず、激しく泣いている。

「何人ですか?」と、とうとうフランタが尋ねる。

彼女はハンカチで顔を拭いて、「二〇〇〇人」と答える。

「二〇〇〇人!」ヴァイス先生が、最悪の返事だとはっきり分かるような言い方で声に出す。

「明日ですか?」とフランタが尋ねる。

彼女がうなずく。

「みんな」フランタが声をかける。「中庭に行きなさい。さあ、行って手押し車を、一台はドレスデン兵舎、一台はエンジニア兵舎に持っていきなさい。彼らには手助けが必要だろう。とりわけ、お年寄りの技術者の方には」［一三五ページの図参照］

僕には聞きたいことがいっぱいある。それで、みんなが立ちあがると、すぐフランタのところへ行く。ちょうどそのとき、一人の老人が現れた。この男性の眼は赤い。

「フォルマン先生?」とフランタが言う。

「ペドロ」その男性がうろたえて言う。「ペドロは、どこだ?」

僕らが建物を出ると、そこはいつものテレジンではなかった。人々が至る所で走り回っている。彼らはみんな同じ表情をしていて、悪い日が、もっともっと悪くなろうとしていることを全員が知っているみたいだ。

「僕は分からない」手押し車を押してエンジニア兵舎へ行きながらフェリックスに尋ねる。「彼らは、ここに僕たちを移送したんじゃないのか?」

「この人たちは東に行く」と、彼は言う。

「どういうこと、東って?」

彼は肩をすくめる。「僕に分かるもんか。東、おそらくポーランドだ」［xiページの地図参照］

「でも、どうして? ポーランドに何があるの?」

一人の男が全速力で走りすぎる。真っすぐ、僕らの手押し車にぶつかりそうになりながら。

「労働キャンプに行く、と言われてる。ビルケナウ(1)っていう場所だ、と言う人もいる」

「でも、ここは労働キャンプだ。そうだろう?」と僕は言う。「つまり、プラハを離れるときにそう言われた。テレジンは……ここで働き、なんだったっけ、生産的であれと。とにかくプラハで、ナチスの将校が僕たちみんなにそう言ったんだ。今、僕らは働いている。時には、僕ら子どもたちでさえ。だから、どうしてあの人たちは行かなければならないんだ? ほかの所に……」

「知らないよ、ミーシャ。いいかい?」フェリックスが言う。「だから、その話はもうやめよう」

エンジニア兵舎は、完全に制御不能になっている。人々は叫び、とぼとぼと階段を下り、ほとんどの人たちが、運ぶには重すぎるであろうバックを持っている。フェリックスと僕は、小さなお婆さんに気付いた。背丈はほとんど僕らと同じくらいで、すり切れたスーツケースを持っている。僕たちは彼女を手伝おうとするが、すべての蝶番《ちょうつがい》が壊れているので、中のものがあちこちからはみ出ている。

洋服も、あちこちからはみ出ている。ソックス、下着、彼女のものとは思えないシャツ。きっと男物だろう。彼女はずーっとブツブツと言っているが、一つも分からない。たぶん、チェコ語じゃない言葉で話しているのだろう。

僕たちが手押し車に戻ると、すでにバックであふれていた。お婆さんのものをスーツケースに戻して、手押し車の脇の板とほかのバッグの間に押し込んで、蓋《ふた》が開かないようにする。パヴェルとハヌシュの助けを借りて、何とか手押し車を動かす。時速一マイル［約一・六キロ］の速度で進み、ハンブルグ兵舎に向かう。そのそばに発着所がある［一三五ページの図参照］。

数分後に僕が見回すと、手押し車が磁石のようになっていることに気付く。三〇人くらいのお婆さんが、僕らの後ろにつながっているのだ。後ろに行くほど、疲れ切っているように見える。

（1）アウシュヴィッツ第二収容所のことです。アウシュヴィッツに隣接しており、ガス室などがありました。ユダヤ人絶滅収容所の一部です。

そのとき、僕は考えた。待てよ、ほかの収容所で、このお婆さんたちにどんな仕事ができるというんだ？　ここで、何か仕事をしていたとは思えない。

「ねえ」と、僕はフェリックスに聞く。彼は僕のすぐ隣で押している。

「彼女はどこだ？」

「彼女？」

「お婆さんだよ。壊れたスーツケースの。彼女がいない」

フェリックスが答える前に手押し車を放して、お婆さんを探しに戻る。ちょっと時間がかかったが、やっと彼女を見つける。はるか離れたところに、一人でベンチに座っている。

僕はその隣に座る。雑巾《ぞうきん》のような匂いがする。何か言うことを考えるが、何も出てこない。彼女が答えるかどうかも怪しい。催眠状態にいるかのように、ただ前を見つめている。お婆さんの小さな頭は、片側にグッと傾いている。

しばらくしてから僕は立ちあがり、手押し車へと急いで戻る。

一九四三年一月二三日

「見ろ、イーラがいる」すごく興奮して、シュロイス［門］の窓から指さしながらカプルが言う。

「イーラ、おーいイーラ！」

でも、イーラには聞こえていない。おそらく、あたりいっぱいに広がっている騒音のせいだ。

「イーラ！　イーラ！」

今は、カプルが叫んでいることも僕にはほとんど聞こえない。彼は僕のすぐ隣に立っているのだが。

窓の向こうには数百人もの人がいる。その多くが、スーツケースと一緒に地面に座っている。すべてが二か月前の展示場での様子に似ている。ただ、ここでは、誰もがより悲しそうに見える。こんなことがあるなんて僕は思ってもいなかった。テレジンを離れる移送に含まれるのはここを目指すときよりもはるかに悪いと、誰もが確信しているように見える。

「イーラ！　イーラ！　イーラ!!」

「イーラ！　イイイイラアアアー！」カプルが、口の周りに手を丸く当てて一〇回も叫んだ。やっと僕らの声を聞いて、ようやくイーラがやって来た。

「やあ」と彼は言って、両手を厚いセメントの窓枠に置く。

カプルはトランプひと組をズボンのポケットから取りだして、鉄格子の間から渡す。

「これを持っていけよ。汽車の中で退屈するかもしれないから」カプルが言う。

「ありがとう」とイーラが答える。

「それに、このロールパンも。ランチから取っておいた。これだ」カプルは半分潰れたロールパンをイーラに差しだす。

「いいよ。必要ないよ」とイーラが言う。「母さんが、パン焼き所のおばさんからパンを一つもらったんだ」

「分かった」とカプルは言って、ロールパンをひと口かじる。

イーラが僕を見る。僕も何かを持ってくると思っていたんだろうか。でも、正直言って、僕は彼をほとんど知

収容所内のパン焼き所。ヨゼフ・スピエル（1900〜1978）画（出典："ART AGAINST DEATH" オズワルド出版、2002年）

らない。カプルが「君も来るべきだ」と言ったから来たんだ。

「いつ出発するんだ?」カプルが尋ねる。

イーラは肩をすくめる。

「分からない。今晩か明日。できれば、いつまでも行きたくない。僕の母さんはずっと知ろうとしているけど、誰もはっきりしたことが分からないみたいなんだ」

カプルが格子の一本をつかみ、その上にぐいっと上がろうとする。そして、「絶対に行かないですむと思うよ」とイーラに言う。

「いや」とイーラが言う。

「だって、君の母さんがマイカの仕事をしている人を知ってるって言っていたよ」

「マイカって誰?」と僕が聞く。

「誰かじゃない、何かだ」とカプルが言う。「それは物質の一つで、銃やラジオなんかに入れるものをつくるときに使う……雲母《うんも》さ。そういうものに関する仕事をしている人は大丈夫だ」

僕の母さんは、今、オモチャや造花をつくっている、どこかの場所で働いている。仕事が分かりはじめている、と言っていた。そこなら、大丈夫なのだろうか?

「誰かを知っている?」イーラが言う。「誰かを知っていると、どう役立つの?」

「分からない」カプルが言う。「おそらく彼らは、誰かが必要なんだ。たぶん、あそこで働いていた人が横領で捕まり、移送に入れられて、君のお母さんは彼女と入れ替わる。そうだろう?」

「たぶん……」あまり納得してないようにイーラが言う。

「出ていけ。お前たち!」僕の肩に手が置かれた。振り向くと、黄色いバンドを巻いて黒い帽子を被った男がいる。ゲットーウォッチャー、ほかのみんなと同じく胸に黄色い星を付けてはいるが、ゲットーのユダヤ人監視人だ。フランタは、彼らのことを「もう一人の腐った協力者」と呼んでいる。本当にそうだ。

僕はできるだけ早足で離れる。でも、そのときカプルが言う。

「ただ話しているだけです」

その男はカプルの上着の後ろをつかみ、彼を地面に投げつけた。「さあ」と彼は言う。

起きあがったカプルが少しだけ埃を払う。

「イーラ、プラハに戻ったら僕たちは……」と彼は言う。

「行け!」また監視人が叫ぶ。「彼らに加わりたくなかったら、行け! 簡単にそうしてやるぞ」

そのときの監視人は、いかにも楽しそうに言った。神に誓って。彼の胸にあの星がなかったら、彼はナチスそのものだ。腐った、かぎりなく腐った奴。

そのあと一〇歩くらい歩いて、僕はシュロイスを振り返る。そこに、イーラはすでにいなかった。すぐに、背後のシュロイスの騒音がほとんど聞こえなくなる。

「ばか監視人」何かを、おそらくロールパンの残りを木に目がけて投げながらカプルが言う。

「カプル」と僕は言う。

「うん？」

「彼らはどこに行くと思う？」彼は石を拾いあげて、別の木に向かって投げる。

「たぶん、たぶんだよ。それほど悪いところじゃないんじゃないか？　ここよりひどい場所なんてめったにないから。そうだろう。だってここは、プラハでの最後のときより、いろいろなことでひどいよ。そうだろう？」と僕は尋ねる。彼の気分をよくしようとしてこんなことを言っているのか、あるいは本当にそう信じているからなのか、はっきりしない。

「十分な食べ物もなく、一〇倍も詰め込まれた部屋で、ひと晩中ノミに刺されるような暮らし。全体が草で覆われた、高い壁で囲まれた場所。そして、老人がいつも死んでいく。言うまでもないことだけど」と僕が言う。こういうすべてのことが、僕が思っていたより少しひどすぎるように感じはじめている。

「彼らは、いつでも移送命令を出すことができる。まったく警告もなしに。だから、次の場所はそんなに悪くないのだろう。たぶん、もっといいんじゃないか。ここは混みあっているし。目的地がどこであっても、もっとゆったりしているんじゃないかな。たぶん、それが理由だ。彼らがどこに行くにしても、戦争が終わるまではきっとそこにいられるだろう。それに……」

僕は、自分自身を強く励まそうと、「たぶん、そこには本物のサッカー場があって、イーラはそこでネシャリム・チームみたいなものをはじめる」と付け加えた。

カプルは僕を見るが、答えない。

「おーい！　おーい！」

誰かが僕たちを呼んでいる。僕は振り向く。ペドロだ。

「わぁ、何をしているんだ？」

「僕らは抜けた！　うまくいった！　父さんが抜けさせた！」

「それはすごい」カプルが言う。何かほかのことを言おうとしているようにも思えるが、向きを変えて僕らの前を早足で歩いていく。

ペドロは気付かないようで、「僕のおじさんが財務局で働いていて、エデルスティンの補佐役を知っている。それで、そう、僕たちは移送から抜けた！」

そのときカプルが走りはじめるが、どうしてか右に曲がる。そっちは僕らの建物とは反対の方角だ。ペドロと僕は、彼について曲がる。二、三分後、彼はアーチ型をしている別の建物の戸口にいて、腕を組んで、なめらかで硬い壁に頭を押しつけている。

「カプル、来いよ、行こう。フランタは『すぐに戻れ』と言っていたよ。急がなくちゃ」と僕は言うが、彼は何も言わず、ただ僕たちから目をそらした。

「なあ」ペドロが言って、手を伸ばしてカプルの肩に置く。

「一人にしてくれ！」とカプルは叫び、それから彼の背中全体が震えだした。

「ねえ……」僕らの建物のそばに来たとき、ペドロに聞いた。「二〇〇〇人というのは、ちゃんと二〇〇〇人だと思うか？」

「知らない。たぶん、そうだろ」

「だって」言葉が口から出そうになっているが、あまりいい気持ちではない。「ドイツ人って、物事がきちんと組織されていることに対してかなり几帳面に見えるけど。そうじゃないか？」

「うん」とペドロが言う。

「だから、そうだ。ぴったり二〇〇〇人ということだ」

「だから何？」とペドロが聞く。

「忘れてくれ」と僕は言う。

「何を？」

「気にしないでくれ」

「何、ミーシャ？」

「つまり……ね、君の家族の代わりに、どこかの家族が行かなくちゃいけないということじゃないよね？　君たちが抜けたから……」

　ペドロは答えない。僕らはそれから一分ほど歩いてL417に着く。彼がドアを開けたが、中に入る前に立ち止まった。「僕たちじゃなければ……」とても早口で言う。「僕はかまわない。かまわないよ」


　階上へと廊下を歩いているとき、見慣れた後ろ姿を見る。母さんだ。ここで何をしているんだ？　僕は急いで走るが、追いつく前に母さんが振り向いた。また、あの毛布を抱えている。

「ミーシャ」弱々しく微笑《ほほえ》みながら言う。

「やあ」

　何かほかのことを言いかけようとしたとき、僕らの部屋のドアが開いてフランタが出てきた。

「遅いぞ！」機嫌悪そうに言う。「言っただろう。（自分の時計を見て）一五分前にはここにいるようにと。あれ、カプルはどこだ？」

「やあ、フランタ」ペドロが僕たちに追いついて何気なく言う。すべてのことは、彼が仕掛けた冗談だったかのように。

「ペドロ！」フランタの眼が明るくなった。彼は手を伸ばして、ペドロの髪の毛をクシャクシャにする。「抜けたのか、抜けたのか！」それからペドロを引き寄せて、しっかりと抱きしめた。

「お帰り、友達。お帰り」

「僕の叔父さんが、してくれた！」

「分かった。分かった！　素晴らしいことだ。さあ、中に入ろう。みんなに本を読むところだったんだ」

　ペドロが部屋に消える。三人を残して。

「恐ろしい一日だわ」母さんが毛布をつかんだまま言う。フランタはうなずき、顔をなでる。

「ミーシャにこれを持ってきました」母さんが言う。「もう少し暖かくなるまで」

「ミーシャ」フランタが言う。「さあ、中に入って手を洗ったらどうだ」

　僕は、どうしたらよいか分からず、二人を見比べる。毛布を受け取るべきか？　それとも、フランタが言ったように、母さんも僕に「中に入れ」と言おうとしているのか？

　僕がそこに立っていると、カプルがホールを走ってきて、フランタがひと言も話さないうちに部屋の中へと消えた。二人を見続けている僕を残して。

　とうとう、僕は母さんを抱きしめてから中に入る。でも、ドアを閉めてから耳をドアにくっつけて、片方の耳を親指でふさいだ。

「グルエンバウムさん、私は……」フランタが言う。

「ミーシャに持っていてもらいたいのです」母さんが言う。「二か月前に私たちがここに来てから、この部屋の半数の子どもたちは具合がよくありません。それに、もし私たちが次の移送に呼ばれることになれば……ミーシャは元気でいなければなりません」

そうだ、昨日から、それがあり得ることだと分かった。「実際に移送されることもある」と母さんが言うのを聞いて、僕の胃は小さな拳のように固くなった。もし、ペドロの家族が三人で、僕らが代わりに呼ばれたらどうなる？　ここが満足できる場所ではないにしても離れたくない。

僕に分かるのは、これだけだ。

「実際には」と、フランタが話しているのがドア越しに聞こえてくる。「一二月に入ってから医師の世話になったのは、たった八人でした。子どもたちは、毎日とても多くの時間を清掃に使っていることはお分かりだと……」

「フランタ」母さんが言う。「聞いてください。あなたがなさることに感謝しています。ミーシャがあなたに憧れていることも知っています。でも、私はミーシャの母親なのです。フランタ、あなたの知らないことがいっぱいあります。私たち家族のこと、親であること、あなたには……」

「グルエンバウムさん、この収容所での私の仕事は、あなたのお子さんと三七人、いや三八人、そのほかの子どもたちの面倒を見ることです。これが、私がしていることです。一日中、毎日。私の仕事は、あなたと違って終わりがありません」

「フェアじゃないわ。フランタ、あなたは……」

「部屋の子どもたちそれぞれに決めたいことがあるなら、部屋担任が最終権限をもっと決めなければなりません。あなたがあの毛布をミーシャに渡すなら、ほかの子どもたちはどうなるのですか？」

「ほかの子どものことはどうでもいいんです！　私の子どもを……」

「ですから、私が担当しているのです。あなたではないのです」

「そんなひどいことを！　私はそんな……」

「すみません。ちょっとお待ちください」とフランタが言う。突然ドアが開いたので、僕はよろめいて廊下に出てしまう。

「ミーシャ」彼が僕に言う。「顔や手足を洗ってベッドに入りなさい。さあ」

二分後にドアが開く。フランタだ。一人で、そして毛布を持たずに。

「長い一日だった」彼がみんなに話しかける。「しかし、君たちが静かで朝に文句を言わないなら、今晩はあと五分だけ読もう」

おそらく彼は、一〇分は余計に読むぞ。一五分かもしれない。でも、そんなのはたいしたことじゃない。だって三〇分後、イーラと分けあっていたベッドで、カプルが泣きながら一人で眠ろうとしているのが聞こえるだろうから。

一九四三年七月七日

「ミーシャ」練習後、フランタが僕を呼んだ。

「はい？」僕たち全員が小さな輪になって座っている。

フランタは真ん中に立って、戦略について質問している。

「もし、ペトルが攻撃していて、君のすぐそばに来ようとしていたら、どうするかな？」

練習は、これまでの練習よりも一〇倍も真剣だったし、かなり周到なものだった。

「ペトル・アルデルですか？」

「いや、ペトル・パンだ」フランタが言う。明らかに困っている。何人かの少年が笑う。

もちろん、この練習はより真剣なものだった。僕らは本当に決勝戦に出る。僕はまだ信じられない。9号室を相手に「4対3」で逆転勝ちしたのだ。さあ、1号室との戦いだ。彼らにはオットー・ヒルシュ、ズデネク・タウシクがいる。この二人は、僕らのチームの誰よりも上手だ。5号室を「7対2」でやっつけている。

僕は目の上の汗を拭う。ここに来てから今日が一番暑い。

「彼をサイドラインに引きつけます」

「そのとおり」フランタはうなずきながら言う。「ディフェンスでは、サイドラインは君のチームメイトの役だ。彼らに、決してフィールドバックの中央を渡してはならない。中央は僕たちのものだ」

フランタは向きを変え、ほかの子どもを指して言う。「ココ」

「はい」

「彼らのコーナーキックだ。君はゴールにいる。パヴェルとイジーが立っているところが気に入らない。どうする？」

「二人に言います」

「言うって、何を？」フランタは眉を上げながら尋ねる。

「はい。二人に言います」

「いや、叫ぶんだ！　パヴェル、お前はオットーにつけ！　違う！　向こうだ！　オットーの右だ！　イジー、二歩戻れ！　今だ、行け！　君はそこでバックを守る。マナーなんて言ってる場合じゃない。そしてみんな、そこでお互いに話し合うんだ。伝えろ！　僕らがチームとしてプレーすれば……」

フランタは拳を握り、「僕らは勝つ。勝手にプレーすれば負ける。単純なことだ」と言って腕を組んだ。シャツの背中に映る黒っぽい楕円形の汗が、なんだか丸形に近くなっている。

「みんな、集まれ」

僕らは立ちあがり、彼の周りに集まる。パヴェル、フェリックス、プドリナ、ココ、ゴリラ、ペドロ、イジー、ハヌシュ、マヨシェク、エリフ、グリズリー、カプル、そして僕。

「リム、リム、リム、テンポ　ネシャリム」フランタがささやく。そして、腕を伸ばす。みんながささやき返して、彼の手の上に自分たちの手を置く。

「リム、リム、リム、テンポ　ネシャリム」今度は、フランタが少し大きな声で言う。

「リム、リム、リム、テンポ　ネシャリム」僕たちが答える。

「リム、リム、リム、テンポ　ネシャリム！」再びフランタが言う。

そして、みんなで、「リム、リム、リム、リム、テンポ　ネシャリム！」、「リム、リム、リム、テンポ　ネシャリム！」、「リム、リム、リム、リム、テンポ　ネシャリム！」と言う。

この愚かな監獄要塞の壁から、僕らの声の響きだけがゆっくりと跳ね返ってくる。

「素晴らしい練習だ」とフランタが言う。「さあ、手足を洗いに部屋へ戻ろう。それから、二〇分以内に女子寮の地下で会おう！」

「そこで何があるんですか？」ゴリラが聞く。

「ちょっと新しいことだ」フランタが言う。「さあ、行け！」

「僕らは1号室をやっつけるぞ」戻る途中、フェリックスが言う。

「僕は一つ勝つだけで嬉しい」とパヴェルが言う。

「そうだ」とエリフが同意する。

　僕らは鉄道の線路を渡る。新しい鉄道の線路が、収容所までずっと引き込まれている。ちょうど一週間前、そこに最初の列車が到着した。短い列車で、一〇〇人くらいのユダヤ人を乗せていた。それから二、三日後、同じくらいの人数を乗せた列車が来た。

「どちらもベルリンからだ」と誰かが言った。ここから列車が出ていったときには、どちらも東へ移送される人は乗っていなかった。それにしても、二〇〇人の人たちを連れてくるだけのためにこの線路を敷設《ふせつ》するはずはない。

　僕らは列になって、全員が線路に沿って歩く。7号室に着くまで。

テレジンで使われずに残る線路

「屋根裏じゃなく地下室でありがたい」と、フランタは言う。ここの空気は重くて、埃《ほこり》とクモの巣のような匂いがするが、少なくとも涼しい。大勢の子どもたちが床に座っていて、女子も含めて全員が部屋の前方を向いている。僕はインカに気付いた。彼女の赤い髪の毛が片側に垂れている。どこでもそうだけど、至る所とても騒々しい。

「みなさん、みなさん。静かに！」一人の部屋担任（男じゃなくても部屋担任と呼ばれている）が言う。しばらくかかってから、やっとなんとか静かになる。部屋の前のほうに、彼女と並んで二人の男性がいる。どちらも年上で黒っぽい髪をしており、痩せたほうの人は生え際がV字型をしている。もう一人は眠そうだ。

「私はレシーです。こんにちは」その部屋担任が言う。

数人の子どもが「こんにちは」と返す。僕でも、隣に座っているイジーでもない。

「あなたたちの何人かは……」レシーは三つ編みの髪を肩の上に振りあげて、「ここに来てから合唱や劇に参加していますか？」と尋ねる。

僕は手を挙げる。ここにいるほとんどの子がするように。

「ヘルガ」レシーが一人の少女を指して、横に立たせる。「何に入っていましたか？」

「合唱です」僕からは見えない少女が答える。「私たちは、歌をチェコ語で歌っています。いくつかの曲はヘブライ語でも」

「いいでしょう」部屋担任が言う。「よろしい。では、劇はどうですか……劇をしたことがある人はいますか?」

ほかの大勢の子どもたちと一緒に僕も手を挙げる。どういうわけか、ナチスは僕らが劇をしても気にかけない。その理由はまだ分からない。突然、レシーが僕を指さしているのに気付く。

「はい、それで何という劇ですか?」

「『ハーメルンの笛吹き男』です」

何の役だったのかは聞かないので嬉しい。僕は、ただのネズミ一匹だったし、それから子どもの一人という役だった。楽器も弾いたけど……そう、本物の楽器じゃない。櫛《くし》の周りにトイレットペーパーの紙切れを巻いただけのもの。でも、実際にはかなりいい音がした。

「いいですね。いいですね。さて、合唱と劇を一緒に演じるとき、何て呼ぶか知っている人はいませんか?」

ブツブツと言う声がたくさん聞こえたが、誰も手を挙げない。

「誰も分かりませんか?」レシーがにっこりと笑って尋ねる。「リルカ、あなたは知っているでしょう?」

「オペラですか?」前のほうにいる、巻き毛の女の子が答えた。

「そのとおり、オペラです」とレシーは言って、二人の男性のほうを見る。この二人は、僕らの話にあまり興味がないようだ。

「そう、いいですか、私たちはオペラをします。子どものオペラです」

さらにブツブツと言う声があがり、笑う子もいる。

「こちらは、（V字型の生え際の男性を指さす）ラファエル・シェヒテル先生で、ピアニストであり、作曲家です」

その男性が軽くうなずく。

「『売られた花嫁』(1)を観たことがある人はいますか？　もちろんオペラで、作曲は……？」

「スメタナ」とシェヒテルが言って、ゆっくりうなずく。

「誰か観たことがある人はいますか？」レシーが僕らに尋ねる。
二、三人の子どもが手を挙げる。
「たくさんの人が観ていないのは残念です。本当に素晴らしかったですから。さて、シェヒテル先生は、このオペラの製作を担当していました。そして今度、子どもたちがするオペラの音楽担当になってくださることになりました」

たくさんの子どもたちがしゃべりはじめ、ほかのたくさんの子どもたちが笑いだす。シェヒテ

ラファエル・シェヒテル先生

ル先生がもう一人の男性に身を寄せて、何かささやいている。

「みなさん、みなさん！」レシーが叫ぶ。「さあ、さあ静かに！」

やっと部屋が静かになるが、まったく静かというわけではない。

「このオペラは『ブルンジバール』(2)と言います」

「ブルンジバール？」とイジーが僕に言う。彼女が「下着」って言ったみたいに。

シェヒテル先生が椅子から立ちあがって、部屋の後ろのほうにある、小さな茶色のピアノに向かっていく。彼は蓋《ふた》を開けて指を鍵盤に走らせたが、具体的な曲を弾いているわけではない。そのあと、ある曲を弾きはじめる。

メリーゴーランドのような響きだ。スピードが上がってくる。僕には分からないが、馬たちが脱出しようとしているメリーゴーランドのような曲だ。シェヒテル先生は目を閉じて、ピアノに合わせてハミングをはじめる。静かにハミングをしているが、僕にははっきりと聞こえる。部屋

(1)　チェコの代表的な国民オペラ作品として名高いです。序曲がとくに有名で、単独で演奏会に取り上げられることが多いです。一八六六年に初演、一八七〇年に決定稿が初演されました。
(2)　戦時中、チェコのテレジン収容所で五五回も上演され、人々の希望の光となった作品です。二〇〇〇年に日本初演を果たしたチェコの少年合唱団「ボニ・プエリ」が、その後も伝え続けています。二〇〇一年には東京で、日本人の子どもたちによって日本語で演じられました。

が完全に静かだからだ。どういうわけか、僕は目を閉じる。

ピアノが終わり、僕は目を開ける。レシーがもう一人の男性を紹介する。

「こちらはルドルフ・フロイデンフェルトさんです。私たちの監督です。ルドルフさん、『ブルンジバール』がどんなお話か、みなさんに話していただけますか」

立ちあがって、彼が僕らの前にゆっくりと歩きだす。もう、疲れたようには見えない。手品師みたいに彼の手が上がる。

「二人の子どもがいます。ペピチェクとアニンカです。二人は兄妹です。彼らの父親はどこかに行ってしまい、おりません。母親はとても重い病気です。ある日、お医者さんが来て言います。『牛乳を飲めば少しはよくなるでしょう』でも、お金がありません。彼らは、ほとんど孤児のようなのです！　どうしたらいいのでしょう？」

彼はシェヒテル先生を見る。答えてくれるのを期待するように。でも、シェヒテル先生はピアノのほうに興味があるようだ。

「彼らは、お金を得るために市場で歌うことにしました。しかし、悪いオルガン弾きブルンジバールが（その名前を嫌な味がするように言う）二人を追い払ってばかりいます。ブルンジバールは口髭のある恐ろしい男で……」

「口髭のある恐ろしい男」と、イジーが体を寄せて僕にささやく。「よく聞くよね？」

「どうしたらいいのでしょう？　お金が必要です。幸運なことに、ペピチェクとアニンカを、一羽のスズメ、一匹の猫、一匹の犬が、町の子どもたちと一緒にブルンジバールをやっつけるのを手伝います。そして最後に、全員が一緒に市場で歌います」

うなずいているシェヒテル先生のほうを、彼がまた見る。

「これが、『ブルンジバール』のお話です」

フロイデンフェルトは座り、レシーが僕たちに言う。

「『ブルンジバール』に出演したいなら、もっとお話がありますのでここに残ってください。二、三日のうちに、ペピチェク、アニンカ、動物、そして演技のテストをします。コーラスには誰でも参加できますが、すべての練習に参加しなければなりません」

「全部です」ピアノから顔を上げずに、シェヒテル先生がきっぱりと言う。

「そうです」レシーが続ける。「全部の練習に。はい、以上です」

みんなが立ちあがり、その二秒後には、彼女が最初に話しだす前よりも部屋の中がもっと騒々しくなる。

「来いよ」イジーが言う。「急げば、アペルより先にダイヤモンドゲームが手に入る」

「僕はここに残るよ」

「本気で？」僕がおかしくなったみたいにイジーが言う。「どうして？」

「分からない」僕は肩をすくめ、「なんか、あの曲が気に入ったみたいなんだ」

「でも、君は歌えないじゃないか」イジーが言う。

「えっ、どうして分かるの？」

「当然だろう。知ってるよ」

でも、僕は何も言わない。まもなく、イジーが行ってしまう。

僕は立ちあがって、部屋の前のほうに歩いていく。すでに二〇人くらいの子どもがレシーとフロイデンフェルトの周りに集まっている。その間、シェヒテル先生はピアノのところに残っていて、僕の耳には心地よすぎる何かの曲を弾いている。

一九四三年七月二〇日

「そして、それからオットーが……」僕が母さんに言う。

「オットー？」母さんが尋ねる。

「オットー・ヒルシュ、さっき話しただろう」

「ええ」母さんはそう言って、兵舎の前にあるベンチに腰を下ろす。隣の場所を叩くので、僕も腰かける。僕の夕食を母さんに持ってきたが、「ここで食べたい」と言い張る。それはいい考えだ。午後は少し涼しくなったが、ドレスデン兵舎の中はまだオーブンのようだ。

「それで、そのオットー……」

「そうだよ。彼がボールを持つ。本当にうまいんだ。彼のようにドリブルができるなら、本気で一〇〇〇コルナだって払うよ。ゲームの間ずっと、僕らはフランタが言ったように、彼らをサイドラインに押していた。それはうまくいっていた。だって……」

「でも、あなたたちは『2対1』で負けていたんじゃないの。どうしてそうなるの？」

「それは……」僕は目をクルクルさせて言う。「僕らがあれをしなければ、少なくとも『4対1』になっていたよ。少なくとも」

「私がスコアを知っていても何も感じないのね？」そう言って、僕の耳の裏をくすぐる。

「お願い、やめて」

「そうだよ。それでオットーがボールを持つ。（僕は、試合中のようにベンチから飛びあがる）そして、僕の仕事は……」

「それでどうしたの？」

「彼をサイドラインに引きつける。そうでしょう」

「そのとおり。でも……」

少しの間、僕は全体の動きを、また頭の中に浮かべる。彼は、なんて大きくて、なんと素早く来たか。強く下唇をかんで。

「彼が本気でインサイドに行きたいって分かった。ゲームの間中、狙っていたんだ。でも、僕らはそうさせなかった。僕も、イジーも、レオも、誰もさせなかった。そしたらどうなったと思う？」

「そうね……」母さんは足を組む。「分からないわ。ミーシャ、どうなったの？」

「よし、それで……」やってみせようとするが一人では無理だ。「母さん、立って！」

「ミーシャ、ごめん」

「いいから」

「疲れているのよ」母さんは手を引っ込める。「この暑さ、作業場で何時間もよ。おまけに、あなたたちの特別なオペラのためのセットづくりで、余分な仕事が……」

「お願い」と僕は言う。「僕だってよく分からないんだ」

　母さんは何度か頭を振ったが、立ちあがってくれた。

「一五秒よ」

「いい、いいよ。で、母さんがオットーだ」

「私がオットーなの？」

「そして、ボールを持っている」でも、母さんはただそこに立っているだけ。「さあ、僕のほうにドリブルして」

「でも、ボールを持ってないわ」

「そのふりだよ」僕は言って、二、三歩下がる。母さんがゆっくりと僕のそばに来る。細かい疲れた足取りで。それがドリブルのつもりだろう。

「いいよ。それで、もし僕がゲームの間ずっと母さんをサイドラインに抑えていて、急にほかのほうに行かせたら、どうする？　もし、母さんがオットーだったら？」

「私なら、『ありがとう、グルエンバウムさん』と言うわ。あなたは大変親切です……」

「僕は本気だよ。母さん」と言うが、喉の中の何かが「グルエンバウムさん」という言葉を飲み込んで、詰まってしまった。でも、そんなことを言っている暇はない。

「どうする？」

「インサイドに行くわ。そうでしょう？」

「そのとおり」と言って母さんにぐっと近づき、その左側をカバーするためにちょっと向きを変える。「そうだ、行け」

「行け？」

「インサイドだ！」

それで、母さんがあの変な足取りで動きだす。ゲーム中と同じように、僕は素早く彼女の前にすべり込む。僕の足は、ずーっと地面に沿って、可能なかぎり伸びている。

「ミーシャ！」母さんが僕の足につまずく。転びはしなかったが膝《ひざ》をついた。泥のなかで、何とか片方の手で自分を支えている。

「何か言ってよ」

地面に膝《ひざ》をついて、しばらく呻《うめ》いている。

「ケガでもしたの？　ごめんなさい」

立ちあがった母さんの顔は真っ赤で、手についた土を落としている。

「このおんぼろ服がもし破けたら、あと一枚しか残っていないわ」

「ごめんなさい」と僕はもう一度謝って、またベンチに座る。

母さんも座り、髪を直している。

「それで、気の毒なオットーをつまずかせてから……」

「うん、そういうことなんだ」と僕は言う。「でも、つまずかせたんじゃない。ちゃんと正当なアタックだ。僕はボールを手に入れた。彼の下から、それをうまく突きだした。彼は僕を出し抜いたと思っただろうけど、フェイントをかけたのは僕だったのさ」

また聞こえてくる。僕らのサイドラインが爆発したときの、フェリックスが転がっていくボールに向かって走りながら出した声。プドリナがもう一方のゴールへ全力疾走しながら兄弟の名前を叫んでいる。最高なのは、フェリックスの足から蹴りだされた「ドスッ」というボールの音だ。

「そういうことで『2対2』になった！」

「あなたが点を入れたの？　あなたが点を入れたって言わなかったわ。それは凄い」

「違うよ。僕は点を入れてないよ。フェリックスだよ。でも、僕がアシストをしたんだ。僕がターンオーバーさせたんだ」

「それは素晴らしいわ」母さんが僕の手をギュッと握る。でも、母さんはちゃんと理解していない。当然のことだ。第一、母さんはサッカーのことをほとんど知らない。だから何だ？　本当にあれはターニングポイントだった。

エリフがコーナーキックで勝ち越したあと、ココが最後の信じられないセーブをし、僕ら全員が「リムリム、テンポ　ネシャリム！」をそれこそ何回も、喉が裂けるんじゃないかと思うくらい大声で唱えた。

繰り返し唱えたあと、フランタが僕のところにやって来た。フランタは僕を脇に連れていき、両手を僕の肩に置いて言った。

「ミーシャ、君はちょっとした天才だ！　君がメチャクチャにすると思ったよ！　僕がなんて言おうとしたか、グリズリーに聞いてみてくれ。本当のことは聞くなよ。君を外そうとしていた。でも、そのとき、あれだよ。僕が見たなかでは、最高のカウンターアタックだった。素晴らしいよミーシャ。君がゲームを変えた」

フランタが僕の胸を指す。

「あそこで彼らが点を入れれば『3対1』だ。そんな不利な状況から立ち直れるとは思えない。これまで君に何を話したか？　何を言ったか？　君は一シーズンに一ゴールだ。ところが、決勝戦で鍵となるプレーをしてくれた！」

僕は母さんのほうを向く。目を閉じている。

「母さん？」

母さんは、ビクッと体を起こし、目を大きく開く。

「ごめん、ごめん。それで『2対2』なのね。あなたがボールを盗んだのね」

「忘れて」と僕は言う。

「いいえ、聞きたいのよ」

「それじゃあ……」僕はベンチから立ちあがる。「明日また話すよ。戻らなくちゃいけないんだ」

「本当に？」と母さんが聞く。「その前に、二、三分は中に入れるでしょう？」

「本当に行かなくちゃ。フランタが……」

「入ったらいいことがあるわよ、ミーシャ。あげるものがあるの」

部屋は以前より静かだ。おそらくみんなは、蒸し暑さから逃れるため外にいるのだろう。一〇人に満たない女性たちが、あちらこちらに散らばっている。

「座って、座って」

部屋のコーナーにある母さんのベッドに行く。何かの理由で、最近、母さんとマリエッタの場所が変わった。

「ねえ、マリエッタはどこ？」

「ハンナの部屋に行く、と言っていたわ」母さんは一人笑いをして言う。「あの二人は別れられないの」

母さんはベッド棚の下に手を入れて、靴箱の半分くらいの包みを引きだす。

「それは何？」と僕が尋ねる。

「マックスとグレタ・クレインを覚えてる？」僕は首を横に振る。「父さんと何年も働いてた人」

母さんの動きが一瞬止まる。僕に何を言おうとしていたのか、忘れたように。

「そうなの？」

「マックスとローズ。何回もお招きしたわ。あなたも会っているわ」母さんが額の汗を拭《ぬぐ》う。「まあ、とにかく、彼らはポルトガルにいるの。彼女の兄弟がそこに住んでいて、彼らは一九四〇年に脱出できたの。それで、小包を送ってきてくれたのよ」

母さんが小さな包みに手を入れて、ちっぽけな缶を引きだした。

「サーディン？」と僕が尋ねると、母さんはうなずいて微笑《ほほえ》む。僕はそれに手を伸ばす。

「でも待って、ミーシャ。一つだけなの。あなた、これが理由でどうなるか分かるでしょう」

もちろんんだ。ホレショヴィツェにいたときには、サーディンはケンカの種になるもののなかでトップを占めていた。焼き立てのパンの端っこ、カリカリのところもそうだった。母さんが持って帰ってくると、まだ買い物袋を開けないうちからケンカをしていた。もちろん端っこは二つあるが、母さんは、片方の端からしか食べさせなかった。パンの上に乗せる、オイル漬けの太ったサーディンより美味しいものは絶対にない。

「分かった、分かった」と言って、母さんから缶詰を取る。「開けてもいい？」

「もちろんよ」

缶の上のキーを外して差し込み、薄い金属の上蓋《うわぶた》を剥がす。四切れの大きなサーディン。尻尾が二切れと頭の二切れが目に飛び込んできた。銀色の皮が油の中で光っている。僕の大好物、大好きだ。サーディンが大好きだから、不味《まず》いなんてふりはできない。ほとんどの人がそうだ。

母さんは、かがみ込むようにして僕を見つめている。

「いいわ。じゃあ二個があなた。残りの二個がマリエッタ」

僕はうなずいて上蓋を剥がし続ける。缶の上に体をかがめる。だって、部屋の中の女性たちがこの匂いを嗅ぐかもしれない。この豊かな魚の匂いを。たぶん、最後に食べてから三年は経っている。プラハでは、僕が食べる前に母さんは、「手を洗いに行きなさい」とか「お皿を出しなさい」とか、一〇〇回くらい小言を言っていたけど、ここではルールが違うんだろう。

実際、缶を開けてから顔を上げると母さんはいなかった。僕は部屋を見渡す。母さんは向こうの隅にいて、三階の部屋から下りてきたルイズ叔母さんらしい人と話している。

僕は親指と人差し指を缶の中に入れて、中ぐらいの魚を一つ取りだす。それから下に置く。指先についた油がなめられるように。信じられないくらい美味しい。この油なら、絶対にコップ一杯だって飲める。それからサーディンをまたつまみあげ、頭を後ろにそらして口に落とす。

なんだか、覚えている味よりも美味しい。本物の食べ物だからだ。魚だ、本物の魚だ。水っぽいスープじゃない。味の薄いパンのひと切れじゃない。塩もバターも入っていない、潰しすぎたマッシュポテトじゃない。僕の喉は、水が切れた植物のようだ。何週間も熱い太陽に焼かれた植物。僕はサーディンを噛まないですぐに飲み込んだ。少なくとも、そのほうが食べた気になる。

缶を下に置く。あと一つしか残っていないからだ。ああ、間もなくなくなってしまう。もし、この缶が天井までずっと積まれていたとしたら、どのくらい食べられるだろうか？　サーディンをどのくらいガツガツと食べたら、もういらないと思うだろうか？　一〇〇個？　三〇〇個？　それとも一〇〇〇個か？

でも、待つことに何の意味があるのだろうか？　缶は僕の手の中にあるのだ。缶の端のほうからサーディンをつかむ。ほんのちょっぴり、ほかのものより大きく見える。フェアじゃないかもしれないが、マリエッタには絶対に分からない。僕は、これをちょっとだけ食べようとする。でも、お皿やパン切れが下にないと……（どこかにロールパンを持っているかどうか、母さんに聞くべきか）。そんなことはしていられない。まもなく、僕の二匹がなくなってしまった。

缶をどこに置いておいたらいいのか？　こんな貴重なものを、こんな場所に置いておけない。いいものだ、とあの女性たちが注目する。缶は一〇秒で消えるだろう。母さんはまだルイズ叔母さんと話をしている。そっちに行けばいいけど、母さんはこれを彼女には見られたくないだろう。ここに置いたまま行くのもだめだ。だから、ただ待とう。母さんはすぐに戻ってくるだろう。ルイズ叔母さんはいい人だ。でも、時々僕の頬をつねる。それが嫌いだ。

　母さんが急いでくれればいいのに。まもなく、フランタが怒りだすだろう。

　このサーディンは、とても美味しそうに見える。僕が缶を開けたときより、美味しそうに見える。これを食べれば、実物がどれほど美味しいか思い出すだろう。どうしてマリエッタはサーディンを嫌いじゃないのか。マスタードを嫌いなみたいに。

　あっ、この尻尾が曲がっている。落ちそうだ。そういうことが時々ある。前に見たことがある。たまにだが、全部が同じじゃない。普通はそうだとしても、マリエッタに尻尾が一つ欠けていたと言うこともできる。彼女は信じるだろう。たしか、母さんは僕が缶を全部開ける前に行ってしまっている。間違いない。

　本当に、やっちゃいけない。でも、尻尾がほとんど取れそうだ。それに、僕はとても、とてもお腹が空いている。夕食と、あの二匹の最高のサーディンのあとでも。フランタが言ったせいだ。ゲームに勝ったあと部屋に戻ったとき、彼が言った。

「ネシャリム！　僕ら全員で分けるだけの巨大なケーキがあったら、どんなに素晴らしいか。上には『チャンピオンたち』と粉砂糖で銀色、いや金色で大きく書かれたチョコレートケーキ」

　そして、全員が目を閉じて、そのケーキを食べるふりをした。それ以来、とにかく僕は、何でもいいからお祝いするものが欲しかったんだ。

最初の二つを食べたとき、どうして祝うことを忘れたのだろうか。でも、それはフェアではないし、するべきじゃない。本当に、本当にするべきじゃない。

僕は、兵舎の外にある裏階段を使うことにする。フェリックスが、昨日の午後に「サッカーボールを見た」と言ったからだ。それに、その階段だとマリエッタにばったり会う可能性が少ない。僕が気にしているのは、あのほとんどちぎれている尻尾が彼女のものであったことと、それが僕の喉を通っていった感覚だけ。本当のことを言うと、彼女のほうがずっとサーディンが好きだ。

階段の下で、戸口から離れた暗がりに二人の人影を見かけた。お互いに腕を回している。そして一人が、彼の、あるいは彼女の腕を上下に動かしている。もう一人は背中をさすっている。このまま行くべきかどうかと決める前に、そのうちの一人が中庭に出ていった。

それは少年か、大人か、判断が難しい。たぶん、フランタくらいの年齢かもしれない。いや、もっと若いかもしれない。彼はとても背が高く、肩幅が広く、戸口から一〇歩くらいのところで立ち止まった。こちらを向く。二秒後、もう一人が歩きだし、彼のほうへ行って彼の手を取る。二人がキスをする前に、後ろから行った人の顔がよく見えた。

そもそも、最初から誰かと考える必要はなかった。距離が二倍あっても、スキップしている姿からマリエッタだと僕には分かった。

一九四三年九月二三日

「ミーシャ」と母さんが言う。「この椅子を支えていて、いいわね？　脚が一本、ほかの脚より短くて危ないの」

「ごめん母さん、行かなくちゃ。オペラの本番まで一時間しかない。それに、夕食を食べ……」

「あなたたちのオペラを背景なしで終わらせたいの？　ゼレンカさんに頼まれたのよ。どうなの？」

「分かったよ」と僕は言って、椅子をつかむ。

「ねえ、あれを見て」母さんが注意深く椅子に足を乗せながら言う。「この家には煙突がないの。煙突がない家って何？」

面白い、母さんがそんなことを言うなんて。母さんがペンキの刷毛《はけ》を手に持っているのも変だ。プラハにいたとき、僕と絵を描いている母さんをうっすらと覚えているが、母さんが芸術的なことをしているなんて……。でも、ここでは違うんだ。

母さんが働いている職場の主任（ジョー・シュピエルという名前のドイツ人。僕は本物のアーティストだと思っている）が、「君の母さんは、作業場で一番可愛いぬいぐるみをつくる」と言っていた。母さんが得意としているのは「テディベア」だ。

「あなたに一つ持ってきたけど。とても可愛いのよ」と、母さんは二、三週間前に言った。たしかに可愛いかった。それで僕は、ぬいぐるみが欲しい年ではないよ、とは言わなかった。仲間の何人かにその話をしたが、僕の言うことをみんなは信じなかった。ナチスが自分たちのためにぬいぐるみをつくらせていることなど信じなかったし、母さんが可愛いぬいぐるみをつくれるなんて信じなかった。

「母さん」頭に何かがふと浮かんだので、声をかける。

「なあに？」

「僕たちは勉強していることを内緒にしているのに、どうしてオペラは隠さなくてもいいの？　それに、オペラだけじゃなくて、ほかのことも全部だ。そうでしょう！　劇や音楽、いろんなこと。訳が分からないよ」

母さんが、椅子の上から僕を見下ろす。

「はっきりとは分からないの、ミーシャ。彼らが決定することには、分からないことがたくさんあるわ。彼らがしているいろんなこと、いったいなぜしているのか？」

僕は、母さんが何か隠しているかもしれないと思ったが、繰り返し尋ねる気にはならなかった。少なくとも、今は。

「それで、用意はいいの？」母さんが尋ねる。

「ああ、そうだね。まあ、少なくとも」と、僕は答える。

母さんは、僕がこのあと何を言いたいのか聞かない。僕が何を話したいのか知っているから。リハーサルはすごくうまくいっている。でも、そのころ……三週間ほど前だ。一日に二回の大きな移送があった。ここ半年くらいでは初めてのことだったし、これまで以上に五〇〇〇人もの人たちが消えた。主な役をしていた約一〇人の子どもたちと、数人のネシャリムも一緒に。

僕らは一週間以上練習をしていなかったし、オペラが完全に延期されると話していることも聞いた。結局、またはじめることになったが、去っていった子どもたちの役を入れ替えて、新しい子にそのパートを教えるのは簡単なことではなかった。それ以来、僕には分からないが、物事がまったく違ってきている。

いつ、何時に移送が発表されるかも分からない。このことが僕の頭から離れない。そう、その移送に僕も加わるかもしれないのだ。トランプのような何か楽しいことをしているときは忘れるけど、また思い出してしまう。こんなことが一日に何十回もあり、それが毎日続くのだ。

母さんが椅子から降りて、二、三歩下がってから見上げた。

「さあ、どう思う？」

「いいね」と僕は答える。お世辞で言っているわけじゃない。この背景は本当にとても素晴らしい。本当の町のようだ。ビル、家々、木、学校(škola)と、素敵な丸い文字がある。

「知ってる?」母さんが言う。「これは、テレジンの中で手に入れるのが一番難しいチケットよ」

「本当に?」

「もちろん。ゲットー・スウィンガーズ(テレジン軽音楽団)より難しいのよ。先月にあったベートーヴェン・コンサートよりも難しいの」

母さんが別のことを言おうとしてきたので、僕は「ショーのあとでね」と言って舞台からヒョイと飛び下り、食事へと走った。

「さて、いいかね」フロイデンフェルトさんが、僕ら全員に向かって言う。「君たちが必要と思っているよりもゆっくりと、大きな声で」

『ブルンジバール』のポスター

『ブルンジバール』の背景

彼が眉毛を上げる。何か理由があるのだろう、何回もそうする。二つの、逆さまVにする。

「マグデブルグ兵舎の音響はどうだろうか？」と彼は尋ねる。

「ひどいです！」四〇人全員の子どもが声を揃えて答える。

二週間前、彼は兵舎の音響について話しはじめた。先日、ドレスデン兵舎で練習をしていたときのことを。そこも、かなりひどかった。でも、僕は彼が正しいと思う。ここは、ドレスデン兵舎よりもひどい。たぶん、部屋が大きすぎるんだ。楽団が近くで練習をしているせいで、彼の声はほとんど聞こえない。実際のところ、ここにいないエラ以外の僕たち三九人がそう言っている。

ここにいないエラは猫の役だ。ゼレンカさん「母さんに背景幕の手伝いを頼んだ人」にメイクをしてもらっている。

エラが、「ナチスがやって来る前は、ゼレンカさんがプラハ中で一番有名なセット・デザイナーだった」と僕に言ったことがある。彼は、こっそりと本格的なメイキャップ道具を

フランティシェク・ゼレンカ

現在は展示場となっているマグデブルグ兵舎

テレジンに持ち込んでいた。エラの猫の髭は、とても立派に見える。

「いいよ、いいよ」とフロイデンフェルトさんは言って、自分の時計を見る。「ドアがあと二分で開く。ステージは一〇分ではじまる」

彼は向きを変え、楽団のほうへ歩きだすが、それから立ち止まって指を空中に向ける。

「ああ、それからもう一つ。ピンタ、グレタ、ズデネク、エラ、ラファエル、それからホンザ、オペラのために星を外してもいいぞ」と微笑《ほほえ》みながら言う。

「何だって?」半分くらいの子どもたちが反応し、僕も含めて残りは驚きすぎて何も言えない。

「許可をもらった。(小さくうなずく)主な登場人物には。だから、外してもいい」

六人が星を引っぱり剥《は》がそうとするが、グレタだけは素早く外した。ズデネクは、サーシャに「手伝って」と言い、すぐにそれぞれが五個の星の一つに手をかけている。まもなく全員が、恐ろしい黄色いものに向かって叫んだり、ちぎったりしている。まるでそれが、何年も僕らの体を上下に這い回っていた、ネバネバした、うんざりする虫であるかのように。

三〇秒後、僕らはみんな大笑いしている。黄色い星は、床に、手に、足元に、バラバラになっている。彼らの六つの胸が普通に見える。四年前のように、すべてがはじまる前のように見えているにちがいない。ある日は僕らに劇をさせ、次はどこに行くかも分からない列車に押し込むという、この恐ろしい、愚かな牢獄に着く前のように。

突然、大きな拍手が聞こえてきた。何人かの演奏家が、彼らの楽器（フルート、クラリネット、いくつかのバイオリン）を腕の下に抱えて立ちあがり、僕らに拍手をしている。

以前は信じられないほど大きく見えた部屋が、今は人でぎっしりだ。さまざまな年齢の人々。子どもたち、両親、老人たち……あらゆる人たちがいる。どの椅子にも誰かが座っている。小さなケンカも見られるし、通路脇のいくつかの席からは声高《こわだか》な議論が聞こえてくる。

もちろん、僕らはその様子を見ている。部屋の前方、舞台の袖《そで》に座っていたから。これが本物の劇場だとは言えない。なぜなら、舞台裏がないからだ。

ホンザを見ると、具合が悪いような感じだ。それが理由で、僕も具合が悪くなりそうな気になる。だってホンザは、卑劣《ひれつ》な性格の役をこなすうえに、『ブルンジバール』を演じる度胸があるということでソロで歌うのだ。おまけに彼は、現実にも孤児だ。とても背が高くて、強い。そんな彼が、小さくて不安そうに見えるのは初めてだ。それで、僕も不安になってくる。もちろん、僕だけじゃない。ほかの顔も全部（エラ、ズデンカ、ピンタ）、同じような様子をしている。

フロイデンフェルトさんが、数人の子どもの頭を軽く叩く。

「あと三〇秒だぞ」

ボーッとして、後ろにいる観客のほうを見る。『ブルンジバール』の作曲者であるハンス・クラーサもいる。すべての曲を書きあげた作曲家だ。彼はほとんどの練習に参加していて、僕にはかなりいい人に見えた。でも今、彼の長い顔はとても真剣に見える。オペラが成功することを、本気で期待しているようだ。テレジンの責任者であるエデルステインさえ、見かけたような気がする。二列目の隅に。

あの日、イジーに誘われてダイヤモンドゲームをしなくてよかった。

それからは素晴らしかった。僕らは上手《うま》くできた。本当に上手くできた。凄いとは言えないが、かなり感動的だった。ピンタとグレタは、本当の兄妹のように見える。エラは猫のように動くし、ラファエルは素晴らしい声をもっている。それにホンザは、本当に、本当に卑劣《ひれつ》なブルンジバールだった。だから、ズデネクが歌詞を一行忘れたり、ズヴィーの声がしわがれていてもどうってことはない。

とうとう僕が、コーラスのほかの子どもたちと一緒にステージに上がる番が来た。僕は待っていられない。僕ら全員が歌う……。

ハンス・クラーサ

僕らの救いの手を　差し伸べよう……。
君の才能を　僕らの努力に加えよう。
声から声に　そして僕らは強くなり……。
ともに僕らの主張を　勝ち取るんだ。

みんなと歌っていると、ネシャリム・チームでプレーをしているような気になる。でも、違っている。ストーリーには何かがあるし、「ブルンジバール」がどういう意味なのか、と考えてしまう。一緒にいるほかの少年たちと競っているわけではない。僕らは、全員が一緒になって、腐った人間と本当に戦っている。おそらく、これらの言葉を僕らが歌うときは、気持ちを込めているということなんだ。もちろん、最初の山場を終えるとき、お客さんたちの顔にそれを見ることができた。みんな、楽しそうなのだ。

僕らは何回も練習をしたが、ブルンジバールをとうとうやっつけたとき、動物たち全員が彼を舞台から追いだしたとき、僕は興奮しすぎてほとんど息ができなかった。とても興奮したし、幸せだった。僕は一人じゃないって、何かが僕に訴えてくる。僕らはまだ上演中なのに、お客さんが拍手をしている。僕らは喝采《かっさい》のなかで歌う。

僕らは勝利を　勝ち取った。戦いに　勝った。
戦いは　終わった。
僕らが　怖がらないから。
僕らが　怖がらないから。
僕らが一緒に　行進したから。
僕らの幸せの歌を　歌いながら、明るい、楽しい、元気な歌を。

こういったすべてのなかで、僕のある部分が、実際にはちょっと悲しいことに気付く。消えた仲間たちのことを思い出しているから。エヴァ、ハヴェル、ヤン、アレナ、そして名前を覚えようともしなかった数人の子どもたち。彼らは、僕たちと同じく練習に来ていた。それが最後になるとは知らずに。第一に、なぜナチスが僕らにこのオペラをさせたのか、まだ分からない。髭《ひげ》をはやしている、悪い男との戦いというこのオペラを。

でも、この悲しみは僕の一部分でしかない。残りは、笑顔を止めることができない。ブルンジバールをやっつけるのが楽しいから、だけじゃない。本当のことを言えば、観客が拍手をやめないとき、移送された仲間のことを考えて悲しい気持ちになるし、あまりにも長くおじぎをしていると、最後には具合が悪くなりそうだ。

一九四三年一一月一〇日

「どうして、こんなに早く寝なければならないんですか？」洗面をするように、とフランタが言ったあとにレオが尋ねる。「まだ八時です」

僕も含めて、ほかのたくさんの子どもたちがこの不平に加わる。

「静かに！　みんな静かに」フランタが言う。

僕たち全員がやっと静かになったあと、彼はため息をついた。

「聞いてくれ！　明日は、とても大変な日になるかもしれない。みんなに、しっかり休んでもらいたい」

「大変？」パヴェルが笑いながら言う。「大変じゃない日なんて、ここにあるの？」

「そうだよ」と、ココが相づちを打つ。

「まじめな話だ」フランタが言う。「誰かが、たぶん一人じゃない。脱出したという噂がある。そして……」

「やるね」パヴェルが言う。

「パヴェル、お願いだ」フランタが言う。「もう、それだけにしろ」

フランタは胸の前で腕を組んで、二、三秒何も言わない。

「彼らはすべての数が欲しいんだ」

「何の数?」と僕が聞く。

「全員だ」

「全員?」パヴェルが尋ねる。もう、ふざけようとはしていない。

「そうだ、テレジンの全員」フランタが言う。

僕らは、大量の質問を爆発させる。みんな、全員? そんな点呼、どこでするっていうんだ。どうしたら、僕たち全員に十分な広さの場所が見つけられるというんだ。だって僕たちは、テレジンに入り切れないくらいいる。いつはじまるのか? どのくらいの時間がかかるのか? なぜ、普通の点呼じゃないんだ。各兵舎の部屋から集計すれば……なぜ、それで十分じゃないんだ?

フランタは返事ができない。実際、ほとんど答えることができない。だから、僕たちはベッドに入り、みんなが眠るまで本を読んでくれるという彼の言葉で満足しようとした。

何かに驚いたとき、僕はぐっすり眠っていたと思う。ドアのほうを見る。ほんの少し開いていて、銀色の光が差し込んでいる。フランタが読むのをやめる。それからひそひそ声と足音が、真っすぐ僕のほうへやって来る。そのあと、母さんが僕のベッドにかぶさるように立っている。

「母さん？　どうしたの……」

「これを明日持っていくのよ」母さんは、すでに何度も僕に渡そうとした毛布を、僕とイジーの上に広げながら言う。

「何をしているの？」すっかり目覚めて、僕がささやく。

「夜間外出禁止時間を過ぎているよ！　小要塞［一三五ページの図参照］に入れられるよ。もし捕まったら、射殺されるかもしれない。おかしくなったの⁈」

「グルエンバウムさん」フランタが母さんの隣に立っている。「これは許せません」

母さんは、僕ら二人を無視する。

「これを持っていきなさい。明日は寒くて雨らしいから。忘れちゃだめよ。そして、重ね着をするのよ。できるだけたくさん」

「グルエンバウムさん」フランタがまた言う。

母さんはしばらく何も言わない。ただ、僕の前髪のあたりを真っすぐに直している。

「フランタ」とうとう、とてもゆっくりと母さんが言う。「もし、私がミーシャをあそこで見たら……」

「あそこって、どこ？」僕が聞く。

「明日、この毛布なしで……ああ神様、お助けください。フランタ、私は……」

かなり長いと感じられる間、誰も何も言わない。僕も、母さんも、そしてフランタさえ。それから母さんはかがみ込んで、僕の頭のてっぺんにキスをして消えた。僕はフランタを見る。彼は顔をなでながら、僕には分からないことを何かつぶやいている。

母さんが部屋を出ていくと、すぐに僕はベッドを飛びだし、窓へと走る。フランタが「ベッドに戻れ」と言うかと思ったら、その代わりに僕の隣にやって来た。しかし、それほど驚かない。

一〇秒くらいして、僕たちの建物の前にいる母さんを見つけた。ライトから離れている。頭の中で母さんに忠告する。そのとおりに、母さんは通りから離れて暗闇に消える。再び現れることはなかったが、僕はとにかく窓のところにいる。母さんの兵舎に行く道を、息を凝《こ》らして頭の中で追っている。近くを歩いている監視人を見ることがないように、と願いながら。

「さあ」二、三分後、フランタが穏やかに言う。「ベッドに入って」

でも、僕は動かない。ただ、彼を見上げる。彼はおかしな表情をしている。完全に、どこかほかにいるような感じだ。

「ねえ、大丈夫かなぁ……母さんは大丈夫だと思う？」

すぐには答えない。彼の目は知らない人を見ているようだったが、やっとなんとか彼らしくなる。

「ああ」彼の声は、まったくそっけなかった。

一九四三年一一月一一日

フランタが僕たちを起こしたとき、外はまだ暗い。目が覚めて数秒で、僕は母さんとのことを思い出した。僕の指が何か変なものを感じている。目の上に毛布を持ってくるまで、ただの夢だと思っていた。

それを頭にかぶってしばらくの間、ホレショヴィツェに戻り、両親のベッドの中にいるようなつもりになってみる。でも、そのつもりにはなれない。この暖かくて、素敵な匂いがあっても。

「起きて、起きて！」フランタが言う。「一番厚い服を着なさい。帽子、もし持っていたら帽子とブーツ。急いで！　南門に七時までに出頭しなければならない」

僕はパンツを三枚、シャツを四枚、靴下二足、それからブーツ（片方の底に穴が空いている）を身につける。それからジャケットと毛布をつかんで、ドアのところに立ち、ほかのみんなを待つ。

僕たちは、シュロイス（門）でしばらく待つ。たくさんの人たちが次々とやって来る。空がゆっくりと明るくなっていく。霧雨が降りだした。僕たちのなかの数人が木の下に立とうとする。

でも、木の葉がほとんど落ちているので、あまり意味がない。そのとき、アイデアが浮かんだ。

「イジー」と僕は言う。「手伝ってくれないか？」

「どうして？」

「いいから、手伝ってくれよ」

僕は彼の肩に毛布を置き、幹をつかんで最初の太い枝に手を伸ばす。その枝に上り、両手で上の枝につかまってY字型になり、群衆より高いところに立つ。人はまだ増え続けている。僕は周りを見回す。でも、母さんとマリエッタを見つけることができない。

「ミーシャ！」誰かが僕の足を引っ張っている。フランタだ。

「気が狂ったのか?!　すぐにそこから下りなさい！」

彼が僕を助け下ろす。あまりにもきつく僕の腕を握るので痛い。

「今日は目立つことをするな。分かったか？」とフランタが言う。

「すみません」と僕は答える。こんな言葉、今のところフランタにはあまり意味がないようだ。

「母さんを探そうとしていました。母さんを見ましたか？」

「何だって？」彼が頭を少し上げる。僕に腹を立てていらついている、と僕は思う。

「いいです。周りの人に聞きます」

そのとき、フランタは本当に腹を立てていた。

「それには少し時間がかかる」

「どのくらい？」と僕は尋ねたが、彼は答えない。

ついにシュロイスが開いて、人々は流れ出ていく。でも、この群衆だ。僕らのところが動きだすまでには、少なくとも一五分はかかる。

ここに来てから、こんなにたくさんのナチス親衛隊を見るのは初めてだ。一二人はいるにちがいない。それぞれが機関銃を持っている。

ここに来てから毎日のように、このシュロイスを通り抜けたいと思っていた。どこも親衛隊だらけなのに、僕らがどこへ、あるいはなぜ歩いているのか、誰も言ってくれない。ベッドの中にいたほうがいい。できるなら、一日中そこにいたい。

その代わりに、僕たちが最初にテレジンに着いたときに歩いた道に沿って行進をする。約一年前と同じだ。

三〇分ぐらいしたとき、僕の足がひどく痛み、胃がはっきりと、朝食はどうなったんだ、と聞いている。行列の先頭が道をそれて、広大な草地に入る。

親衛隊の将校が大きな声で叫ぶ。同じことを何度も何度も。しかし、その声が僕らのところに聞こえるまでには数分ほどかかる。

「一〇〇人の列だ！　一〇〇人の列に並べ！　一〇〇人だ！　正確に一〇〇人だ！」

　列に並んだあと、キキナ、イジー、レオ、そして僕は、正確な数というのは、たぶん僕たち全員を射殺するためにここに連れだしたという意味じゃないか、と議論する。キキナがフランタに聞きたいと言うが、彼は僕らから少なくとも三〇人くらい離れたところにいる。とうとう結論を出すことができなかったが、もし銃声を聞いたら、僕らが入ってきた方角から離れて、一マイル［約一・六キロ］くらい先の小さな森に向かって逃げようと決める。

　それから、僕らはそこにただ立っていた。一時間、いや二時間、何時間も。霧雨が降ったり止んだりする。時間がどんどんすぎていく。

　100と97、100と98、100と99、200。

「ごめんゴリラ。時間だ」と僕は言う。「イジー、君の番だ」

「分かった」とゴリラが答えて、一緒にくるまっていた毛布から出る。

「ありがとう、ミーシャ」イジーが急いで中に入る少しの間に、冷たくて湿った風が僕を襲う。この毛布はありがたい。

イジーはガタガタと震えていて、毛布の端をほとんどつかんではいられない。彼の歯がぶつかりあって、カチカチといっている。「どのくらいで……ここから出られると思う？」

「分からない」と僕が答える。「きっと、フランタなら分かる」

僕らの行列を見る。一〇〇人の行列。フランタは見えない。彼がここにはいないというわけではない。最初の一〇〇人くらいを見ていくだけでも本当に大変だ。もう一回数えなくちゃ。次はレオだけど、イジーにはちょっと時間が必要だ。

「それに、いつになったら……」体全体の震えを僕の体に伝えながらイジーが言う。「僕たちを中に戻してくれるんだろう？」


キキナが僕の肩を叩く。

「え？」僕は尋ねる。

「フランタが呼んでる」

「なぜ？」

「知らない、行けよ」

僕はイジーとレオと毛布から離れて、フランタのところへ歩きだす。列から足を踏みだすことがまったくできない。それで、一人ずつ場所を入れ替えてもらいながら進んでいく。ペドロやプドリナのように、僕がみんなをトラブルに巻き込んでいるような目つきで見る奴もいるが、五人ほどすぎると気にならなくなる。だって、フランタが今すぐ僕に話がある理由は一つだけだと分かっているから。

「はい?」僕は言う。やっと彼のところに着いたとき、ほとんど息もできなかった。

「お母さんは元気だ」とフランタが言う。「お母さん、元気だよ」

「本当に?」突然、僕の手がどうしようもないほど震えているのに気付いた。彼はうなずく。一人のナチス親衛隊が僕らの横を通りすぎる。彼の機関銃がフランタの肩に触れそうだ。フランタは少し待ってから、僕を抱えあげる。

「あそこを見ろ」彼が顎《あご》で示す。

一番近くの列を見る。今まで僕の視界を遮っていたところだ。僕に見えるのはたくさんの列で、くっつきすぎていて、少しの間、分かれた列のようには見えない。ただ人、人。数千人、そして数千人、さらに数千人の人々。

「母さんはどこ?」

「あそこだ。一七列か一八列向こうだ」

僕は数えようとするが、九列目あたりで分からなくなる。

「どうして分かるんですか?」

「オットー・クラインと話した。すると、ゴンダ・レドリフに『見つけてくれ』と言ってくれたんだ」

「ゴンダ？　ゴンダって誰ですか？」

「オットーがどんな上司か、知っているだろう？」

「はい」

「そう、ゴンダはオットーの上司だ。だから、彼は何でも知ってる。お母さんはあそこにいる。君の姉さんも。さあ、下りて。君は大きいとは言えないけど、少なくとも今日の僕には重すぎる」

僕は元の場所に戻ると毛布にくるまり、ちょっとかがんでイジーの背中に顔を押しつける。

「何をしてるの？」

僕は嘘を言う。「鼻がとても冷たい……落ちやしないかと心配だ」

涙と鼻をすするのが、彼に聞こえないように。

134、135、136……

「ミーシャ」イジーが言う。ささやいているかのように、彼の声は本当に弱々しい。「もし、草を食べたらどうなると思う？」

「何だって？」僕が尋ねる。ちゃんと聞こえなかったのだ。

「すぐに何か食べなかったら……どうなるか分からない……」

そのとき、本当に彼の言葉が聞こえなくなる。突然、頭上に飛行機の音がしたから。それほど高くない。時々、晴れた日に空高く見える飛行機に似ている。いや、違う。このダークグレーの飛行機は、まさに僕たちの上を回っている。

僕らから二列向こうの行列、そこにいた女性たちの叫び声が聞こえてくる。

「やめて、私たちを爆撃しようとしている！　やめて！」叫び声が大きくなる。

「私たち全員を殺そうとしている！」ウエーブがかかった濃いブロンドの若い女性が叫び、草地の遠くの端に向かって走りだす。手に機関銃を持ったナチス親衛隊の将校が、彼女の後を追って列に沿って走る。彼女に追いつくと、彼女を強く地面に押し倒して銃の先を彼女に向けた。おそらく、彼も何か言っているのだろう。でも、分かるはずがない。だって今、何百人もの人たちが話し、叫び、泣いているから。

数分後、彼女は列に戻り、両側の女性に抱えられた。飛行機は回り続けている。今聞こえる音は、それだけだ。

「どう思う、ミーシャ？」イジーが言う。「だって、牛は草を食べる。だから人間だって食べられる。そうだろう？」

何か言わなければと思うが、その代わりに僕の右腕をイジーの体にさらに固く巻きつける。目を閉じて、頭の中で数を描く。どの数も異なった鮮やかな色で……136、137、138……。

「何列くらいあると思う？」僕がレオに尋ねる。彼は、ちょうど毛布の下に入ってきたところだ。

「どうして僕に分かる？」

二足の靴下をはいていても、右のブーツの底から水が染みてくるのを感じる。穴が空いているから。僕は口を開けて、少しでも雨を捕えようとする。だって今日、僕らは飲み物をもらっていない。食べるものもそうだ。どうかしている。かなり暗くなりはじめる。実際、今朝、正確に何時だったにしても、僕たちがここに出てきたときと同じような暗い雰囲気だ。

「それに、なぜ僕たちを何度も何度も数えているんだろう？　各列に一〇〇人いるんだったら、列を数えるのにそんなに長くはかからないだろう？　たとえ何万人いたとしても。ナチスの連中は馬鹿なのか？」

そのとおりだ。一人のナチス親衛隊の将校が通りすぎる。少なくとも一〇回は、僕たち一人ひとりを数えながら。「23、24、25……」

隣の列の老人が一人倒れた。二人の男がしばらく彼のそばに膝まずく。それから彼らは立ちあがる。地面に老人をそのまま残して。

一分後、背が高く、はげた男がひざまずいて老人の上着を脱がせ、それを自分で着る。大勢の人たちが言い争いをはじめて、お互いに指をさしあっている。しばらくして言い争いはやんだが、はげた男は上着を脱がない。

レオが泣いている。彼はそれを隠そうとして、二、三秒毎に素早く顔を拭く。空にはほとんど光がないし、僕らはかなり濡れているが、僕には分かった。エリフは、立ったまま寝ていると思う。肩を僕にもたれかけて。

「レオ、来いよ」と言って、僕は毛布を広げる。

エリフは身震いをして、真っすぐに立つ。「何が……」たぶん、まだ夢を見ているんだ。

レオが僕とエリフの間にうずくまる。すでに、毛布を丸く閉じることができない。雨が強くなっているし、本当に寒くなってきた。食べ物のことは考えないようにする。再び数を数えようとするが、いくつを数えていたのか分からない。だから、お団子《だんご》のことを考えることにする。どんな味だったか、はっきりと思い出そうとする。でも、それにも集中することができない。だって、レオがまだ泣いているから。たぶん、今はエリフも。

僕らの列が動きだす。足の感覚がないが、まもなく僕は行進をはじめる。というか、ノロノロと足を運んでいる。やっと戻ろうとしている。少なくとも、そうであれば……と願う。

僕たちは小さな丘に着き、それを登りはじめる。頂上に着くと、僕は数秒間、目を閉じてから開ける。そして、急いで見渡す。目が慣れると、すぐに膨大な群衆が見えた。僕から見えるところを通り、さまざまな方向へ歩いていく。

今、僕たちはテレジンの近くにいるにちがいない。だけど、あたりがほとんど真っ暗なのでよく分からない。あそこに本当に戻りたいと思っていることが自分でも信じられないが、本当にそう思っている。草地の端にあった何かにつまずいて、その上に倒れた。人の体だ。僕の膝《ひざ》がその背中に強くぶつかっても、ピクリとも反応しない。

後ろから僕の肩を叩きながら、「ねえ」とイジーが言う。「フランタが三五八列あったと言っている」

僕は答えない。濡れた毛布を少しきつく巻いて、ただ歩き続ける。

僕らの部屋に戻ると、すぐにビショビショに濡れた衣服を脱いで、ベッドの間にある物干し紐《ひも》に掛けたり、床に広げる。あまり意味がないかもしれないが。それから、今日着ていなかった乾いた服を、何でもいいから身につける。

「ベッドへ」とフランタが言う。その声は、彼の声じゃないみたいだ。

「僕は腹ぺこです」ココが言う。

「僕らは全員、腹ぺこだ」フランタが鋭く言ったので、ココの顔がこわばる。「すまない、ココ。お願いだから寝てくれ。朝には全員が食べられる。約束する」

ほかに誰も何も言わない。二、三分後、明かりが消える。僕はベッドの中で変な格好をしている。腕が体の下でねじれているが、動かすだけの体力がない。


「起きろ！　起きるんだ！」フランタが叫んでいる。「起きろ！」

明かりがついている……まだ夜だ。目を閉じると、また草地が見える。僕の一部分が、あれは本当に起こったことなのだろうか、と考えはじめている。でも、フランタが「L414で火事だ！急げ。水運びを手伝わなければ！」と言ったとき、実際に起こったことだとやっと分かった。

僕はベッドから転がり出て、そばにあったズボンをはいて靴を履き、あちこちに散らばっている濡れた衣服の周りを通り、フランタのあとに続く。彼は廊下を走っている。僕の手足は痛み、喉は僕のものじゃないような気がする。僕らの建物の入り口に着くと、すぐにヤコプ［別の部屋担任］が入ってきた。

「消えたよ」と彼が言う。

「本当に？」フランタがあえぎながら言う。

「そうだ」メガネをはずして、薄くなってきた髪の毛を指ですく。「ベッドに戻れ」

まもなく、ヤコプが行ってしまう。彼が来る前にここに来ていた六人くらいの少年たちも。でも、フランタと僕はそこに立っている。一インチも動かずに。

フランタは手をこすりあわせて、頭を低くして目を閉じる。

「なぜ、今日は僕らにあんなことをしたの？」僕が尋ねる。フランタは目を開けて、僕らの部屋に向かって歩きはじめる。

「なぜ？」僕はまた尋ねる。

「知らない」と彼は言う。「ミーシャ、何にも知らないんだ」

それから、彼は歩くのをやめる。ちょうど、廊下の真ん中で。

深い呼吸を二、三度するのが聞こえたように思う。それから僕のほうを向いて、微笑《ほほえ》んでいるように言う。

「でも、分かっているだろうミーシャ。明日は明日だ。今日よりずっといい日になるだろう、と何かが僕に言っている」

一分後、僕はベッドに戻る。でも、前と違って睡魔がやって来ない。足はまだ冷たく、草地の端で感じた、僕の下にあったあの体の感触がまだ残っている。今なら毛布を独占して使えるけど、まだビショビショに決まっている。それで僕はイジーのほうへ寝返りをうつ。彼はすでにぐっすりと眠っていた。

二〇分後、僕はまだ目が覚めたままだ。実は、おしっこがしたい。それでベッドから出て、洗面所へ注意深く歩く。そこらじゅうにある濡れた衣服をよけて。

フランタのベッドが空《から》だ。変だ。

それに、あの音は何だ？　洗面所から聞こえてくるようだ。誰かが話をしているのだろうか？　何だか分からないが、たしかに洗面所から聞こえてくる。

僕は洗面所の出入口の外で止まる。しかし、そこはドアではない。ただの入り口だけで、左へ急に曲がる。とてもかすかな、ゆがんだ長方形の灯りが入り口の目印だ。その音はあまり大きくないが、壁に反響している。誰かが呼吸困難に陥《おちい》っている。

僕は二、三歩そっと歩いて、出入口の隅を通る。速い呼吸が二回と、鼻をすする音が荒い鼻息になった。僕はゆっくりと頭をねじって、のぞいてみた。

フランタが床に座っていて、背中を壁に押しつけて頭を垂れている。彼だと、かなりはっきり分かる。僕からは見えない窓から差し込む薄い黄色の光が彼に直接あたっているから。彼の広い肩は、二、三秒揺れてから止まった。彼がゆっくりと頭を上げると、光が彼の濡れた頬全体に反射した。

「何が……」

彼が言っているようだ。でも、とても静かに言っている。僕は、ほんの少し中のほうへ頭を傾けて息を止める。

「何が……」

また言う。今度ははっきりと。でも、そこで彼はやめた。たぶん、彼が泣いていて、鼻をすするからだ。呼吸をしなくてはと僕は思うが、まだ彼が語り終わっていないような気がする。なぜフランタが話をしているのかは分からないが、彼は一人だけの世界にいる。

僕は戸枠《とわく》をつかんで、もう少し中に首を傾ける。彼は、頭をゆっくりと前後に揺らして、「明日はどうだ?」と言う。それから、左手の甲で顔を拭《ぬぐ》う。それで光の反射が少し変わる。

僕は真っすぐ立ちあがり、後ろを向き、長くて深い息をする。そして、ベッドに向かう。戻る途中、ドアのそばにある小さなストーブのところで立ち止まる。おそらく僕らの部屋を暖めるためのものだろうが、この大きさの一〇倍くらいないと部屋は暖まらないだろう。ストーブに一番近いところに、フランタが毛布を置かせてくれた。僕はかがみ込んで、毛布の端をつかむ。その先っぽは、乾いていた。

何も考えずに、手と膝《ひざ》を下ろし、かがみ込んで、その乾いた部分に鼻を近づける。匂いが分かる。二度、三度、吸ったり吐いたりする。ホレショヴィツェの匂いじゃない。この匂いは、あの草地だ。冷たくて湿った……。

一九四三年一二月一七日

「さて」ラム先生が言う。「吹き出ものはやっと治ったが、まだ皮がむけている」

先生が僕の腕を上げて、脇の下あたりをこする。肌の薄い皮が小さなシャワーのように床に落ちる。僕は急いで腕を下ろす。ここにいるほかの三〇人の子どもたちに見られたくないから。でも、誰も気付きやしない。「よい印だ」

「では、行ってもいいですか?」せめてベッドに戻らせてくれるだろうと願いながら、僕が言う。

ここのセメントの床は、ザラザラの氷のようだ。

先生は答えず、ただ冷たい手を僕の喉にあてて押す。ちょっと痛い。

「グレタ」先生が背の低い看護師に向かって言う。「これを触ってごらん」

彼女が同じ場所を触る。先生の手よりずっと暖かい。

「まだ腫《は》れています」と言う。

「じゃあ、だめですか?」と僕が尋ねる。先生は僕を無視する。なぜかは分からないが、今日は愛想がいいとは言えない。とにかく、猩紅熱《しょうこうねつ》にかかったのは僕のせいだというように。

「舌を出して、ミーシャ」先生の言うとおりにする。「ふむ。彼の今朝の体温は?」

グレタは、どこにでも持ち歩いている小さな紙を見る。

「えー……一〇〇・二度(1)です。昨日より下がりました」

先生が紙を見てうなずく。

「よし」と先生が言う。「ベッドに戻して」

僕はチクチクする毛布をかぶって、喉にさわる。ここで何を調べるんだろう、と思いながら。

「君の体温が九九度以下になれば部屋に戻れる。早くても日曜日だろう」

「あと二日も？」僕は柔らかいマットレスを叩く。「やめてくれ！　もう一一日もここにいる」

ラム先生はすでに次のベッドに行っている。そこには、ここ数日、なぜかドイツ人の女の子がいる。僕は話しかけることもできない。彼女がぐっすり眠っているので。ラム先生とグレタはベッドの足元に立って静かに話している。二人は、彼女のことについて話しているわけではないようだ。だって、ほかの人たちの名前を言っているのが聞こえてくるから。

グレタが頭を振って床を見つめる。彼女の顔には、何か僕を不安にさせる表情がある。それで僕は、ベッドの向こう側にある窓の外を見る。そこには見るものはなく、ただ灰色のいくつかの兵舎と、二、三本の裸になっている木の先だけだ。

(1)　摂氏だと三七・八度です。

あまりにも退屈なので、母さんが週の初めに持ってきてくれた紙の束を取りだす。それを使ったのは、母さんに一通の手紙を書いたときだけだ。僕が使ったペンはほとんど使いものにならなかった。だから、強く押し付けなければならなかった。紙を持って光にかざせば、前のページに書いた文が読める……。

親愛なる母さん

ここには、以前僕の盲腸を取ってくれたお医者さんがいます（三歳のときだと思う）。また、ここにはシュルツという名前の看護師さんがいて、母さんを知っています。

僕はパンを全部食べました。でも、ここではトーストにできません。僕はとてもお腹が空いています。お医者さんは、僕の皮膚がむけていると言います。先生は母さんには何と言いましたか？

どうして、７号室の誰も、僕に手紙をくれないのでしょうか？　レオ・ロウィ、ロウフは、ホンザ、デウシュによろしくと言っています。イジー、キキナ、それにフェリックスはどうしていますか？　たぶん、次に母さんが来るときには、彼らもマリエッタとともに来ると思うけど、今から会うのが待ちきれません。

ミーシャ

「本当に退屈だ」一時間後、体温計を口に入れてグレタに言う。「僕はなぜ部屋に戻れないの？」

グレタは何も答えない。彼女は手を伸ばし、体温計を取りだす。「一〇〇・一度」独り言を言って、紙に書き入れる。

「僕は本気だよ」

彼女は、僕がここにいるのを忘れていたように、僕を見る。

「サイン帳を読んだらどう？」

「また？」

「いけない？」

「だって、まだもらってから二、三日しか経っていないし、それに、もう全部覚えたよ」

「そうね」耳の後ろにペンを差し込みながらグレタが言う。「もし、友達が私に、何かそういう、みんなを思い出すようなことをしてくれたら……」

彼女は、目を数回、早くパチパチさせる。

「そしたら？」

「それを大切にするわ」彼女は唾を飲み込み、妙なうそ笑いをする。

彼女はかがみ込んで、ベッドの下の床からノートを取りあげる。

「ミハエル・グルエンバウムのサイン帳」大きな声で読んで表紙に感心し、「『テレジン、一九四三年一二月』、あの子たちは、あなたがいない間もあなたのことを思ってたのね。あの子、なんていう名前だった?」

「イジー」僕は困って、サイン帳を彼女から取りあげる。

「自分で持ってきたのよ。なんていい子なの」

僕から二つ三つ向こうのベッドでうめき続けている年下の少年と話すために彼女が離れたあと、僕はまたそのサイン帳をめくった。小さな、しっかりとした字だ。

細長い、斜めの字……。終わりのほうに、小さなブロック体で……ハヌシュだ。

そして、サッカーボールの絵。僕は、彼が何を言っているのか、聞かなければならない。だって、僕にはまったく分からないから。僕は本と目を閉じる。それから、でたらめにページを開ける。鷲の絵の下に、薄くて曲がった文字がある……。

いつか、僕らはプラハの家に戻って、
ネシャリムと僕らのすべての勝利について語っているだろう。
そして、そのときも、僕らは最高の友達だ。
そうだろう?　思い出に。

君の友、イジー・ロトフ

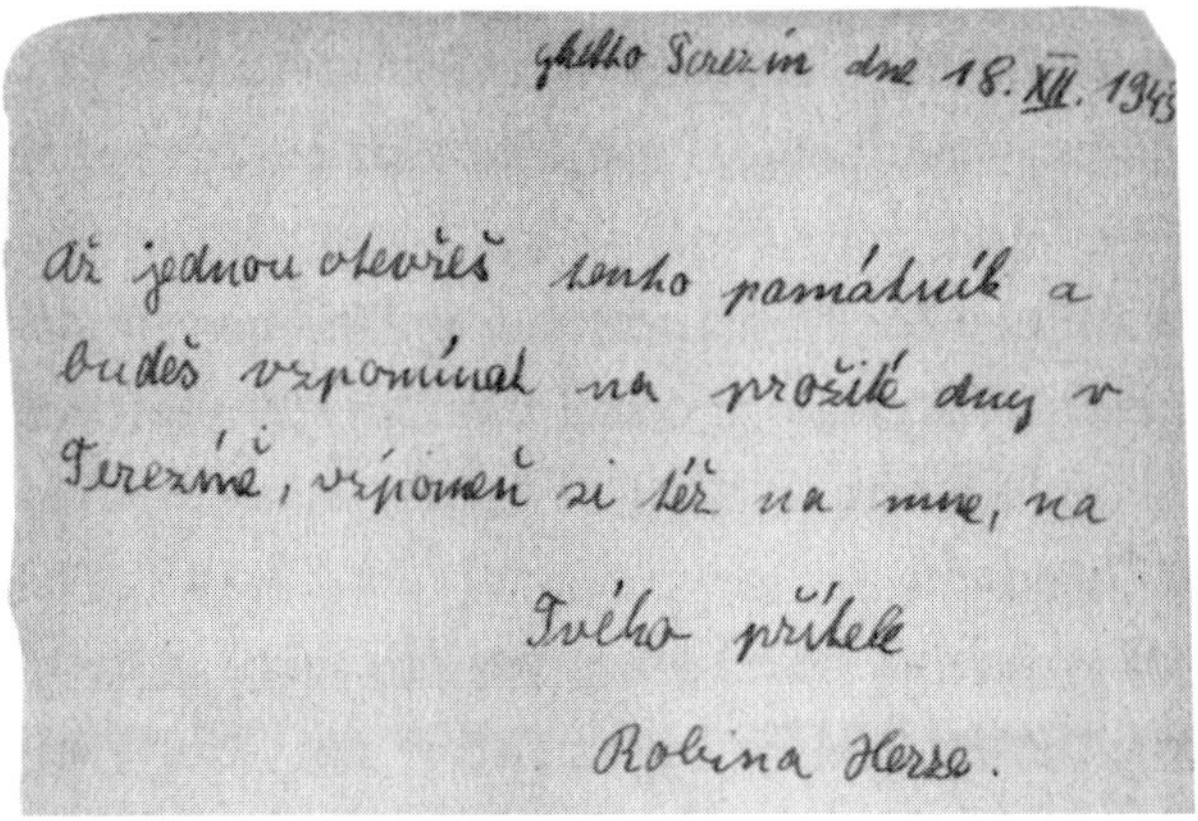
ghetto Terezín dne 18. XII. 1943

Až jednou otevřeš tento památník a
budeš vzpomínat na prožité dny v
Terezíně, vzpomeň si též na mne, na

Tvého přítele

Robina Herze.

いつか、君がこのサイン帳を開けてテレジンで過ごしたときの思い出を語るとき、僕のことも思い出してくれ。　　　　　　君の友ロビン・ヘルツ

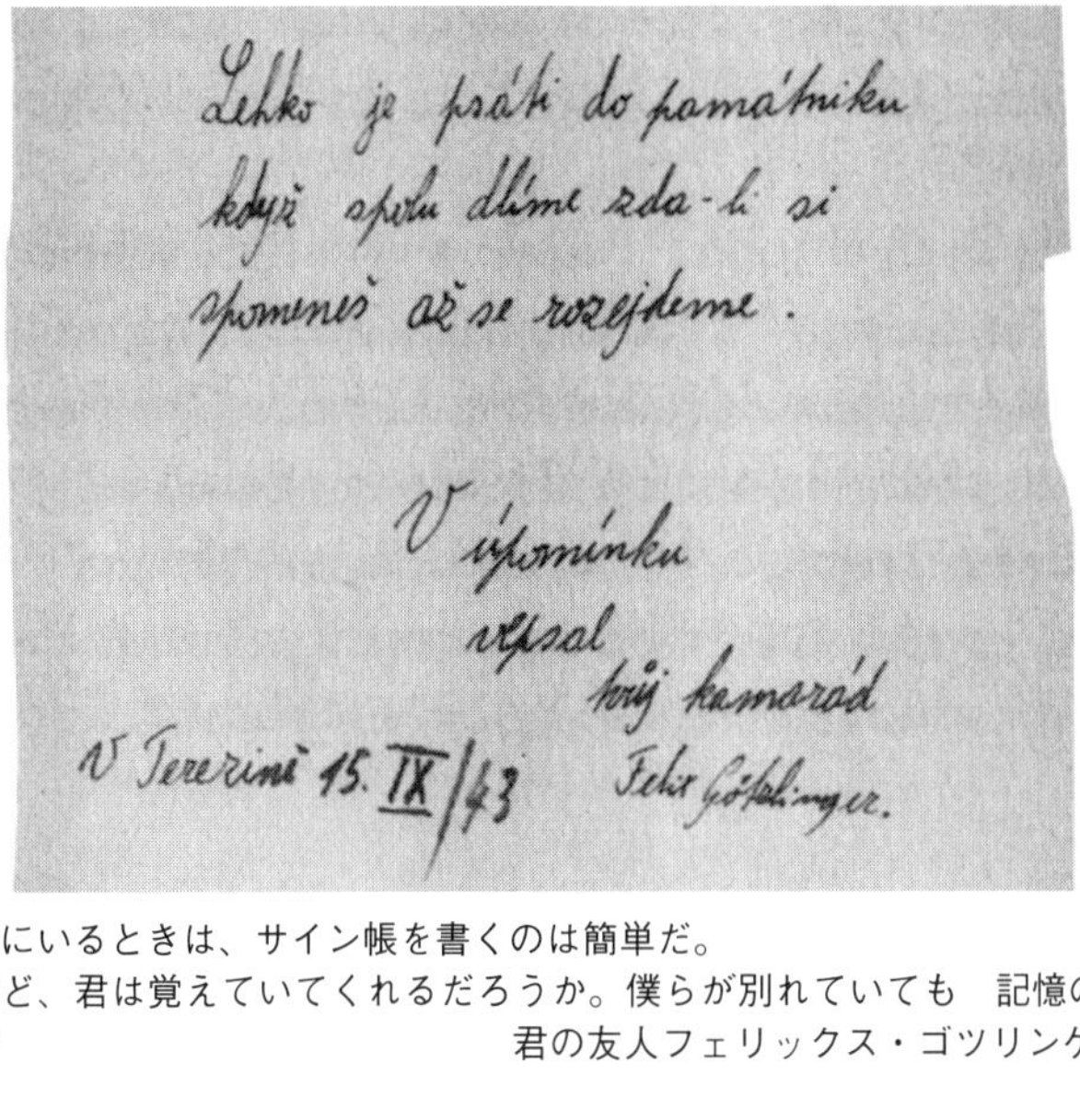
Lehko je psáti do památníku
když spolu dlíme zda-li si
vzpomeneš až se rozejdeme.

V upomínku
vepsal
tvůj kamarád

V Terezíně 15. IX/43　　Felix Göttlinger.

一緒にいるときは、サイン帳を書くのは簡単だ。

だけど、君は覚えていてくれるだろうか。僕らが別れていても　記憶のなかで　　　　　　　　　　　　　　君の友人フェリックス・ゴツリンゲル

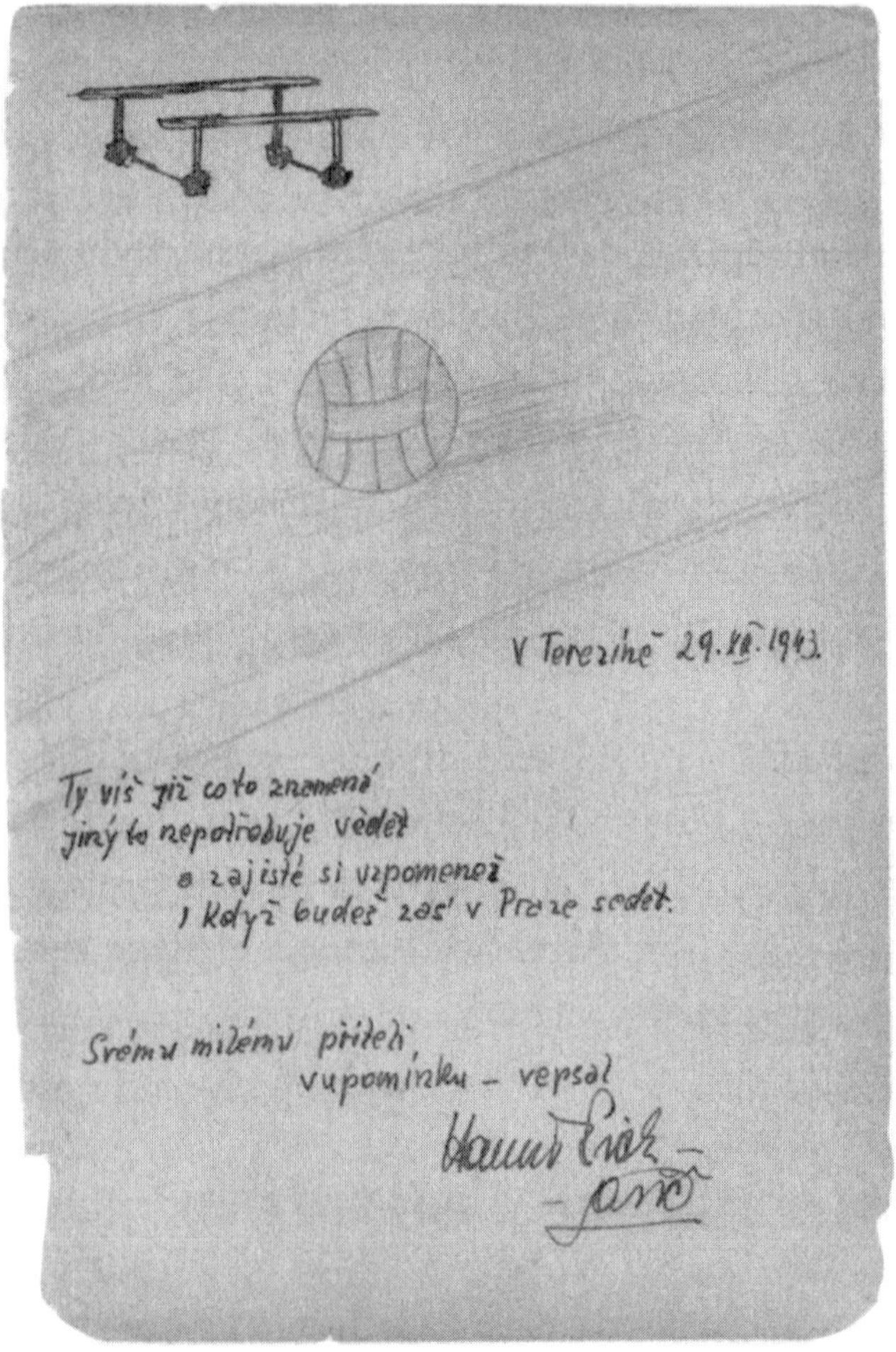

君には、これがどういう意味か分かるか。ほかには誰も分からない。
きっと、君は思い出すだろう。
再びプラハにいるとしても。
僕の親友へ、記念に。

ハヌシュ・ピック

僕はサイン帳を膝《ひざ》に置き、窓の外を見る。これを届けてくれるなんて、彼はなんていい奴なんだ。だけど、何か変だ。「なぜ、ネシャリムの誰も僕に便りを書いてくれないの」と母さんに手紙で尋ねる前に、イジーはこれをなぜまとめはじめたのだろうか。イジーがこれを持ってきたのは、誰かが僕の手紙を母さんに渡す二、三時間前のはずだ。

きっと僕は、まだあまりよくなっていないんだろう。午前中の半分を眠っていても、さらに休息が必要なような気がするから。

そのあと少しして（僕は眠っていたにちがいない）、誰かほかの女の人が入ってきてグレタを抱いた。二人はドアのそばでしばらく話をしている。それからまた抱きあう。どちらも泣いている。その女の人が去り、グレタは椅子に腰かけ、手のひらの付け根で顔を拭《ぬぐ》っている。彼女が立ちあがって僕のベッドのほうに来るが、僕は眠っているふりをする。

コチン……コチ……コチン。

また、僕は眠っていたのか？　それにあの音は、どこから聞こえてくるんだろう？

コチン……コチン。

窓だ。サイン帳が胸から床に落ちる。それから起きあがって、窓のほうへ行く。コチン。今度は音が大きい。小さな石（たぶん丸石だ）が窓に当たっている。

僕は外を見る。イジーが下にいる。三階下だ。彼が手を振る。僕も振り返す。彼が何かを言う。言っているような気がする。彼の口が開いているのが見えるから。彼の白い息が、小さな雲のように出ている。

彼の言うことが聞こえない。僕は両手を横に上げて、頭を前後に振る。彼も腕でやってみせる。その場で走っているようだ。彼の拳が、彼の横で円を描いている。僕は肩をすくめる。彼は右を指し、それから自分を、それからまた右を。それから彼は、腕で同じことをやって微笑《ほほえ》む。その動作は、とても幸せな笑顔のようには見えないが。

僕は手を振って、閉じられた窓に手を置く。窓は凍りつくように冷たい。

彼はそこにしばらく立って、僕をただ見上げている。それから手を振って向きを変え、立ち去った。

彼が建物の角あたりで消えるまで、僕は窓のところにいる。彼の動作が何を意味しているのかと、よく考えようとしながら。そして、ベッドに戻る。突然、彼がバックパックを片方の肩に掛けていたのに気付く。僕はベッドから飛びだして、ドアに向かって走りだす。あと半分くらいのところで、グレタが僕の腕をつかんだ。

「何をしているの？」

「行かせて！」僕は叫んで、彼女の手を振り放そうとする。しかし、彼女の力は思った以上に強い。

「ミーシャ、やめなさい。あなたは……」

でも、僕は彼女の手をなんとか振り切って、ドアの外へ走る。階段へと左に曲がったとき、ラム先生にまともにぶつかった。先生の体が、僕を床に突き飛ばした。

「ミーシャ？」先生が言い、グレタの足音が近づいてくる。僕は飛び起きてまた行こうとするが、逃げるには四本の手は多すぎる。

「ほっといて！」僕は叫ぶ。

「落ち着け！」ラム先生が命令口調で言う。でも、僕は落ち着けない。だって、行きたいんだから。

僕は、前後に激しく揺れているのを感じる。そして、一瞬、六人くらいの子どもたちが、戸口から僕を見つめているのに気付く。グレタが腕を僕の体に回して、僕がまったく動けないほど強く抱く。僕は逃げだしたい。でも、体全体が弱々しく感じられて、崩れ落ちるのではないかと思うほど怖い。

「静かに……静かに」僕の背中をなでながらグレタが言う。「大丈夫よ、ミーシャ。大丈夫」

彼女を押しのけてイジーを探しに行きたいのに……。こんなふうに、しばらくの間彼女に支えられている。子どもたちとラム先生が行ってしまうまで。

「大丈夫、大丈夫よ」

「あるの……」しばらくして僕は言いはじめたが、まだ呼吸がうまくできない。

「何があるって？」グレタが尋ねる。

「移送……」彼女の肩に向かって言う。「あるんだ。そうでしょう？」

「ええ」しばらく黙ってから、僕の頭のてっぺんに言う。「あるわ」


病院で動けない間、僕のためにサイン帳をつくらせたのはイジーのアイデアだったにちがいない。でも、彼に尋ねることはできなかった。二、三日前に彼がサイン帳を持ってきたとき、戸口を通してもらえなかった。そのとき、僕らはただ互いに手を振っただけだった。それでも、彼のアイデアだったと思っている。

いつかプラハの家に戻って、
ネシャリムと僕らのすべての勝利について語っているだろう。
そして、そのときも、僕らは最高の友達だ。
そうだろう？　思い出に。

君の友、イジー・ロトフ

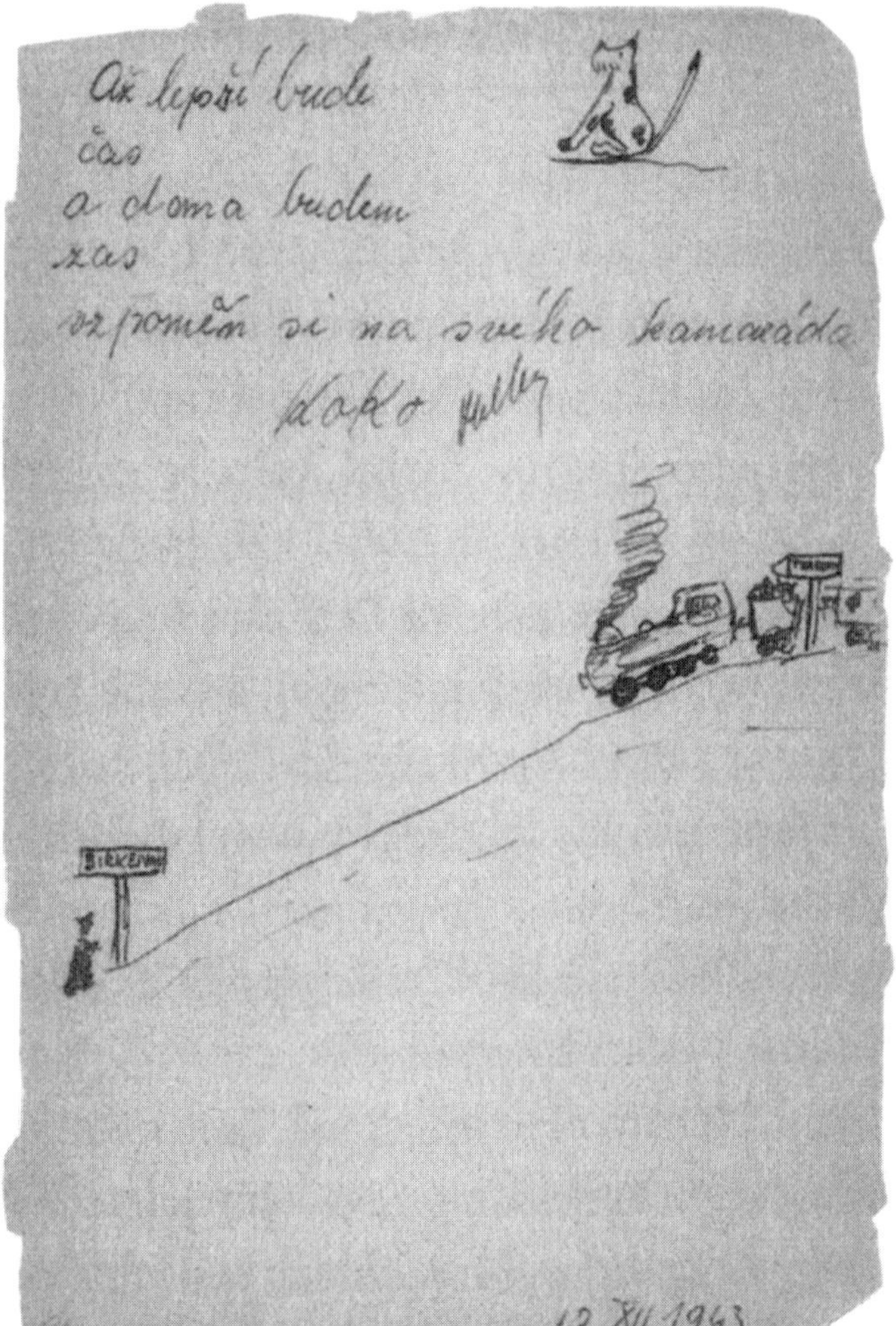

時代がもっとよくなり、僕らが家に戻ったら、すぐに、君の友ココ・ヘレルを思い出してくれ。

僕は、サイン帳の最初のページをめくる。急に、最初から終わりまで、全体を通してもう一度読みたい気がしたから。最初にあるのはココのページだ……。

犬の絵の下に汽車が描かれている。先頭から煙が渦をまいて吹きだしている。それは、テレジンという標識をすぎて、もう一つの標識に向かって真っすぐ坂を下りていく。その標識には「ビルケナウ」とある。それは「東」の言い方だ。そこは、それほど悪くなければいいけど。今、僕はそうとしか考えられない。

僕は丁寧にサイン帳を閉じ、窓に目を凝《こ》らして、あの「コチン、コチン」がどんな音だったか覚えておこうとする。またその音を聞きたい、と思いながら。

一九四四年五月三一日

「ほら、トミー。押して」四輪荷車の、僕のいる前のほうへ叫ぶ。

「できないよ。はまっちゃってる。見て」

それで、彼のほうへ見に行く。後輪が道路の割れ目に数インチ落ちている。

「ドレスデン兵舎から戻ってくるところだったらなぁ……。それに、パンの重さで下がっていなければ持ち上げられるのに」

「じゃあ」僕はウインクしながら言う。「少し、落としたら？」

トミーの目が大きくなる。

「ミーシャ！」大きな声で言って、「二、三個のロールパンならまだしも、このたくさんの大きなパンの塊《かたまり》を？」

彼は正しい。たしかに、一番のアイデアではないだろう。数個のロールパンなら隠せる。とくに君は、そのズボンを四年間もはいているから、僕のと同じくらいユルユルだろう。でも、パンの塊を隠すとなると、ちょっと違った話になる。悪すぎるよ。だって昨日、僕は一人の女性と、ロールパン二個をサラミの端と交換した。パン焼き所を仕切っているデンマーク人の話す言葉がほとんど分からないにしても、これは収容所全体のなかで最高の仕事だと言える。

それに、トミーは本当にいい奴だし、僕の言うことをよく聞いてくれる。たぶん僕が年上で、この四輪荷車に関する正式な責任があるからだ。僕らはテレジン中をずっと歩き通し、道順を選ぶのにかなり時間をかけている。それに、キキナにここの仕事に就かせることもできた。そのことで、僕に感謝を続けることだろう。

ああ、それに、パン焼き所で働くためにクラスを抜けることができる。たしかに、授業をたくさん欠席しているのはあまりよくない。でも、クラスの中だけでは苦痛や飢えのストレスで無感覚になってしまう。

「これを前後に揺すったらどうだろう?」とトミーに言う。「たぶん、うまくいくよ」

しばらくやってみるが、ちっとも動かない。たぶん、僕とトミーが端と端にいるからだ。口ひげと無精ひげの男が通りかかり、結局、僕らは手伝いをお願いする。

「君たち二人はそっちの先を握って、僕はここから押すよ」

彼は、信じられないくらい汚い手を荷車の下のほうに置く。少し時間がかかったが、二〇回ほど前後に揺すったら、とうとう車輪を上げることができた。

「おじさん、本当にありがとうございました」

四輪荷車を動かしながら僕らが言う。

「どういたしまして」その男は四輪荷車の脇を歩きながら言う。僕らと、ただのんびりと散歩をしているみたいに。

僕らは角を曲がり、二つの大きな建物の間にある狭い通りを行く。

「なあ」その男が、僕らの後ろ姿を見ながら静かに言う。

「どうだろう、俺の手伝いに対して何か……？」

「えっ？」と僕が答える。

彼は親指で四輪荷車を指す。

「パンがたくさんあるじゃないか。一つくらいなくなったって、誰も気付くとは思えないがな」

僕は押すのをやめてトミーを見る。彼も押すのをやめている。肩の片方を上げただけで、何か聞き取れないことをつぶやく。それで、僕はズボンに手を入れ、酵母パンを取りだす。

「数を数えているので」僕はそのパンを男に渡しながら言う。「それに、とにかくこっちのほうが美味しいです」

男は素早くパンをつかみ、大きくひとかじりする。

「ねえ、おじさん」トミーが言う。「どうしてそんなに手が汚いの？」

「トミー」僕は首を振りながら、「そんなことを大人に言っちゃいけないことを知らないの？」とささやく。

「なに?」彼が言い返す。

「一週間、ずっと花を植えていたからさ」男がもうひと口パンを食べながら言う。「偉いお客のために、小さな楽園を準備しているのさ」

「お客?」僕が尋ねる。「どんなお客なの?」

「はっきりとは分からない。赤十字と関係があると聞いている」

口をパンでいっぱいにして話す。

「俺がはっきりと知っているのは、兵舎を塗ったり、子どものために遊び場を造ったり、あちこちにベンチを置いたり。これは、結局、俺たちユダヤ人を好きだと突然決めたからじゃないかな。彼らが俺たちのためにすることと言えば、どの列車に乗るかを言うだけだったけど」

男は短く笑って、話を中断する。

「四日間で七五〇〇人。その次の日には、あらゆる場所に花を植えている。ここがある種の遊園地みたいに」

男は指を口に突っ込み、奥歯から何かをつまみだす。それから、すする音を立てる。

「よし、造園命令に戻ろう」男は、最初に会ったほうに歩きはじめる。「おやつをありがとう、お二人さん」

仕事とこれまででもっとも長い歴史の授業、そしてフランタが南京虫退治をさせた(最近、とてもひどい状態だ）あと、僕はドレスデン兵舎に向かう。仕事の終わりにパン半分をちょろまかして、各ポケットに四分の一ずつ押し込んでいる。母さんとマリエッタにあげたくて。

部屋はガランとしている。驚くことじゃない。もし誰かいたとしたら不思議なくらいだ。僕らの建物を出るとき、町の広場に（そこは、僕たちを絶対に入れてくれないところだ）たくさんの人たちがいるのに気付く。ナチスは巨大なテントを壊し、僕たちに建てさせた新しい木のパビリオンの下で、今では夕方にオーケストラなどの演奏をさせている。

もし、演奏されている曲が気に入らないなら、通りの向こうにあるコーヒーハウスでゲットー・スウィンガーズがジャズを演奏しているのが聴ける。ある日、トロンボーンを吹く男性を見たこともある。あれは最高に素晴らしい楽器だ。

もし、本気で注意を払っていなければ、ここが巨大な牢獄と思うことはできないだろう。

マリエッタがテーブルのところで本を読んでいる。母さんはどこにも見えない。僕は静かに姉さんのところへ行くが、声はかけず、彼女の読んでいる本の上にパンを置く。

「あら」困ったように言い、視界を遮ったものと、誰がそれを持ってきたのかに気付く。

「ミーシャ、グルエンバウム」パンに喜んで、彼女が「ミスター・チョロマカシ」と言う。

「どういたしまして」

でも、彼女は何も言わない。ただ、パンをじっと見ている。「食べなよ、姉さんのだよ。母さんにはもう一つあるから」

マリエッタは注意深く外側の部分をちぎって、ひと口食べる。

「ねえ、ところで母さんはどこにいるの?」

「きっと寝てるわ」また本を読みはじめているので、彼女は頭を振って言う。「何かが(声を低くする)イライラさせているのよ。でも、私にはそれが何なのか言わないの」

母さんはベッドの中にいたが、僕はすぐには気付かなかった。たぶん、小さなボールのように丸くなっていたからだ。

「やあ」僕が言う。母さんは微笑《ほほえ》もうとするけど、うまくいかない。「パンを少し持ってきたよ。仕事先から」

「ありがとう」静かに言う。「でも、お腹が空いていないの。あなたが食べて」

「いや、これは母さんの分だ」ベッドの枠の、細い縁の上にパンを置く。「明日はもっと手に入れるよ」

母さんは何も言わない。その代わりに片方の腕を上げた。「おいで」

母さんと抱きあうことにそれほど興味はない。何人かの友達とサッカーをすることになっていたから。ただ、とても悲しそうに見える。母さんがちょっと体の向きを変えると、寝ている下にチラッと葉書が見えた。僕がそれに手を伸ばそうとすると、母さんがさっとつかんだ。

「誰から来た葉書？」僕が聞く。

「何でもないのよ」母さんが言う。

「何でもない？」

　でも、母さんは答えない。それで、僕は母さんの手から奪いとる。

「ミーシャ！」母さんは取り戻そうとするが、すでに僕はベッドから数歩離れている。葉書にはあまり書かれていない。

　この葉書はルイズ叔母さんからのもので、約二週間前、オタ叔父さんと一緒に移送されてここから去っている。住所は

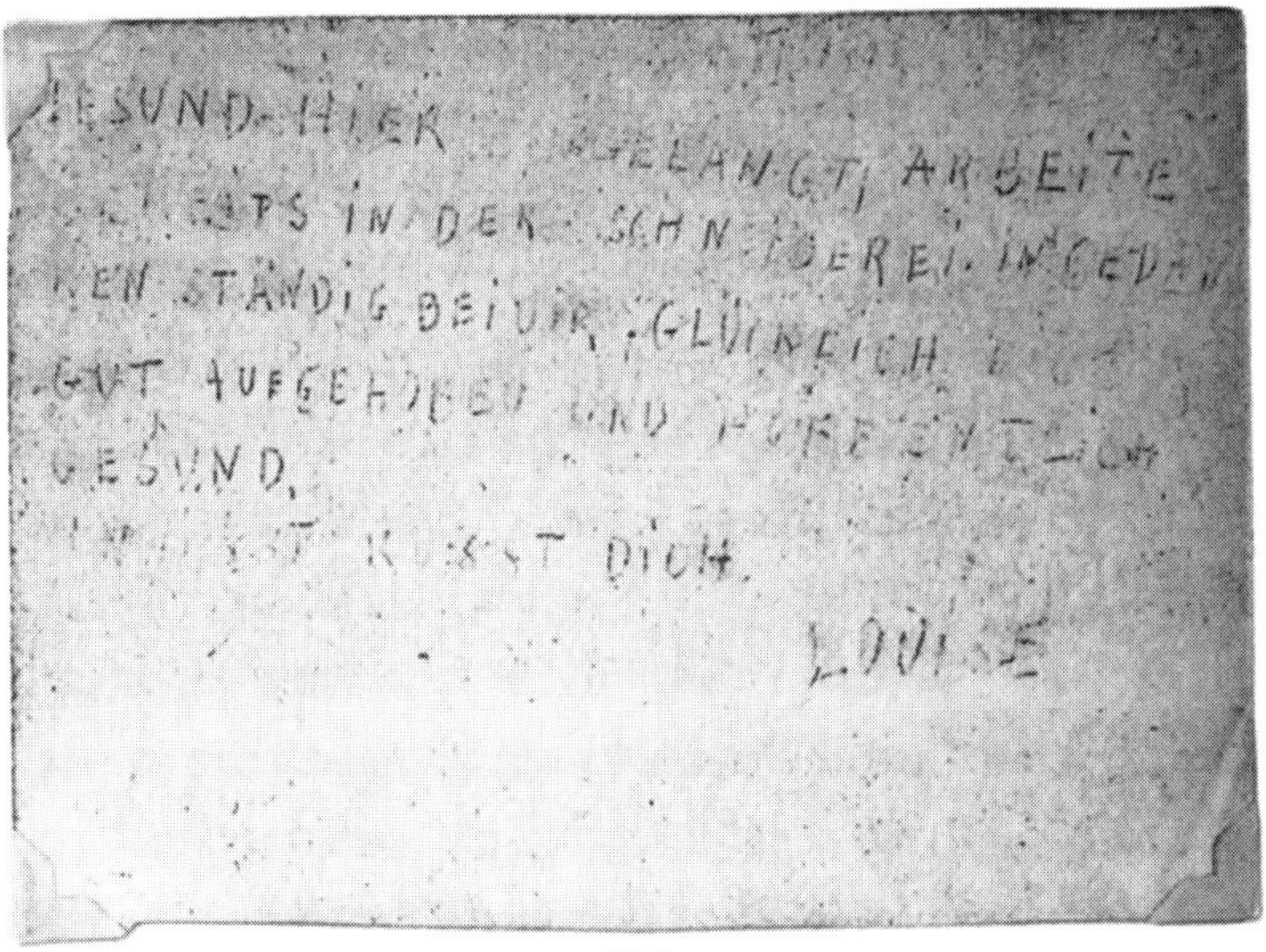

元気にここへ着いて、私は針子《はりこ》として働いています。
ご健康をお祈り申し上げます。（ルイズ叔母さんの葉書）

「ビルケナウ」だ。母さんの名前とここの住所以外は、たいして書かれていない。

「何が問題なの？」僕が尋ねる。「ほとんど何にも書いてないよ」

母さんは起きあがって僕から葉書を取るが、まだ何も答えない。

「どうしてそんなに不機嫌なのか分からないよ。叔母さんは、『何事もうまくいってる』って書いてるよ。それに、やっと暖かくなったし、ここもそれほどひどくなくなった。昨日の空襲だって、そうでしょう？　フランタが『あれは連合国の飛行機だ』と言ってた。それに、彼らがテレジンの上を飛んでいるなら、ドイツからどれくらいのところに来てるんだろう？　きっと僕たちは、二、三週間でプラハに戻れるよ。そしたら、ルイズ叔母さんにも会えるよ」

マリエッタがやって来て、母さんの手から葉書を引き抜いて、「なぜ、私にこれを見せなかったの？」と強い声で聞く。

「何でもないのよ」また横になりながら母さんが言う。

「そのとおりよ。母さんが仕事から帰ってきてから、なぜずーっとベッドにいるのか、この何でもない葉書は関係ないんでしょ。夕食も食べてなかったし」

僕はマリエッタから母さんのほうへ目を移して、何が起こっているのか知ろうとする。でも、マリエッタは腕を組んで立っているだけだ。一方、母さんは上のベッドの底を見つめている。

「分かるかしら」母さんがやっと、ほとんどささやくように言う。「文章があんなに斜めになっているでしょう?」

　僕は葉書を見る。たしかに、文が斜めに書かれている。

「ええ、それで?」マリエッタが聞く。

「私たち取り決めをしたの。彼女が去る前に、ルイズと私で」

「どういうこと? 取り決めって?」僕が尋ねる。

「私たちは、ナチスがこういった葉書を送らせるって分かっていたの。だから……」

　マリエッタは、細いパンの外側を口のそばにつけたまま、食べてはいない。

「向こうで物事がよかったら右上がりに書く。右下がりは悪いってことなの」

「どう悪いの、母さん?」マリエッタが尋ねるが、答えはない。

「たぶん混乱しているんだよ」僕が言う。「たぶん、右下がりがよい意味だと思って。とにかく、仕事があると言っている。そうでしょう。お針子《はりこ》がなぜ悪いって言うの?」

　僕はマリエッタのほうを見て助けを求めるが、彼女は母さんを見つめたままで、僕の言い分に納得しているようには見えない。

「元気で着いた。そう書いてある。それがどう悪いの?」マリエッタがまた尋ねる。

「ちょっとはよくないかもしれない」僕が言う。「たとえば、分からないけど、そこにはいい音楽家がいないとか。そういうこともある、そうでしょう?」

「とにかく、グスタフは、そこはことほとんど同じようなものだろう、と言っていたわ」マリエッタが言う。

母さんは頭を軽く振って、微笑《ほほえ》んだような感じがした。

「なに？」馬鹿にされたような調子でマリエッタが言う。「どうして、彼がそんなに間違っていると思うの？」

「グスタフって誰？」と僕は尋ねたが、二人とも答えてくれない。

「私のボーイフレンドよ」マリエッタがやっと答える。

「背が高い？」気付く前にこの言葉が出てしまった。

マリエッタが変な顔をする。「えっ？」

「何でもない」

「うーん、そうね、そうよ、高いほうね。でも、それがどうかしたの？」

「彼は、そこは大丈夫だと言ってるの？」僕が尋ねると、マリエッタがうなずく。

「彼はまだ子どもよ」母さんが言う。「どうして彼なんかに……」

「一七歳は子どもじゃないわ」マリエッタが怒ったように言う。「彼は、自分の話していることについては分かっているわ。それに、とにかく彼らはまだ私たちを移送に入れていないし……だから心配することはないわ」

母さんがパンを取りあげてひと口食べる。そして、ゆっくりと噛む。

「本当ね。私たちを移送に入れなかったわ……」

「何だって？」僕が尋ねる。マリエッタがまた腕を組んだ。

「でも、協議会の人と話ができて、プラハで父さんがコミュニティのためにしたことを思い出させたの。私たちを除く、って言ってくれたわ」

「いつのことなの？」マリエッタが尋ねる。

「二、三週間前」

母さんは葉書を取りあげて、マットレスとベッド枠の狭い間に差し込む。

「それで彼らは……ミーシャを……ミーシャを二、三日後に乗せるって。でも、前と同じように、父さんのおかげで移送から外してくれたの。同じことができたのよ」

「僕だけ？　どうして僕だけ？」と僕が尋ねる。

でも、母さんは答えない。そして、また身体がボールのように丸くなる。また聞きたいことを尋ねようとしたけど、やっぱりしない。その代わりに、ただ「さよなら」と言う。言わなかったかもしれない。急いで外に出て、サッカー以外のことは考えないようにした。

一九四四年六月二三日

「それで、缶を受け取るとき、何て言うつもりだ？」頬の腫《は》れ物を触り続けているユダヤ人の男が、訪問者を待っている間、僕たち全員に聞く。

「またサーディン、ラフムおじさん？［テレジンの司令官］」並んだ僕たちが答える。

「もっと大きな声で！　サーディンばかり食べてうんざりしてる。毎日、毎日だ。分かったか？

よし、もう一度だ」

「サーディン。またぁ、ラフムおじさん？」僕たちは繰り返す。

「よし、よし、だいぶいい」そんなに喜んでいるようには見えない。

「僕は、サーディンはいらない。サーディンは嫌いだ！」とパヴェルが言って、足を踏みならす。かんしゃくを起こしたみたいに。それから笑いだす。

その男が、パヴェルのほうへ来る。

カール・ラフム司令官

「これが面白いと思うのか?」

「本当に少しでもサーディンがもらえるなら思いません」パヴェルが大きな笑みを浮かべて言う。

「ラフム司令官が、ユーモアのセンスをもっていると思うか?」

パヴェルは何も答えない。

「あなたはどうですか?」パヴェルが肩をすくめて、ニヤリとする。

男は頬の腫《は》れ物に触り、そこにある何かをつっつく。突然、彼はパヴェルをピシャリと殴《なぐ》った。パヴェルが倒れそうなほど強くだ。少しの間、誰も何もしない。パヴェルが男の足に唾《つば》を吐く。男は彼をもう一度殴ろうとするが、パヴェルは頭をひょいと下げた。

「ここから出ていけ、すぐにだ!」男が叫ぶ。「さもないと、今晩は小要塞で寝ることになるぞ。俺にそれができないと思うなよ」

小要塞――そこは父さんが送られたところだ。聞くだけで、僕の皮膚がザワザワする。そこで何があったのか、まだはっきりとは分からない。僕に分かっているのは、そこから戻ってきた人のことを聞いたことがない、ということだ。
パヴェルが走り去る。「ラフムおじさんに、僕からよろしくって言ってくれ」と、通りすぎながらフェリックスと僕に言う。

ちょうどそのとき、四台のピカピカの黒塗車が停まった。最初の一台が停まり、運転手を務めるがっしりしたナチスの将校が出てきて、後方へ歩いてドアを開ける。濃い色の立派な服のユダヤ人が降りてくる。

「運転手つきのユダヤ人？」僕はフェリックスにささやく。

「あれはエプステインだ」彼がささやき返す。

「エプステイン？」

「前に担当していた奴、エデルステインに代わってやって来た奴だとフランタが言っていた」

「エデルステインはどうしたの？」

「知らない」

エプステインの眼は黒いと思うか、とフェリックスに尋ねようとしたちょうどそのとき、誰かが「シーッ」と言った。彼の眼が黒いと、僕は確信している。スーツを着た男たちが、最後の車のもう一人のナチス将校とともにほかの車から降りてくる。

二番目の将校（額が高く、髪の毛を脇で剃っている）が僕らの列（四〇人くらいの子どもたち）の向こう端へ歩いていく。僕たちに言わせるべきことを練習させた男がそこに直立しており、手には段ボール箱を持っている。将校が彼のほうへ行き、箱に手を入れて小さなブリキ缶をひとつかみ取りだした。

「サーディン！」箱を持った男は、いかにも驚いたように言う。眉を上げて僕たちのほうを見る。

「サーディンをまた、ラフムおじさん？」僕たちは、ほとんど同時に言う。

ほかの大人たちは、赤十字から来た人にちがいない。車のそばに固まって立っている。お互いに二言三言ささやく。一人が腕を組んで立つ。もう一人が小さなノートに何か書いている。

このような様子を、本当に信じるのだろうか？　あのラフムが、僕らにサーディンを本当にくれると？　僕らが彼に文句を言わないとか？　それほど馬鹿なんだろうか？　それに、それらの缶の中には本当にサーディンが入っているのか？

一分後、ラフム（ひげ剃クリームのような強い匂いがする）は、僕の伸ばした手に一缶を載せる。僕は「ありがとう」と言う。でも彼は、「どういたしまして」とは言わない。

「サーディンをもらえなくてもいいよ」僕はキキナに言う。「こんなランチをもらえるなら」

僕は灰色をした金属の皿を見下ろす。それには、いつもの三倍もの食べ物が載っている。それに、本当の食べ物だ。マッシュポテト、タマネギ、キュウリサラダ、それにタン［舌］がある。

「毎日、赤十字が訪問してくればいいのに」とシュプルカが言い、フォークいっぱいのマッシュポテトを口に詰め込む。

「どうだろう」キキナが言う。「僕は、そんなに長く僕らの部屋をきれいにしていられるとは思えない。大変なことだよ。いくらフランタのためでも」

「彼らがこれを本当に信じると思うか?」僕が尋ねる。

「信じるって、何を?」シュプルカが聞く。

「分からない? 何でもだよ。このランチ、あの花、それに、今ここの何もかもが、どんなに立派に見えるか」

「信じるだろう?」キキナが聞く。「どうして違いが分かる?」

「そうだ! 誰かに本気で聞けば簡単に分かるだろうに」

「それに、ナチスはああいうことを続けると思うか?」シュプルカが言う。「そうだ、そうだよな」

僕らは、いつもより長い間食べている。誰も文句を言わない。食べ物の味は素晴らしい。でも、同時に、赤十字のいろんなことで僕のお腹は少し変になっている。

「ねえ」とシュプルカが言う。「今日、先生たちがプレーする相手はどこなの?」

「電気専門家のチームだ」とキキナが言う。

「もちろん」とシュプルカが言って頭を振り、「二つともベストのチームだ。だから赤十字は、素敵なここテレジンで、素晴らしい試合を観ることになる」

キキナが舌を突きだしたが、その上に牛のタンが少し載っている。僕らはみんなで笑った。

「ゲームは何時?」僕が尋ねる。

「四時頃だと思うよ」シュプルカが言う。

「えっ、そんなのないよ」僕が言う。「そのときは、『ブルンジバール』に出演するために行かなくちゃならない」

「楽しくやれよ」キキナが言う。

「ねえ、あの赤十字の人たち。あの人たちは、オペラが何のことなのか分かると思うかい？」僕が尋ねる。

「僕は疑うね」キキナが言う。「もし、彼らが分かるくらい利口だったら、この訪問全体がジョークだってことも分かるだろう。どうってことないよ」

「でも、それなら、なぜここにいるんだろう？」と僕が聞く。

誰も答えない。僕の食べ物が、どういうわけか美味しく、同時にまずくなりはじめる。

「それに、待てよ、これが……たぶんこれが、そもそも僕たちに劇やオペラをさせる理由なのかもしれない。僕たちには学校もないのに……」

「僕らに学校はある」シュプルカが言う。

「いや、ないよ」僕がすぐに言い返す。

「聞かなかったかい？　二、三の部屋を学校に変えた。ただ……」とシュプルカが言う。

「どこで？」と僕は尋ねる。

「知らない。ハンブルグ兵舎だと思う」シュプルカが言う。

「うそだろ」キキナが言う。

「最後に言わせてもらえば」シュプルカが言う。「僕は嘘《うそ》じゃないって分かるよ。父さんが言ったんだ。いくつか教室のようなものを造った。でも、それからこうだ。入り口に掲示板を出した。それには（シュプルカが僕らの前に手を突きだして、一方からもう一方へ文字を書くように動かす）『休暇のため休校中』と書かれてある」

　三人が笑う。でも、僕は何が面白いのかよく分からない。

「待って！　真面目に言って、たぶん僕らにオペラを上演させたり、音楽やいろんなことをさせる。実際には学校がないのに。それで、僕らを見せびらかす。そうだろう？　たぶん、それが理由だ。それで赤十字のみんなが、ナチスは本当に僕らのことを心配してるんだ、って考えるだろうから」

「そうだ」シュプルカが言う。「それに、この場所がどんなに素晴らしいかを世界中に見せるため、来週にはここで映画の撮影もはじめる」

「彼らが？」

「冗談だよ」

「ええっ！」と僕は言う。本当だよ、と彼が言ったとしても僕は驚かないが。

誰も、ほかには何も言わない。僕らはただ、美味しい食べ物を噛みしめることに戻る。水曜日に完全に掃除されたので、それ以来、歩くことが禁止されている歩道の隅で。

昼食のあと、僕は『ブルンジバール』に出演するためにソコルホールへと急いだ。僕は収容所を抜けて走る。新しい遊び場をすぎ、満員のパビリオンをすぎ、そこではオーケストラが準備をしている。青とピンクとオレンジの花の列をすぎ、広々とした本当の緑の草地をすぎる。どの建物もキラキラしているようだ。とても清潔だ。

今日の『ブルンジバール』の公演（少なくとも二〇回目だ）は、いつもよりうまくいった。たぶん、ソコルホールの、本当に観客席がつい

『ブルンジバール』の公演のフィナーレ

た巨大な部屋で公演したからだと思う。今、そこは、「コミュニティ・センター」〔一三五ページの図参照〕と呼ばれていると思う。

僕には、赤十字の人たちがいつ来たのか分からない。分かっていることは、今日はとりわけ大きな声で、とくに最後に大きく歌ったことだ。もしかしたら、赤十字の人たちが何らかのメッセージを受け取って、ナチスに「テレジンを閉鎖して、彼ら全員を家に送り返すように」とか言うことを期待して。

もちろん、オペラが終了し、喝采《かっさい》が終わっても何にも起こらなかった。ほかの公演と同じように。

それでも、僕は少し興奮していた。というのも、フロイデンフェルト監督が「ＯＫ」って言うやいなや、僕はバシュタへ向かいたかったからだ。フランタのチームと電気専門家チームのサッカー試合だ。せめて終了前に間にあうようにと願いながら、バシュタへと全速力で走る。

バシュタの角に着き、階段を急いで駆けあがる。僕がてっぺんに着くと、すでに誰かが終了の柵を置いてしまっていた。

およそ二〇人から二五人の人たちがここにいる。僕より年上はいない。くそっ、試合は終わってしまった。ペドロと1号室のズデネク・タウシクが、みんなのほうへ走ってくるのが見える。

「終わったのかい？」と僕は尋ねる。

「わぉ」ズデネクが言う。「凄い試合だった！」

「どういうこと？　何があったの？」

「フランタたちが勝った。『3対2』だ」とペドロが言う。「フランタは凄かったよ。見るべきだったよ。何度か、彼は横に真っすぐ飛んだ！　本当だよ。彼は、完全にグランドと並行になったよ！　それに、何とボールをキャッチした。少なくとも、はじきだした。彼は何も恐れなかった。きっと、彼はいつかプロでプレーするよ」

　数分後、僕らは自分たちの試合をはじめている。みんな、かなりいいムードのように見える。ズデネクと1号室の子どもたちでさえ。僕らは一時間ぐらいプレーをし、歴史の時間が来たのでやめた。


「いつもこんなだったら、ここにいたってかまわない。かまわないよ」とパヴェルが、L417に戻っていくときにボールを前に蹴りながら言う。

「でも、もしここにいるってことが、いつかは移送があるということだったら、どうする？」と僕が尋ねる。

「どうってことないさ」ハヌシュがプドリナからのボールを蹴りだしながら言う。「だって、アメリカ人がもうフランスまで来てる。すぐに僕らはプラハに帰れる」

「言わせてもらえば、僕はブルノに帰る。プラハはだめだ。どうしてあんな大きい町に、下手なサッカーチームしかないんだ？」とエリフが言う。

「何のことを言ってるんだよ？」と僕は言うが、誰も気にしているようには見えない。ほかの連中は、僕から約一〇フィート［約三メートル］離れたところでボール争いをしているからだ。

僕も仲間に入ろうとそっちへ急ぐと、ちょうど僕のほうへ飛びだしてきたボールを思いっきり蹴った。それは空へ飛び、木にぶつかり、レンガの壁を越えた。

「行かなくちゃ、ミーシャ」とプドリナが言う。「さあ、行って取ってこいよ。歴史がもうすぐはじまるぞ」

嫌だと言いたかったが、僕のせいだ。それに、あのボールはここ数か月で手に入った一番いいものだ。

「分かったよ」僕は言う。「でも、壁を越えるのを誰かが手伝ってくれないと……」

一分後、フェリックスとエリフが僕の靴の底を持って、上げながら「一トンもある」と文句を言っている。「もうちょっと高く」と僕が二人に言う。やっと壁のてっぺんに手が届き、よじ登る。実際、こうして自分の腕で上がるのは気持ちがいい。たぶん、友達とのおしゃべりのあとは、特別な強さか何かが湧いてくるからだろう。

僕が壁から飛び下りると、嫌な酸っぱい匂いが鼻をついた。それから顔を上げる。僕は、まだ入ったことのない中庭にいた。あたりいっぱいに広がる、染みだらけのシーツの上や、乾いて汚れた地面に横になっているのは病気の人たちだ。ほとんどの人がとても年をとっていて、全員が信じられないくらいに痩せている。変な光のせいなのかどうか分からないが、全員が黄色っぽく見える。身体中の赤い点々と発疹《ほっしん》を除けば。

ボールは、まさにそこにあった。彼らの間に。でも、気付いていないようだ。

数秒間は、ボールが見つからなかった、とみんなに言おうかと思う。でも、やはりボールのほうへ歩いていく。匂いが……。おしっこと、それよりずっとひどい何かの匂いが、ひと足ごとに強くなる。

僕は息を止めてボールを取りあげる。違うところを見ようとしていたが、偶然一人の老人と目があった。彼の眼は両方とも銀色か灰色で、実際には僕を見ていないような気がする。彼の歯はとても黄色、いや茶色に近い。

「ブルノか?」と彼が言う。

僕はそこでちょっと立ち止まる。彼の眼がどうなっているのか知ろうとして。

「ブルノ?　君か?」

でも、僕は返事をしない。ただボールを蹴りあげて、壁の向こうへ返す。それから、真ん中あたりにあるグラグラしている木の椅子をつかんで壁に持っていき、向こう側へと急いだ。

一分後、僕が言う。「ねえ、赤十字はまだここにいると思うか?」

「いや」キキナが言う。「兄さんが、彼らはもう帰った、と言っていた。でも、どうして?」

僕は何も答えず、とてもゆっくり歩いていく。グループのほかの人から遅れているのだが、誰も気付いていないように見える。L417が見えてきて、オーケストラの演奏が聞こえはじめる。何かありふれた曲を演奏している。家にいたころ、ラジオで一、二回聴いたことがあると思う。食後、リビングルームに座っていて、両親はお茶を飲んでいる。僕はクッキーを「もう一つだけ」とねだっている。

一九四四年九月二四日

その噂《うわさ》を聞いた瞬間、僕はトミーに、「僕らも行かなくちゃ」と言う。通りには、女性が二人だけだ。でも、運に任せるつもりはない。

「でも、最終配達はどうする？」とトミーが聞く。

「あとでいいよ」

僕らはパン焼き所に、急いで四輪荷車を押していく。途中で数人を追い越し、ほとんど走るように。それから、荷物をそこに置くだけだ。男性の兵舎の一つ、ハノーバー兵舎用のロールパンが三分の一あるが、気にしない。だって、噂が正しいのなら、初めから無駄な配達となる。

トミーと僕は疾走する（短距離走だ）。収容所を横切る。僕らが走り抜ける人たちの、少なくとも半分の顔を見れば、噂が広がっているのが分かる。最後の大きな移送以来五か月以上になるということは、何だかもっと悪くなりそうだ。

僕らの部屋にヨロヨロと入る。フランタがテーブルの一つにいる。約半分の友達がすでに到着していて、誰もが彼から一〇フィート［約三メートル］も離れていない。

「本当ですか?」ゼイゼイと息を切らして僕が言う。

誰もすぐには答えない。でも、そうだと思う。だって、ほとんどの子どもが泣いているし、誰もほかのこと、つまりゲームをしてないし、本も読んでいない。話をしている者さえいない。みんな、ただ凍りついている。キキナ以外のみんなの顔が。彼は、拳でテーブルを叩いている。

それからフランタがいて、独り言を言っているように見える。彼の目が厳しく周りを見ている。彼の額は、皺《しわ》がよったり伸びたりしている。深い息をすると胸が広がる。それから二、三秒止めて、目を閉じて息を吐いた。

「そうなのか?」テーブルのフェリックスとレオの間に割り込みながら、また聞く。

ハヌシュがうなずく。

「いつ?」

「明日」シュプルカが言う。「明日、出発する」

「少し時間がかかる」フランタがようやく口を開いた。「五〇〇〇人だと一日では出ていけない」

「五〇〇〇人?」

「すべての男性。一六歳から五五歳」ハヌシュが言う。「全員だ」

「おそらく、どこかで新しい労働キャンプをスタートさせるんだろう」とシュプルカが言う。

それが理由で部屋の友達が減っているのか。かなり多くの父親が行くことになるからだ。パヴェルの、エリフの、ココの、そしてほかのたくさんの……みんなの父親が行く。そしたら、彼らは僕のようになる。そう、とにかくそんなように。

「行くな」自分でも気付かないうちに、その言葉が口から出ていた。

「行くな」どういうわけか、ここでキキナが泣きだした。

「僕に選択権はない」フランタが言う。「僕は保護された人物じゃない。僕は……」

「ゴンダはどうですか？　フランタの上役の。彼がリストから外してくれる。きっと、してくれる。つまり……そうだ！　フランタはここの最高の部屋担任だ！」

「そう、もしゴンダ自身が行かないんだったら、おそらくできただろう」と言って、フランタが微笑《ほほえ》む。

普段、僕が泣くなんてそんなにあることじゃないが、それがはじまるのが分かる。それと、僕は闘う。たいていの場合、僕が勝つ。勝てないときでも、少なくとも準備はできる。一人で泣けるようなどこかに行く。でも今は、あまりにも急すぎる。

フランタはぼんやりとしているし、僕は鼻をかまなくちゃいけないような気がする。でも、気にしない。みんなが泣いているときに、それが何だって言うんだ。

ドアが開き、パヴェルが入ってきた。下唇を噛んでいる。

「待って」と僕は言う。「僕らの部屋はどうなるの？　これから、誰が一緒に住むの？」

フランタのほうを向いていなかった顔まで、すべてが彼のほうを向く。

「彼らは、L417から立ちのかせようとしている……」

「何だって？」

「なぜ？」

「彼らは、ただ……」

「君たちの多くは」フランタが続ける。午後の歴史の時間に話しているような調子で僕たちに言う。「お母さんたちと住むことになるだろう。別の、子どもの兵舎を設けるという話もある」

「でも、学習計画はどうなるんですか？」エリフが聞く。

「残った人たちがそれを続けようとベストを尽くしている」フランタが答える。

「嫌だ！」キキナが言う。「フェアじゃない。フェアじゃないよ」

突然、彼は立ちあがって、ベッドの一つにつながっている梯子をつかんで揺すりはじめる。どうにもならないので、今度はそれを蹴りはじめる。僕は少しの間見つめている。でも、木にヒビが入るころ、結局は目をそらした。

「キキナ」フランタがきっぱりと言う。「十分だ」

その後、二、三回蹴ってからキキナはやめて、ベッドの一つに倒れ込む。フランタが立ちあがって自分のベッドのほうへ行く。ベッドの下から小さなスーツケースを引き出してベッドの上に置き、荷造りをはじめる。聞こえてくる響きで、さっきまで泣いていなかった子どもたちも今は泣いていることが分かる。少しの間、フランタは動かずにじっとし、顎《あご》の筋肉を突きだしている。数秒間、何もしないでいたが、スーツケースをピシャリと閉めてテーブルに戻る。しかし、彼は座らない。

「シュプルカ」と彼が言う。

「はい？」

「ここのルールは何だ？」シュプルカは答えない。

「シュプルカ、僕たちの部屋では、ルールはどうなっている？」

シュプルカは鼻をすすって、袖《そで》で鼻を拭く。

「毎日、ベッドメイクをする」

「ほかには？」

「トコジラミをチェックする」

フランタがうなずく。

「そして……洗面所を清潔に保つ。誰かがしなければならない」

「よし、ほかには？　シュプルカ以外の誰か」

「そして自分を……自分自身を清潔に保たなければならない」と僕が答える。

「それで全部か？」フランタが、やっと微笑《ほほえ》みながら言う。「ネシャリムは、単なる衛生専門家なのか？」

僕たちは、元教授に歴史や科学について難しい質問をされたときのように、お互いを見回した。

「ないのか？　そうなのか？」

「親切に」フェリックスが言う。「誰にでも……」

「そして、分けあう」ペドロが言う。「それが困難なときにも」

「時間を守る」キキナがマットレスに向かってきっぱりと言う。頭も上げずに。何人かが笑う。

「一緒に働く」カプルが言う。

「人の悪口を言わない」フェリックスが言う。

フランタはうなずいている。

「分かっただろう。君たちは、僕を必要としない。すでに、君たちは分かっている……」

「そして、団結する」僕が言う。「でも、これは本当の団結じゃない」

僕は、何かが喉に込みあげてくるのを感じた。でも、話し続ける。

「フランタが団結してないよ。フランタ、してないよ……」

「そうだ」何人かの少年たちが言う。

フランタがシュプルカとフェリックスの間を押し開けて、深く座る。フェリックスが、本当に激しく泣きはじめる。フランタが彼を抱きしめる。フェリックスも大きなうめき声を出しはじめる。僕は、彼のいるところに座っていたら、と願っているのに気付く。

結局、フェリックスは離れ、テーブルの上で手を組み、そこに頭をうずめた。顔を下にして。フランタがフェリックスの背中に手を置く。

「いいか」フランタが言う。

「僕にはいとこがいた。サーシャだ。僕より九歳上だ。彼はプラハに住んでいた。僕はブルノ。だから、あまり会わなかったが、会うときはいつも思った。わあ、サーシャってずいぶん年上だ、と。最初の記憶は、彼のバル・ミツワー(1)の週末のことだ。僕にとっては、一三歳だって二五歳だって同じようなものだ。一緒にサッカーをするときは、僕はナショナルチームの一員とプレーしているような気がした。僕のバル・ミツワーのとき、彼がスピーチをした。一番年上のいとことして、本当の大人のように。大きないとこサーシャ。でも、分かるかい？　最後に彼を見たのは一九三九年だ。僕は思った、本当に初めて。彼は単に九歳しか年上じゃなかったんだ。僕も大人になっていたし、年齢の違いは、もうたいしたことではなかった」

フランタが立ちあがって、テーブルの周りを歩く。

(1)　ユダヤ教において、一三歳の男子が行う成人式のことです。

「まもなく、君たちも大人になる。君たち全員だ。まもなく、僕らは仲間になる。これから数年後、君たちは仕事に向かうために通りを歩いているだろう。おそらく、首の周りにはネクタイだ。そうなる。笑うな。僕らだってそういうことになる。そして、君たちの懐かしい友達に会う。フランタだ。僕らは立ち止まってビールを飲む。絶対にそうするぞ！」

フランタが僕の肩を軽く叩く。僕は、その手がいつまでも置いたままであればと願った。

「それは、男が時々することだ」

「ビールは嫌いだ」キキナが言う。

「男の子たちがよくそう言うよ」フランタは言う。「でも、君たちは男の子ではない。二、三年後には間違いなく違う。ナチスは、君たちからその数年も盗んだ。彼らは、君たちから少年時代の最後の数年間を盗んだのだ。君たちはすでに男だ。君たちは、それを知っている。君たちは男だ。男として、僕がいなくてもやっていける。僕は、ネシャリムのメンバーの一人にすぎない。それに、ネシャリムは一人よりずっと大きい。君たちがするべきことは、お互いに支えあい、ここでやったことを覚えておくことだ。それがすべてだ。君たちは、僕なしで頑張れる。分かったか？（フランタの目が大きくなって、特別深い呼吸をする）枕合戦だってそうだ。たとえ大人になっても」

フランタは梯子のほうへ行き、上ってベッドの一番上に座る。

「君たちを見ているぞ、ネシャリム」と彼は言って、咳払いをする。しばらくの間、誰も何も言わない。フランタがまた話しだす。彼の眼は赤い。

「君たち全員が好きだ。兄弟のように、君たち一人ひとりが。そのことを覚えていると約束してくれ。約束だ」

部屋は静かだ。まだ数人が泣いているが、少しだけだ。

「フランタ」フェリックスがとうとう切りだした。「いとこ［サーシャ］、彼はここにいるの？テレジンに？」

フランタは答えない。頬の内側を噛むかなんかして、数回まばたきをする。

「リム、リム、リム、テンポ、ネシャリム」彼がささやく。実際、とても静かにささやいたので、彼がもう一度ささやくまで何を言ったのかはっきりしなかった。最初と同じくらいの静かさだ。

「リム、リム、リム、テンポ、ネシャリム」今度は数人が加わる。

「リム、リム、リム、テンポ、ネシャリム」僕も言う。でも、まだほとんど聞こえない声で。

「リム、リム、リム、テンポ、ネシャリム」今度はみんなが言っているが、まださささやきだ。なんだか、どうしてだか分からないが、これまでよりもずっと力強く感じさせる。サッカーの決勝戦での勝利のあと、声をかぎりに叫んだ日よりずっと力強い。僕は目を閉じて、一人ひとりがそれぞれに、そして一緒に言っているのを聞く。僕らの声は、空中で、まったく同時に混じったり離れたりしている。

「リム、リム、リム、リム、テンポ、ネシャリム」

キキナ、プドリナ、パヴェル、ブレナ、カプル。

「リム、リム、リム、テンポ、ネシャリム！」

シュプルカ、フェリックス、ペドロ、エクストラブルト、カーリ。

「リム、リム、リム、テンポ、ネシャリム」

グリズリー、パイーク、グスタフ、クルシャ、フランタ、そして僕——誰もが泣きだしている。

「リム、リム、リム、、テンポ、ネシャ……」

大きなパシッという音が、僕らを中断させる。ドアが壁にバタンとぶつかった。僕は目を開ける。エリフだ。彼の頬は汚れて赤い。彼の眼は怒りで半分が白くなっている。

「フェアじゃない！」彼が叫んだ。「フェアなんかじゃない！」


こんなときなのに、フランタには約束があって行かねばならないと言って出ていく。彼がいないと、部屋はあまりにも寂しい。

それで僕は、母さんとマリエッタに会うために、ドレスデン兵舎のほうへ行くことにする。テレジンは人影が少ないが、ざわついている。あちらこちらの方向に向かって、急いで歩いている人たちがいる。誰も話をしていないし、ほかの人を見ようともしない。

「やあ、あの……」僕は何度か会ったことがあるが、名前が思い出せない女性に尋ねる。「僕の母さんを見かけませんでしたか？」

「上よ」そう言って指さす。「あそこに、あなたのお姉さんについて行くのを見たわ。屋根裏へ」

「屋根裏？」僕は言う。「屋根裏なんかに行く人がいるんですか？」

でも彼女は、そこにどう行くかを説明するだけだった。

ほとんど階段を上りきったところに来ると、誰かがとても、とても大きな声で話しているのが聞こえてきた。

「だめです！　さあ、それを戻しなさい！」

あれは母さん？

「ほっといて！」

この声は、間違いなくマリエッタだ。

僕はその場に立ちすくむ。隠れようとしたんじゃない。二人の声のせいだ。そんなに怒っている声を聞いたことがない。

「私は許しません！」母さんが叫ぶ。「聞いているの？　絶対に許しません」

「止められるものなら、止めてごらんなさい！」

誰も何も言わない。その代わり、二人の激しい息遣いとうめき声が聞こえてくる。それから、数回のドサッという音。

僕は二、三歩前に進み、屋根裏の中央のほうへ曲がる。母さんとマリエッタは、どちらも床の上にいる。母さんはスーツケースに手をかけ、それにマリエッタが手を伸ばしている。二人の周り全部と、屋根裏のほとんどを占めているのはスーツケースの山だ。少なくても数百はあるだろう。天井まできちんと積みあげられている。

「それを、こっちにちょうだい！」マリエッタが叫ぶ。「それは私のよ！　渡して！」

「どうしたの？」僕が尋ねる。二人は、してはいけないことを見られたみたいに僕を見る。僕が、母親か何かのように。

「どうしてケンカをしているの？」

母さんは髪を直し、立ちあがり、服を整える。マリエッタがスーツケースに突進するが、母さんは彼女の届かないところに動かす。

「なんでもないのよ。ミーシャ」母さんが言う。「下に行って。私もすぐに行きます。今日のことを話してね」

「どうしてマリエッタはスーツケースが欲しいの？　どこに行くの？　移送されるのは男だけだと思っていたけど」

「マリエッタはどこにも行きません」母さんが言う。その声は、穏やかそうでいて、何かありそうな感じだ。

そのとき、マリエッタが飛んできてスーツケースをつかんだ。

「私はグスタフと行きます」そう言って、僕のほうへ来る。

「姉さんを止めて」母さんは断固として言う。「ミーシャ、お願い。姉さんを止めて！」

「待って、マリエッタ。待って」そう言って僕は通せんぼをする。「何をしているの？　何のことを言ってるの？」

僕を通りすぎてからマリエッタが止まった。振り返らずに彼女が言う。

「グスタフが移送に入っている。それで、私は彼と一緒に行くことにしたのよ」

「マリエッタ」母さんが泣きはじめる。「マリエッタ……お願い、頼むから」

マリエッタは何も言わない。僕は何か言うことを考えようとするが、できない。それに、僕が何か言ったら、マリエッタがまた歩きだすのではないかと怖い。その間、母さんは泣き続けている。真っすぐに立って、泣いていないという顔をしようとしている。

「私は彼が好き」マリエッタが僕らに背を向けたまま言う。「彼と一緒にいたいの。私は自分から申し出たのよ。だから、そういうこと」

「そう……でも、僕たちのことはどうなの？」僕が尋ねる。

彼女の肩が、大きな呼吸にあわせて上がったり下がったりする。

「グスタフと一緒にいたいのよ」そして彼女は、階段を下りはじめる。

母さんは僕を追い越して飛びだし、マリエッタの腕をつかむ。

「誰から聞いたの?」

「ほっといて!」マリエッタは、肩から母さんの手を引きはがし、階段を下りていく。

「誰から聞いたの?」母さんが質問を続ける。今度は少しゆっくり、それぞれの言葉を一つの文章のように。

「アレナ? ニーナ? ベルタ? 誰なの? ディタ、マルセラ、エヴァ、ヘレナ、モニカ? この人たちの誰かから聞いたの? そのなかの一人からなの? 五か月よ、マリエッタ。あの人たちは、みんな五か月前に去ったのよ。ルイズから一枚の葉書を受け取ったわ。一枚よ。文字が斜めになっていた。マリエッタ……」

「だから何?」マリエッタは振り返って、うんざりしたように僕らを見る。

「何? 移送の最後に全員を射殺するだけだって? ここでだってそれができるし、ほかのことに列車を取っておけるでしょう。そのことを考えて」マリエッタがこちらを向く。「私は彼と行きます。これが最後よ」

マリエッタが、また階段を下りはじめる。

「前回の移送時、私たちのうち、一人が行くって通告されたのよ」母さんが早口で言う。その声で僕の心臓は早くなり、マリエッタの足が止まる。

「私たちの一人が行くはずだったのよ……」

　母さんの手が口に行き、また母さんが泣くのが聞こえてくる。

「マリエッタ」ささやくように言う。「あなたが行くなら、そしてもう会えないのなら……」

「やめて……」マリエッタが言う。「同じじゃないわ、母さんは……」

「マリエッタ」と母さんは言って、彼女のところまで数段下りる。そして、彼女を後ろから抱く。「もし、彼を愛しているのなら、彼があなたを愛しているのなら」母さんが静かに言う。「それなら、ここにいなさい。あなたが安全だと、彼が分かる場所に。ここならあなたは安全よ。ここはひどいわ、でも安全です。それに、向こうで物事がうまくいくっていうなら、彼が言っているように、これがすべて終わったとき、お互いに見つけることができるでしょう。あなたたちは、それでも愛しあっている。そうでしょう？　もし、あなたが移送されるほうだとしたら、彼に同じことをしてほしいでしょう？　ここにいてほしいでしょう？　彼が安全だと分かるところに」

　マリエッタは答えないが、母さんも彼女を行かせない。僕たちは、そこに立っているだけだ。たぶん一分ほどしてから、マリエッタがスーツケースを下ろし、それが二、三段転げ落ちて壁で止まった。それから階段下まで下りて、ドアを自分の後ろでバタンと閉めた。

　母さんは立っていたところに座る。僕はスーツケースを屋根裏に持ってあがり、まったく同じようなスーツケースの低い山に置く。それから、しばらくの間そこにいる。これまで僕が聞いたことのないような気味の悪い声を、母さんが出しているのが聞こえてくるまで。そんな声は、二度と母さんから聞きたくない。ずっと、ずっと、ずっと。

一九四四年一〇月六日

母さんは、僕に「ダメだ」と言う。事を荒立てるだけだって。でも、やらずにはいられない理由がある。僕はバシュタまで行き、それが引き離されるのを待つ。今日、こうしているのは四回目だ。

二日前、僕はたぶん二、三時間、ここに上がっていた。でも今日は、より組織化されているようだ。すでにそれが来ているから。一七車両連結、収容所から転がり出るとき、全体が線路上で「ガタガタ、キーキー」と鳴る。どこであれ、これらの列車は東へと進んでいく。右下がりの文章の葉書を書く人たちのところへ。

一〇日間で一五回の移送。全部で約一万人。

僕はここから見下ろす。一度だけ、それをすぐ近くで見た。フランタが去った日だ。二度とここには来ないだろうと思った。

彼を五回抱きしめたあと、フランタがほかのたくさんのネシャリムを五回ずつ抱きしめるのを見たあと、彼は列車に向かった。その日、彼は違って見えた。彼は、なぜだか分からないけど、静かに見えた。

木の車両のドアがすーっと開く。でも、中には何もない。座る席がない。長いだけで、車輪の上にある空《から》っぽの箱でしかない。護送兵たちが、蹴ったり叫んだりしながら各車両に入るだけの人たちを詰め込んでいく。実際に可能な人数より、はるかにたくさんの人たちを。その様子は、以前、ホレショヴィツェでエレベーターに九人を詰め込んだときのようだ。そのときはエレベーターが故障してしまい、父さんは一週間、僕たちに階段を上らせた。

今、列車が向きを変え、何本かの緑豊かな木々に沿って曲がり、一〇個の窓すべてが競技場に面している長い灰色の建物をすぎて、曲がっていく。

僕たちはフランタにもう一度「さよなら」を言い、四番目の箱に消えていく男たちの群れのなかのフランタを、見えなくなるまで見守った。腰掛けるものがない箱、トイレに行くことができない車両を。

彼らはみんな、あのように立っていなければならないのだろう。一緒に詰め込まれて、どこであれ、彼らの行く所に着くまで。そこまで、少し時間がかかるだろう。だってポーランドは（列車はそこに行くんだ、とみんなが言っている）、ここからそれほど近い所だと僕は思わない。

ツチとブレナ、そしてグストゥルはもう行ってしまった。インカさえ、きれいな赤い髪をきついポニーテールに結んで、二、三日前に移送へ向かうのを見た。僕は、彼女のところへ行って「さよなら、インカ」と言った。以前には、そんな勇気もなかったのに。

お互いに一〇フィート［約三メートル］くらいしか離れていなかったけど、彼女は手を振って、「また会いましょう、ミーシャ」と言った。その言葉が、なんだか僕を幸せにした。僕の名前をちゃんと知っているのだろうかと、いつも思っていたから。

グスタフも行ってしまった。あれからマリエッタを見ていない。彼女は仕事に行ったあと、残りの時間はベッドで過ごし、誰とも話をしようとはしない。

ああ、そうだ。今日の列車も、今、行ってしまった。バイバイ。

さあ、戻ろう。

僕はきびすを返し、収容所の中を通ってドレスデン兵舎までずーっと歩く。そこは、僕が今いるところだ。テレジンはとても静かで、とてもガランとしている。僕がここに来たとき（約二年前だ）、日曜日の正午に旧市街の天文時計の下に立っているように、どの通りも人でいっぱいだった。

でも、今はいない。

木造のパビリオンの下で演奏する人もいない。

どのベンチにも、もう誰も座っていない。

もし、木の葉が落ちはじめず、空気が冷たくなっていないなら、こういったことのすべてを受け入れるのも少しは楽だろう。でも、冬の訪れはそういうすべてのことをより辛くする。

パン焼き所のデンマーク人たちは（彼らは、何かの理由でフランタと一緒には送られなかった）、僕とトミーに「こういうことは、まもなくすべて終わる」と言い続けている。でも、彼らが言っているだけだろうと僕は思っている。

連合軍の侵攻状況と、ナチス・ドイツが負けているという、いくつかの新しいうわさを毎日聞いている。しかし、どれもまた聞きのゴシップばかりで、誰にも分からない。とにかく、彼らはまだこういった列車を編成しているんだ。

いったい、ナチス・ドイツがどんなにひどく負けているというんだ！　もし、本当に負けているのなら、僕たちのことを全部忘れて、敵の軍隊との戦いに集中するだろう。少なくとも、僕ならそうする。だって、僕らはそれほどの脅威ではないからだ。

兵舎に入り、僕の新しい部屋に入る。母さんは、濡れたスカートを、二つのベッドに渡した物干しロープに掛けている。乾くころには、もう一度洗う必要があるような匂いがするだろう。

どこに行っていたのか、母さんが聞きたそうだ。「母さんの言うことを聞かないの」って、僕に叫びそうな感じがする。でも、そんなこと言っても仕方がないと分かっている。だからって、母さんは何をすればいいのか？　僕を部屋に追い立てる？　しかし、僕の部屋はない。余分な仕事をさせる？　毎日、僕は何時間も犬のように働いている。何かほかの罰で僕を脅かす？　でも、今より悪いことがあるだろうか？

僕はベッドに行き、横になる。本を読むことはできるけど、集中できないことも分かっている。たった一つの考えが、何度も何度も頭の中をめぐっている。この移送がこんなふうに続いていけば、僕はバシュタから見てはいられなくなるだろう。実際、見ていられなくなっている。だって、あの車両には窓さえなかった、と僕は言える。

頭の中をめぐっているのはそのことだけじゃない。もし、座るところもない車両に、窓のない車両に、多すぎる人たちを乗せているとしたら、それはどういうことなんだ？　もし、本当にどこかより良い場所に連れていこうとしているのなら、そんなことをするだろうか？　もし、ルイズ叔母さんが「右下がり」の意味をちゃんと分かっていたらどうなるのか。そこは、もっと悪いのだろうか。

でも、どのように悪いのか？　なぜ、より悪いのか？　もう五年以上もあらゆることが悪くなり、さらに悪くなり続けるなんて、どうしてあり得るのだろうか。いつになったら、よくなりはじめるのだろう。

もし、そうならないとしたら？

一九四四年一〇月一二日

「母さんはどこに行ったの？」僕がマリエッタに聞く。

彼女は僕を無視して、小さなバッグを開けて中のものを入れ直している。それから、巨大で騒々しい集会室を、誰かを待っているように見回す。

「ねえ」と、僕はもう一度聞く。「どこにいるの？」

「どうして私に分かるのよ？」マリエッタがピシャリと言い返す。

「いいよ」僕は静かに言って目を落とす。

でも、僕の首に紐《ひも》で結ばれた、その嫌な紙切れを見たくない。「1385番」とだけプリントされている。マリエッタは「1386番」だ。

今回は一五〇〇人以上、僕もその一人だ。僕らは、とうとう運に見放された。父さんに対する評判だけが、これほど長く僕らを救っていたのだろう。

「そう、母さんは分からないけど、急いだほうがいいよ。だって……だって僕らを乗せはじめて、母さんがここにいなかったらどうなるの？　そしたらどうなるの？」

「なあに？　母さんが列車に遅れるって心配しているの？　そんな簡単に行かなくてもよくなる

のなら、誰でもそうすると思わない？」とマリエッタは言う。「ミーシャ、母さんはリストに載っているのよ。私たちと同じ、私たちは全員行くの。私たち全員」

彼女は正しい。僕らは行く。僕らの日がとうとうやって来た。僕が思っていたように。それで今、僕らはハンブルグ兵舎にいて、全員そこで手続きをし、それから待って、待って、待つ。

パヴェルが母親といるのをさっき見たけど、今は見つけられない。僕らは、ここに長い間いる。僕らが着いたとき、部屋の向こう端の窓は明るい四角だったけど、今は青っぽい灰色になっている。

マリエッタは、またバッグをガサガサとやっている。なぜだか分からない。彼女は、移送に入ることになって嬉しいのだろうと思った。もちろん、グスタフのことが理由だ。でも、なんだかそのようには思えない。まったく違う。

「ねえ」と僕が呼びかける。「何か持ってあげようか。だって僕……」

「ほっといてくれない、ミーシャ」彼女の頬が赤くなる。「ちょっとの間だけでも……」

「ごめん、ただ僕は……僕は……」

僕は、自分のカバンの上にある黒い大きなボタンに集中しようとする。ただ、それだけに。ピカピカの金属、四つの穴。

マリエッタの声が僕の頭の中で反響して、考えることをじゃましようとしている。あたりにいるすべての人たちのことや、彼らがもうすぐあの車両にどのように乗せはじめるのかについて考えないようにしている。母さんのことや、なぜ母さんがここにいないのか、戻ってくるのかどうかなど、どうしてたいしたことじゃないのだろうかと、考えないようにしている。

いずれにせよ、僕ら全員は次の列車に乗ることになっていて、まもなく出発する。そのことに対して、今度は誰も何もできない。不意に、たった一つ思いついたのは父さんだ。少しの間、父さんが何か答えを見つけだすだろうと思った。大馬鹿だった。僕のどこかの馬鹿な部分が、父さんのいないことを忘れて、父さんならどうすべきか知っていると期待していた。

実際、僕は、スーツとネクタイでここを歩いて、すべてのことを解決していく父さんを想像した。父さんの微笑《ほほえ》みと、穏やかな確信とともに。

父さんが何でも解決していたときから約三年が経っている。

ただ、ボタンに集中しろ！　キラキラの金属だ。四つの穴。黒い糸。

そのとき、マリエッタの手が僕の上に置かれた。彼女の冷たい、柔らかい手。

「ごめん、ミーシャ」僕の髪の中にささやく。彼女の息が暖かい。「ごめんなさい。母さんはまもなく戻る。戻るって分かっているわ」

キラキラの金属。四つの穴。黒い糸。そして、端にあるひっかき傷。

一時間後、暗くなっていく灰色の窓の明かりで母さんを見る。人々の塊の間を素早く歩いて、僕たちのほうへ向かってくる。「1384番」がまだ首にかかっている。でも、その目はまったく母さんのもののようには見えない。それはとても大きく開いており、顔から落ちそうだ。でも、母さんが幸せなのか悲しいのか、どうなのか分からない。

「来て、行きましょう」僕たちのところへ来るなり言う。

「どこへ行くの？」マリエッタが尋ねる。

「来て、行きましょう。急いで！」とだけ、母さんが言う。

自分のバッグを取り上げて歩きはじめる。それで僕らは、バッグを持って後に続く。二、三歩毎に立ち止まって、母さんは右手で左の袖《そで》の端を触っている。自分たちのバッグの周りに集まっている父親のいない家族のそばを通り、やっと僕はどこに行こうとしているのかが分かった。向こうの隅にある木のテーブルにいる、あの監視人のほうだ。何時間も前に、僕たちが手続きをしたところだ。

テーブルでは、二人の監視人がタバコを吸っていて、お互いに何気ない話をしている。どこかも分からない場所へ移送されるのを待っている一五〇〇人の囚人と同じ部屋にいるようには思えない。彼らの背後の床には、三匹のジャーマン・シェパードが一か所に固まって眠っている。

「恐れ入ります」母さんが監視人に言う。静かに、でもしっかりと。

「恐れ入ります」二、三秒後、もう一度言う。

一人が顔を上げる。その顔はとても平べったく、右目の上に長くて薄い傷がある。でも、何も言わない。

母さんは二本の指を服の長い袖に差し込んで、チューブのようなものを引き出す。それが、丸く巻いた一枚の紙だと僕には分かった。巻物か何かのように見える。

母さんはそれを開いて、テーブルの上に置き、グルッと回して監視人のほうへ押しやった。ちょうど普通の紙の四分の一の大きさで、その上に何かがタイプされている。僕はサインも見たと思う。監視人がそれをつかもうとすると、すぐに母さんは引き戻した。

「私たちは外されました」母さんが言う。「移送から……」

「読めるよ」と彼が言う。

「なぁに?」マリエッタが興奮して尋ねる。母さんが、彼女を「シッ」と黙らせる。

監視人がほかの男を肘《ひじ》で突っつく。彼はタバコを落とし、光った長靴《ちょうか》でそれを潰して、最初の監視人の肩越しに紙をのぞく。

「あの階段を上がれ」二番目の監視人が、集会場のずっと端にあるドアを指す。「そこの部屋の一つで待て。お前たちがいつ行けるか、知らせる」

「でも……」母さんが紙を取り戻しながら言う。「すみません……でも、私たちは移送を免除されるとあります」

最初の監視人が頭をちょっと傾けて、鼻の穴を広げる。犬の一匹が唸るが、動かない。もう一匹が目を開ける。

「すみません……それには……」

「さあ、二階だ」最初の監視人が言う。

階段を半分上がったところで、「キーキー」という大きな音を聞く。僕は上まで上がって、狭くて閂《かんぬき》のある窓から外を見る。この窓からはあまり光が入ってこないが、すぐに列車だと分かる。僕たち三人は折り重なって、それがゴロゴロとゆっくりすぎるのを見つめる。僕は車両の数を数えようとしたが、「14」で分からなくなる。

母さんが最初のドアを開ける。そのドアは階段のすぐ隣にある。部屋の広さは僕らがいたL417の半分ぐらいの大きさだ。三〇人くらいの人がいて、パヴェルと彼の母親もいる。

「パヴェル！」僕が呼ぶ。

「やあ、ミーシャ」彼が手を振る。

僕が彼のほうへ行こうとすると、母さんが僕の腕を強く引く。

「ここには座るところがないわ。来て」母さんが言う。

マリエッタは狭い廊下を少し歩き、二番目のドアを開ける。最初の部屋とほとんど同じぐらいの広さで、同じぐらいの数の人たちがいる。見覚えのある誰かがいると思ったとき、母さんが言う。

「ミーシャ、三番目のドアを見てきて」

僕が三番目のドアに着くまで、僕の足音が硬い木の床と裸の壁に反響する。そこで少しの間じっと立つ。なんだか、ここは本当に静かだ。僕はドアノブを回して中を見る。若い女性が二人と、僕の半分くらいの年齢の男の子。ここがいい。そういうことだ。

「ガラガラだよ」と、僕は戻って母さんとマリエッタに言う。

二人とその部屋に入り、三人とは離れた隅の床に座る。ここが、移送免除者がいるべき部屋なのかどうかは分からない。それで、母さんに尋ねようと母さんの顔を見る。母さんの目はまだ前のように大きく見開かれているが、ほかの部分はまるでガラスのようで、少しでも事が悪くなればすべてが砕けてしまいそうだ。


「それで、シュピエルさんに聞いたの」僕たちが落ち着いたあと、母さんが話し出す。まだ紙切れをつかんでいる。「あのね……」

「シュピエルさん？」僕が尋ねる。

「私たちの部門のリーダーよ」

僕はその紙を母さんから取ろうとしたが、母さんは急いで引っ込める。

「彼は何をしたの？」マリエッタが聞こうとしたときにドアが開いた。

母さんがドアのほうへさっと頭を向ける。まるで、誰かがそっちのほうからピストルを打ったみたいに。でも、母さんぐらいの年齢の二人の女性と、一人の少女が入ってきただけだ。

「シュピエルさん、彼がどうしたの？」マリエッタが尋ねる。

「そう」と母さんは言って目をギュッとつむり、深く息をして、「彼はしばらく出掛けていたの。それで……それで私は、ただそこに座っていたわ。あなたたち二人のことを心配しながら」

母さんは笑っているようだ。

「私がいない間に列車が来たら、と気が気じゃなかった。私が戻ったときには……」

「分かる？」僕がマリエッタに言う。彼女はただうなずいている。

「シュピエルさんがやっと戻ってくるまでね。一人のナチス親衛隊の将校と一緒に。前に見たことがある、赤ちゃんのような金髪の若い男の人。とても若い彼は、シュピエルさんと話をするために作業場に度々来ていたわ。いつも一人で。でも、今日は真っすぐ私のところへ来たの。シュピエルさんは彼のすぐ後ろにいたわ。『リヘルさん』とシュピエルさんが言ったの。『私たちがつくっているテディベアを大変気に入ったことを覚えていらっしゃいますか』。リヘルは何も言わなかった。ただ、腕を組んでいた。『二週間前に注文を二倍になさいました。クリスマスのため、とおっしゃいました。覚えていらっしゃいますか？　このテディベアです』。近くのテーブルからシュピエルさんは、私がつくったテディベアの一つをつかんだの」

「どんなテディベアだったの？」と僕が聞く。

「ミーシャ」マリエッタが鼻を鳴らす。「どんな関係があるの？」

「それは小さくて、明るい茶色のテディベアよ」母さんが言う。「もちろん、ふわふわよ。可愛い丸いお腹《なか》。黒いプラスチックの目。黒い鼻。小さい黒い口。笑っているような、少なくとも私はそう思いたいわ。私はそれぞれに、首のそばにボタンの付いたネルのシャツを縫い付けたの」

ドアが開く音に、僕たちは頭をぐっと上げる。でもそれは、一人の女性と小さな男の子、たぶん四歳くらいだ。

「シュピエルさんがテディベアをリヘルさんに手渡したの」母さんが話を続ける。「昨日の朝に仕上げたものよ。移送が公表される前に。それは、私の最高傑作だったかもしれないわ」

「どういうこと？」僕が尋ねる。

母さんは頭を振り、膝《ひざ》を見下ろす。

「言うのは難かしいわね。でも時々、時々テディベアたちは、私がつくるほかのものには絶対に起こらないけど、テディベアたちに命が宿ったような気がするの。あるいは違うかもしれない。本当はそうじゃないかもしれない。でも、いつかは小さい男の子や女の子が可愛がるだろうと思うの。マリエッタ、覚えているかしら。あなたが小さいときに持っていたお人形のことを」

「アレクサンドラ」マリエッタは優しく言って、なんと微笑《ほほえ》んでいる。

「本当に可愛がっていたわね」母さんが言う。

「何時間も一緒に座って、彼女の髪をとかしていたわ」

「テディベアをつくるとき、時々そのことを考えているの。テディベアをつくっているときに。いつか、どこかで子どもたちが話しかけて、毎晩テディベアと一緒に寝るの。可愛がるだろうな、って」

「父親が冷酷なナチスの子どもでも？」マリエッタが言う。

母さんは軽くうなずいて目をこする。

下で音がする。犬が吠えているのだろう。叫んでいるのかもしれない。それは床を通して僕の体に直接響き、僕を立たせる。まるで電気ショックのようだ。僕は小さな窓がある壁のほうへ歩き、爪先立ちで外を見るが何も見えない。窓が違う方向に面しているのだろう。下には、ガランとした通りしかない。まだ外は明るい。でも、もうすぐ暗くなるだろう。

「ミーシャ」母さんが呼びかけたので、僕は戻って座る。

「それで、リヘルはそのテディベアをどうしたの？」マリエッタが尋ねる。

「抱えたの。逆さまにギュッと潰して。ナチスの将校だけがするやり方で調べたわ。ラジオからイフルを見ているように」

　母さんは足をほどき、また組む。

「それからうなずいて、私を上から下まで見たの。それで、私は頭を低くしたわ。でも、シュピエルさんが言うのが聞こえたの。『この婦人、彼女があのテディベアをつくりました。全部です。次の移送に入っています』」

「偽物《にせもの》の花をつくっていると思ってた」と僕が言う。

「造花《ぞうか》っていうのよ、ミーシャ」母さんが言う。「それも私はつくるわ。いえ、つくっていたわ。でも、最近はテディベアばっかり。一日中」

「それから、どうしたの？」マリエッタが尋ねる。

「そう、リヘルがとうとう口を聞いたの。『彼女一人で？』と、彼はシュピエルさんに尋ねたわ。それでシュピエルさんが言ったの。『時には誰かが手伝います。でも、ほとんど彼女だけです。そして、彼女が一番上手です。断然』」

「本当に？　母さんが？」僕が尋ねる。

「下手《へた》じゃないわね」と母さんは答えて、少しの間微笑《ほほえ》んだ。「でも、リヘルはそこに立っているだけ。テディベアを抱えたまま」

「テディベアを持ったナチス」マリエッタが頭を振りながら言う。

「それからシュピエルさんが言ったの。『もし、彼女が移送で行けば、あなたの注文を完了することができません。少なくとも、あなたがお嬢さまたちに差しあげようと考えていらっしゃるようなテディベアは』」

「それからどうしたの？」マリエッタが尋ねる。でも、母さんは何も言わない。

突然、下からまた音がしたから。今度は少し大きく、絶叫と叫び声と犬の吠える声。それに、何だか分からないような音が加わる。それが何であれ、その音が床を振動させる。おそらく、悲しく恐怖に満ちた一五〇〇人が立ちあがり、列車に向かっている音だ。

母さんが僕の手をつかみ、僕につかませて強く握り返す。僕は目を閉じて、床が動きを止めるのを待つ。

「それでどうしたの？」数分後、マリエッタがまた尋ねる。

「ええ、それでリヘルは黙って、一、二秒ほど立っていたわ」

母さんが息を吸い、その胸が膨らむ。

「私は何もしようとはしなかった。私が何をしても、彼を怒らせるだけだろうと思っていたから。頭を低くして、彼を盗み見していたの。気付かないといい、と思いながら。とうとう彼が言ったの。私にじゃなくシュピエルさんに、『いいだろう』と言ったの」

「いいだろう？」と僕が聞く。「何がいいの？」

「そのとおりよ」母さんが言うと、ちょうどそのとき、犬が吠える声が床から大きく聞こえてきた。僕らの真下からのようだ。僕たちの部屋の子どもの一人が（男の子だと思う）泣きだす。

「それでどうなったの？」マリエッタが、なぜかささやくように言う。

「それからシュピエルさんが彼に言ったの。『しかし、彼女には子どもが二人います。子どもたちが行けば、彼女も行くでしょう』リヘルはテディベアをシュピエルさんに返して腕を組み、それから私を見ているのが分かったわ。それで私は、また急いで下を向いたの。それから、とうとう彼が言ったわ。『いいだろう。その二人もいいだろう。だが、ほかはダメだ』私がひと言も言わないうちに、シュピエルさんが彼を自分の小さな事務所に連れていったの」

母さんは、右の膝をしばらく見下ろしている。僕たちに話をしている最中だということを忘れたかのように。

「それで？　それで二人が事務所に行ってから、どうなったの？」とうとう僕が聞く。

母さんはすぐには答えない。「リヘルは……」とゆっくり言う。

「彼は、すぐに作業場を出ていったわ。彼は、私を見ようともしなかった。その代わり、シュピエルさんがやって来て、これを渡してくれたの」

母さんが紙を少し上げる。やっと、僕たちに持たせてくれた。小さな巻いた紙の端は、母さんがギュッと持っていたせいで皺になり、へこんでいた。

　そのころにはほとんど光がなかったけれど、その信じられないほど薄い紙を持って、文字が読めるくらいまで目を近づける。そこに書いてあるのは……。

　そして署名、おそらくリヘルのものだ。

「それで、私たちはここにいるわけね?」マリエッタが聞く。

「なぜ、私たちを元の部屋に戻さなかったのかしら?　母さん、私たちは除外されるって書いてあるわ。私たち、ここで何をしているの?」

　でも母さんは、ただ頭を振るだけだ。

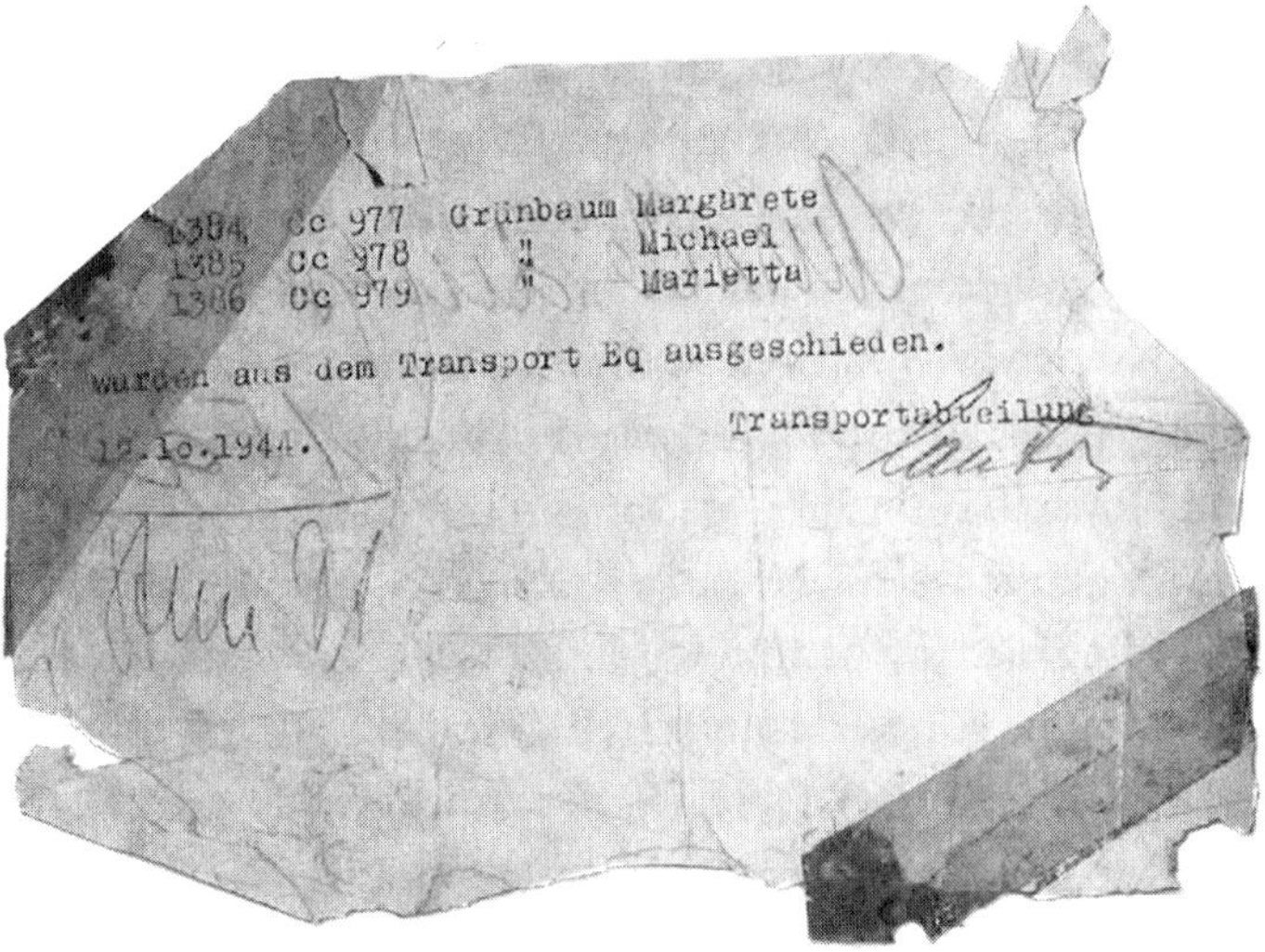

1384 Cc 977 Grünbaum Margarete
1385 Cc 978 " Michael
1386 Cc 979 " Marietta

wurden aus dem Transport Eq ausgeschieden.

Transportabteilung

12.10.1944.

1384　Cc　977　グルエンバウム・マルガレーテ
1385　Cc　978　〃　・ミハエル
1386　Cc　979　〃　・マリエッタ
は移送 Eq から除外される
12.10.1944
移送部

僕はじっとしていられない。それで立ちあがり、部屋の中を歩き回る。どこにも見るものがないし、することもないけれど。

一分ぐらいして僕はドアのほうへ行き、耳をあてる。何も聞こえない。少なくとも最初は。でも、それから「コツン、コツン」というような音が聞こえてきた。たぶん階段から。そう階段からにちがいない。だって、その音はだんだん大きくなり、近づいてくるから。それから、廊下の向こうのどこかのドアが開き、太くて低い声が何か叫ぶ。

「彼は何て言ってるのかしら？」母さんが尋ねる。

「よく分からない」と僕は答える。彼がまた何か叫ぶ。続いて犬が吠える声。僕たちの部屋にいる男の子が、すぐに泣きだした。

「シッ！」マリエッタが彼を抱いている女性に言う。「静かにさせて」

その女性は少年の口を手で覆い、幼い子どものように揺する。少しの間、彼は静かになる。僕はドアに耳を押し付けて、何と叫んでいるのか聞き取ろうとする。

「50！」その声が言う。今度はもっと大きく、もっとはっきりと。「さらに50！」

母さんが手を口にあてる。突然、廊下から恐ろしい音が僕らの部屋に押し寄せてきた。話し声、叫び声、そして犬の悪意ある吠え声。僕は母さんのところに急いで戻って、母さんの腕をつかみ、犬が鳴きやむのを待つ。男の子がまた泣きはじめる。母さんが僕に腕を回して、もう一方の手でマリエッタの手をつかむ。母さんが、僕をきつすぎるほど抱きしめる。

「お前たち全員！」その絶叫が終わると、すぐに犬が吠えだす。

「嫌っ！」一人の女性が叫ぶ。完全に怯えている。「嫌、嫌、嫌！　お願い！」

何度も何度も、こう叫ぶ。そのうち、言葉というよりは泣き声になる。

僕は母さんの手から抜け出て、ドアに駆け戻る。「ミーシャ！」とささやくように母さんが叫ぶが、そうせずにはいられない。ドアノブをつかみ、ドアに耳を押し当てる。

「お前だ！」同じ声が命令する。「さあ！」

それから、さらに悪意のある犬の吠え声と泣き声と懇願、それから歩く音。最初の部屋の人たちが階段を下りているにちがいない。誰かが叫び続け、「嫌、嫌、嫌！」と懇願している。何度も、何度も、何度も。犬が恐ろしい声で答えている。それから名前が、たぶん「ゲルタ」だと思う。その声が大きく響く。

五秒後にドアが閉まり、それからまた完全に静かになる。あんなことがなかったように。

僕の左手が痛んでいる。ドアノブから離すのだ、と納得させるまでに数秒かかった。それでも、体のほかの部分を動かすことができない。それで、ただそこに立つだけ。まったく何も考えないようにして。

それから、階段を下りていくコツコツという音を聞いていないことに気付いたとき、コツコツという音が聞こえ、近づいてきた。あの男の長靴《ちょうか》の音と、たぶんあの犬たちの爪音だ。コツコツという音が床を移動してくるのが、このドアを通して分かる。彼らが、僕の耳の隅に沿って歩いているみたいだ。それから、もう一つの部屋のドアが開く。

「二一人！　起きろ！　動け！」

ドアから離れたいけど、何かがそれをさせない。僕の体が震えているのが分かるのに。

「彼はダメ！　彼はダメ！」一人の女性が叫んで、懇願している。

一匹の犬が大声で吠え、誰かが叫んだ。噛まれたのだろう。廊下が、子どもの泣き声と女性の悲鳴で満たされる。彼らの声は激しい恐怖に満ちていて、皮膚を通り抜けるようにして、僕の体の中に真っすぐ切り込んでくる。

一人の男が叫ぶ。「彼を離すんだ！」

それから大きな足音と、重くて強いドスンという音。人の体が僕らの部屋との間にある壁にぶつかったような感じだ。叫び声がやむが、すぐにまたはじまり、もっと大きくなる。何度も、何度も、叫ぶ声のすべてが僕の体を震えさせる。

「あっちだ、全員！」悲鳴と空気を引き裂く犬の吠える声にかぶせるように男が怒鳴っている。

全員？　それは、彼が全員を部屋から連れていくということだろうか？　もしそうなら、僕たちの部屋は次だ。彼は間違いなく廊下の向こうにいる。彼は間違いなく隣の部屋にいる。もっと人数が必要なら、僕たちの部屋が次だ！

彼はコツコツとやって来て、僕らの部屋のドアを開けるだろう。犬たちが唸って、僕たちに食いつく。彼は「13」と言う。それは、僕たち全員の意味だ。僕たちは、あの人たちのように懇願するんだ。でも、そんなことには全然意味がない。だって、彼らは僕たちの懇願なんて気にしない。なんにも気にしない。座席も窓もない一両の有蓋車に一〇〇人もの人を詰め込んで平気な奴らのことだ。僕たちが懇願したって気にしないだろう。

人々を貨車に詰め込むような奴らなら、普通なら気にするようなことでも気にしないだろう。気にするのは、テディベアと人数だけだ。僕たち全員が必要なら、最後の一人まで連れていく。それが彼らのやりたいことのすべてなら。右下がりの葉書の意味なんか、何だというんだ。

おそらく、移送先がどこであれ、本当に、本当に嫌なところなのだろう。たぶん、とても最悪な場所で、きっとそこに、ルイズ叔母さんがくれた最後の葉書に関する理由があるはずだ。僕たちは、その理由を知ろうとしている。

叫び声と吠え声、そして争いが隣の部屋からまだ聞こえてくるが、僕は何とか体をドアから引き離して、母さんのほうへ飛んでいく。頭を母さんのお腹にうずめる。母さんは僕をしっかりと抱く。でも、本当の救いにはならない。だって、母さんのすべての筋肉がどんなに緊張しているのかが分かるから。

コツコツという音と犬の吠え声、空き部屋同様の部屋には多すぎる数字が戸口から叫ばれるのを待つ。マリエッタが、後ろから僕に抱きついているのが分かる。彼女も、母さんを求めて触ろうとしている。マリエッタは泣いている。頭の中に八歳のマリエッタが浮かんでくるような、幼い声を出している。

僕は、ルイズ叔母さんが正しいと思いたくない。右下がりの文章が、母さんの言うような意味だとは思いたくない。ドアが開いて、犬たちが僕をあの列車に乗せるのは嫌だ。何か恐ろしいことが起こるのを、何もない床に座って待っていたくない。もう、ここにはいたくない。これ以上の数が必要でないことを願うしかない。無力な囚人でいたくない。僕はより強く、母さんのお腹に頭を押しつける。すべて消えてしまえ！　最後の五年が消えてしまえ！　列車は僕らを乗せずに行ってしまえ！　と願いながら。

そのとき、突然の静寂。叫び声と吠え声が、まだ頭の中だけに響いている。

僕は母さんから頭を離して、確かめる。そのとき、またコツコツという音が聞こえだす。今度は、明らかに僕らから離れていく。あの男とあの犬たち。コツコツと階段を下りていく。完全に静かになるまで。僕の人生で、あんな静寂を聞いたことはない。

僕たち三人は、しっかりと抱きあって座っている。完全な暗闇のなかで。どのくらいの時間がすぎたのか分からない。数時間のような気がするが……そのときマリエッタの息遣いに気付いた。

おそらく、たったの数分だったのだろう。もし、ちゃんと頭を傾ければ、窓から何かが聞こえてくるのが分かるのに。特別な音じゃなく、ただ鈍いゴロゴロというような音。その音はだんだん大きくなり、それからまた静かになる。時々とても大きな声が割り込むが、実際の言葉は分からない。

コツコツという音がまたはじまるのか？　もしそうなら今度は僕たちのドアに来るだろうか？　もし、そのコツコツが僕らのドアを開け「６」と叫んだら、そうしたらどうなるんだろう？　僕たちは、誰が行き、誰が残るかで、争わなければならないのだろうか？　ここには隠れるところがまったくなく、床の真ん中に座っているだけだ。

それに、さっきの監視人の一人だったら？　母さんに「読めるよ」って言った。もし、彼が気分を害していて、それを覚えていたら？　彼が僕たちの部屋にやって来て、僕らを選ぶだろうか？　僕らを探しに来るだろうか？　母さんから紙を取って細かく破り、犬たちが歯をむきだして僕たちに食いつき、僕らを引きずっていくのだろうか？

それとも、母さんかマリエッタだけを連れていくのか？　それとも、僕だけ？

僕の耳はドアに引きつけられる。巨人の触覚みたいに。長靴《ちょうか》のコツコツという音が階段を上がってくるのかどうか探ろうとして。一方で僕の脳は、彼が次に何番と叫ぶのかと、当てようとしている。僕は祈ったほうがいい。祈るということが何なのか分かってはいないが。でも、僕は何かを求めている。そして、願っている。

どうぞ、彼らが来て僕たちを連れていきませんように。

どうぞ、コツコツ以外なら何でも。

どうぞ、静かさだけを。

どうぞ。

そのとき、何か音がした。コツコツでも、吠える声でも、恐怖に満ちた人々の叫び声でもない。金属と金属をこすりあわせたような、何かキーキー、ギーギーという音だ。一、二分ほど続き、それから消える。そして、完全な静寂。僕たちの疲れ切った息遣いだけが部屋に満ちている。

列車だ。行ってしまった！


「おいで」しばらくしてから母さんが言う。

僕は、床にうつ伏せになって眠っていたのかもしれない。母さんが立ちあがる音を聞いたような気がする。でも、はっきりとはしない。部屋は真っ暗だ。僕が起きあがると、マリエッタも同じことをしているのが分かる。僕たちはドアに向かって歩き、少し時間はかかったが、やっとドアノブを見つけて回す。廊下には、とてもかすかな明かりがある。その光は、階段の吹き抜けから届いているのだろう。それで、そっちに向かって歩く。僕たちと一緒に待っていた人たちが後に続く。隣の部屋に来たとき、僕たちは止まり、母さんがドアを開ける。

「こんにちは？」母さんがささやく。

「はい？」誰かが、ささやくような声で答える。

「列車は出発しました」母さんが言う。「行ってしまいました」

一〇人くらいの人たちが部屋から出てくる。みんな、誰かにつかまっている。薄暗い明かりのなかでも、彼らの表情が何とか見える。彼らは幽霊のようだ。あるいは、この数時間を幽霊と過ごしていたかのように見える。

僕たちは廊下を進み、一番目の部屋をチェックしようともしない。階段の吹き抜けに着くと、ちょっと立ち止まり、また注意深く下りる。メインの集会室を仕切っているドアのところで二、三秒立ち止まる。母さんがノブを回して、ドアを少しだけ開ける。ほんの少しなので、僕には見えない。それから大きく開ける。

巨大な集会室。誰かがつけたままにした一個の裸電球のおかげで、ぼんやりと明るい。まったく人気《ひとけ》がない。

母さんは首に手をやり、番号を剥ぎ取り、細かくちぎる。母さんはその小さな紙切れをしばらく握っている。それから、僕は断言する。それを口に突っ込んで噛みはじめた。僕たちも同じことをする。紙はちょっぴり甘いような味がする。それから、湿った紙を歩きながら吐きだし、ドレスデン兵舎へと戻る。

僕たちはため息をつく。一日、なんとか生き延びた。母さんの努力のおかげで。思いがけない幸運が訪れたおかげで。集会場の二階に着いたとき、階段室の脇にある最初の二部屋には僕らの場所が残っていなかった。

誰も僕らを引き留めようとはしない。僕らの悲劇の道は、母さんの作業場のおかげで越えることができた。明日の朝、母さんはそこに行って、ナチスの息子や娘のためにもっと可愛いテディベアをつくり続ける。母さんの作業場のおかげで、僕たちの道が変わったのだ。

一九四五年二月一一日

たいていの日、トミーと僕は交代で冗談を言っている。どんなことでもかまわない。次のワールドカップでチェコスロバキアが得点するという信じられない実況や、退屈から救ってくれるものなら何でもいい。でも、今日は違う。今は違う。今、僕らがしているのは、一歩、もう一歩と道を見つけることだ。ありがたいことに、パン焼き所はほんの数ブロック先だ。

問題はこの雪だ。二、三日前に三〇センチほど積もった。それから少し暖かくなり、それから本当に寒くなり、今、通りは半分が雪解けし、残りの半分は氷のままとなっている。この汚れた白いやつのせいで、四輪荷車が二倍も重く感じられる。空っぽの今でもそうだ。

それで僕は、目を閉じて押すことだけに専念した。時々目を開けて、真っすぐに進んでいるかどうかを確かめる。後ろを見ると、トミーも同じことをしている。

左足の親指の感覚しかない。ほかの九本の指が、足にくっついているのかどうか分からない。昨日もほとんど同じような感じだった。その前の日も。僕は、本当に、本当に、ここのこういう状況が嫌いだ。

でも、少なくともここしばらくは移送がなかった。一〇月の末からない。

驚くのは、働いている最中でも眠れるということだ。立ちあがり、歩き、押し、そして眠る。それらすべてが同時にできる。

夢を見たと思う。たった今、本当に短い夢を。僕は「鉄道王国」［二八ページ参照］を所有している。でも、列車は売らなかった。ただ、誕生パーティーを主催した。僕はこの一〇年間、本当の誕生パーティーをしたことがない。今年も、半分が終わっている。

夢の中で僕は、「鉄道王国」にいて、砂糖をかけたロールパンにロウソクを立てる。そして、デンマーク語で『ハッピーバースデー』を歌う。デンマーク語を知りもしないのに。

キキナ、パイーク、エクストラブルト、シュプルカ、そして僕。まだここに残っているネシャリムだ。でも、キキナ以外は、彼らを見かける日はほとんどない。僕らの古い部屋はないし、外で遊ぶには寒すぎる。

みんな、行ってしまった。ゴリラ、パヴェル、ロビン、マヨシェク、フェリックス、プディナ、エリ、イーラ、エリフ、インドジフ、ココ、レオ、カリセク、クズマ、そしてフランタ。みんな行ってしまった。フランタは去年の九月、残りはみんな一〇月までに。

それから、たくさんのほかの人たちも。その人たちの名前は、もう忘れた。

モジャモジャ眉毛の奴、彼の名前は何だっけ？

何かが四輪荷車の中で跳ねている。見逃したロールパン一個。それとも、トミーがちょろまかしたのか。僕は腹ペコだ。いつだって腹ペコだ。でも、疲れすぎて噛めない。

マズル、という名前だっけ？　Mが付いていたのは間違いない。たしか、モジャモジャ眉だった。よく咳をしていた。

向こうのほうで何かガヤガヤしているが、僕は気にしない。サイレンが聞こえるときだけ気にする。二、三日毎に空襲がある。二、三日毎に新しい噂《うわさ》が出る。ソビエト人がポーランドに入った。アメリカ人がドイツに。もうすぐ、もうすぐ、もうすぐだ。

でも今は、永久にこうしているだろう、という気がする。二〇年経っても、まだこの四輪荷車を押している。三四歳になっても、僕はまだ一〇歳のように見えるだろう。だって、ここの何かが僕の成長を止めている。僕が着いた日にはいていたズボンと同じものを今もはいていることがそれを証明している。それに、もしこのベルトがなかったら、すぐにでも腰からずり落ちるだろう。

それとも、彼の名前はマウトネル？　彼も、たしかに咳ばかりしていた。名前が誰であれ。

「嫌だ。しないで……」トミーがブツブツと言う。彼の肩が上がったり下がったりする。「やめて。それは……やめてくれ」

何だか、ピクピクしているようだ。眠りのなかではっきりと話している。二日前にもしていたように。

夢の中で話しているときには起こしてはいけない、と聞いたことがあるような気がする。でも、しょうがない。もうパン焼き所だから。そこに着けば目が覚めるだろう。四輪荷車が止まれば、いつもそうだ。

マズル、マズルだったと思う。四輪荷車がそこに着いたらキキナに聞いてみよう。とにかく、彼は僕より記憶力がいいから。

やあ、キキナ。モジャモジャ眉でいつも咳をしていた子を覚えているかい？　そう聞いてみよう。彼はいつもチェスがうまかった。覚えているかい？　マズル、マズル？

そう、彼がどこに行ったとしても、彼の名前が何であったにしても、彼の長靴《ながぐつ》が僕のものより暖かいことを願う。

一九四五年四月二〇日

「あれを聞いたか？」トミーとキキナに尋ねる。

「列車だろう？」彼らが言う。

　僕らはパン焼き所にいて、テレジンに線路が入っている場所からはそれほど遠くない。配達用のもう一つの四輪荷車への積み込みはほとんど終わった。ルディ［キキナが一緒に配達する子ども］が病気なので、今日は僕たち三人が一緒に働いている。僕は周りを見て、デンマーク人の親方たちが見ていないことを確かめる。どこかで休憩をしているにちがいない。

　僕は走りだし、トミーとキキナが後に続く。やっぱり、たしかに列車だ。取り立てて変わったことではない。今年は、ずーっとポツリポツリとやって来ていたから。でも、それらの列車はかなり短くて、たいていの場合、一〇〇人足らずの人たちが乗っていた。ユダヤ人以外の人と結婚したユダヤ人、あるいはその人たちの子ども、あるいはそういった人たち。まだ、そういう人たちがここに連れてこられている。短い列車には、何らかの理由で収容する必要がなくなったユダヤ人や混血ユダヤ人が乗っていた。

　でも今日は、そういう列車の一つには見えない。この列車は、少なくとも一二両ある。近づくと、どの車両も開放されている。材木や石炭を運ぶのに使うのかもしれない。とにかく、人が乗っている。ツルツル頭の人たちだ。

僕らは、速度を落としていく列車の脇を走る。動いているので、目に入るものが何なのかなかなか分からない。全員が完全なツルツル頭だ。それだけでも十分変なのに、彼らにはさらに変なことがある。僕らがここから逃げようとしたら、デンマーク人のパン職人たちに止めてもらいたいような何かが。

トミーとキキナもそれを見ている。二人とも、動こうともしない。まだ列車はノロノロと進んでいるが、二人はじっと立っている。口をポカンと開けて、目はツルツル頭をゆっくりと追っている。しばらくすると、ほかの人たちが列車のほうに走ってきた。列車が軋みながらやっと止まる。

僕は、前に見たことがある女性に気付く。彼女は、ドレスデン兵舎の台所で働いていたはずだ。そうだ、彼女だ。テレジンで一番素敵な人だった。いつも微笑《ほほえ》んでいて、誰にでも「ごきげんよう」と言っていた。僕らが、今どこにいるのか分かっていないみたいに。

でも今、彼女は微笑んでいない。手を口にあてた。それから、もう一方の手も。目を閉じる。

そして、二、三秒後に開ける。それから、ゆっくりと気絶した。

トミーが僕の袖《そで》をつかんでいる。

「行こう」

「分かった」と言うが、僕の足は動かない。それに、キキナはどこに行ったんだ？

僕らは、たぶん車両の一つから二〇フィート［約六メートル］ぐらいしか離れていない。でも、僕の体が近づこうとさせない。二、三人の乗客が自分で降りてくるが、僕は彼らを見ないようにする。

二人の男だ。少なくとも、男だと思う。でも、人間のようには見えない。二人は同じ服を着ている。青い縞模様の入った白。でも、彼らがあまりにも汚くて、白い部分がよく分からない。一人はパンツだけだ。僕は、その男性の胸をはっきりと見た。本当の胸のようには見えない。胸の厚さがないのだ。少なくとも、胸の上についているツルツル頭の大きさには合わない。

彼が僕らのほうに歩いてくる。ひと足踏みだすたびに、体が半分に折れるんじゃないかと思わずにはいられない。皮膚に包まれた骸骨だ。

僕は目をそらそうとするが、彼が僕を見ているのが分かる。おまけに、すでに僕らから一〇フィート［約三メートル］くらいのところにいる。彼の頬骨は顔からぐっと飛びだし、目の一つは腫《は》れてふさがっている。彼の呼吸が聞こえる。それとも、うめき声なのか。

僕から三フィート離れたところで、彼が止まった。口が開いていて、六本くらいの腐った歯が見える。残りは黒くて歯茎だけだ。少しの間、彼がそこに立っている。人間っぽく。それとも、骸骨のように。何か言おうとして。

僕の口が彼のように開いているのを感じた。でも、何を言ったらいいのか分からない。とうとう、彼の口から音が漏れるのが聞こえた。

「水」質問なのか報告なのか分からない。「水」

トミーと僕は、パン焼き所に走って戻る。ひと言も発しない。中に入ると、すぐにカップかジョッキがないかと探して見渡すが、何も見つからない。

「これはどう?」トミーが聞く。彼は、母さんがスープをつくるのに使っていたようなポットを持っている。

「ああ、いいよ」僕らが中身を流して、それに水を入れているとき、パン職人のハベルさんが入ってきた。

「何だ、これは⁉」もう怒っている。

でも、僕らはやめない。水を入れ終わると、蛇口を締めて外に走りだす。

「列車です」僕は言う。「今着きました……それは……それは……それは本当に……行って、見てください」

僕らは列車のほうへ走って戻る。それぞれ重いポットを手にして。水がバシャバシャ跳ねて、少し縁からこぼれる。だから、早歩きのスピードに落とさなければならない。

すぐに、列車全体とその周りのいろんな状況がとてもはっきりと、悲しく見えてくる。どこも人だらけ。テレジンの人たちと、列車を降りた人たち。担架の上の人たちと、草の上に横たわっている人たち。サッカー場の半分ほど離れていても、水を求めた男の人がほかの人たちとたいして変わらないことが僕たちに分かる。彼らは骸骨だ……全員が。

「あの人はどこに行ったんだろう？」トミーが僕に尋ねる。

「どうして僕に分かる？」

僕らは、前にいたと思われる場所に立っている。でも、腫《は》れた目の男性はどこにも見当たらない。もう一人も、どこにいるのか分からない。そのとき、三人の小柄な人たち（僕より少し大きいくらい）がポットに気付き、急いでやって来る。一人が滑って、音もなく地面に倒れた。もう一人は、気付いたように見えない。実際、僕とトミーに気付いているようには見えない。見えるのはポットだけなんだ。僕らからつかみ取って、ひっくり返しそうになるが、トミーと僕にはそれを取り戻すくらいの力がある。

「待ってください」僕が言う。「注いであげます」

以前にもこんなことがあったらしくて、彼らはひざまずく。そのうちの一人は、パンツすらはいていない。下半身はむきだしで、太ももは古いゴムバンドのようにしわくちゃだ。彼は口を開けて、目を閉じる。トミーと僕がポットを持ってゆっくりと傾ける間、小さな虫がその男性の瞼《まぶた》にくっついているのに気付く。

これを何回も繰り返す。列車からパン焼き所へと走り、また戻って水を配る。馬鹿げたやり方だ。たくさんの水が地面にこぼれてしまう。でも、二、三分毎に、この状態から逃げる口実を与えてくれる。

僕は、自らに言い聞かせている。パン焼き所に着くたびに、すでに彼らがどんな様子なのか分かっているのだから、戻るたびに驚いたってしょうがない、と。でも、だめだ。やはり驚いてしまう。とりわけ彼らの皮膚、それが一番ひどいところだ。

彼らには虫がついていて、腫れものだらけだ。鮮やかな赤い切り傷があり、感染して膿《うみ》が出ている。

彼らのツルツル頭と、変な目つきも問題だ。なぜって、どの人が男で、どの人が女なのかほとんど分からないし、どの人がティーンエージャーで、どの人が大人かも分からない。だから、二、三分走って離れるのがいいしトミーも同じように感じていると思う。二人のどちらも、この作業がはじまってからほとんど口をきいてはいないけど。

匂いが鼻につきはじめている。それで何を思い出すのか、少し考えてみる。それから、本当に突然、思い出した。冷蔵庫が壊れた夏だ。この人たちは腐った肉の匂いを発している。

一〇回くらい水を運んで戻ってくると、担架で降ろされた人たちの何人かが、列車の後尾に重なって置かれているのに気付く。生きている人に対しては絶対にやらない重ね方だ。

僕らがポットを空にしてパン焼き所に戻ろうとしているとき、後ろにいる誰かが僕の名前を呼んだような気がした。それで振り向く。小柄な人が（やはり骸骨だ）僕を真っすぐ見ている。

「ミーシャ？」質問するかのように。

「あぁ……はあ？」この人の頭の上にいっぱいある赤い斑点を見ないようにして答える。

「ミーシャ……」骨ばった手を頭皮にやる。

僕はその肘《ひじ》を見ようとするが、それはとがりすぎている。

「ああ」僕は言って、この人物の目を見ようと努める。それでも、少年か少女かの判別ができない。大人でないことは確かだ。その目が変なふうに動いている。目の焦点をどのように合わせたらいいのか分からない人のように。

「インカ」弱々しくその人が言う。「私はインカよ」

なぜか、僕はトミーのほうを向いてしまう。彼が助けてくれるかのように。

僕はしばらく草を見て、その名前を自分に言ってみる。インカ。僕の体の脇を震えが走りすぎる。彼女は微笑《ほほえ》もうとしているのだろう。でも、顔の半分だけが動いているようにしか見えない。

ちょうどそのとき、キキナがやって来た。小さめのポットを手に持って。

「やあ」彼が僕に言う。僕は何かをうめく。「水ばかり持ってこなくてもいいと思うよ。この人たちには食べ物が必要だ」

でも、僕は答えない。僕はインカを見つめている。あのころのインカを見つけようとして。

「ミーシャ、パン焼き所にはどのくらいパンがあるかな？　待てよ、彼らが噛めなかったら？君はどう思う？」

僕は、あのころの彼女を見つけられない。

「ねえ、ミーシャ、僕たちはどうしたらいいんだろう？」

「インカだよ」僕はとうとう彼に言う。声がかすれている。「覚えているか？」

彼女が唇を強く合わせると、上唇の長い割れ目から少し血が出た。

「インカ、きれいな赤毛の。きれいなインカだよ。覚えているかい？」

ヘルツさんはパン焼き所に戻って、僕らを待っていた。

「何してる？」彼が使っている変なドイツ語とチェコ語交じりのデンマーク語、いやドイツ語で怒ったように言う。

「袋を持って下に行け。ハンブルグ兵舎の地下だ。下りろ、地下だ。ジャガイモ、ジャガイモをたくさん持ってくるんだ！」

「ジャガイモ？」トミーが尋ねる。

「ああ、そうだ。行け！」

ちょっと時間がかかったが、巨大な貯蔵室で、ジャガイモが満杯の湿った貯蔵箱をやっと見つける。腐っているのもあるが、大部分は大丈夫だ。持ってきた袋に四〇個ぐらいずつ入れて、パン焼き所へ大急ぎで戻る。

僕たちが戻ると、別の五人の人たちがすでに働いている。その一人がウォルフさん。パン焼き所の所長だ。ほかは知らない人たちだ。

「ナイフだ、やれ！」ウォルフさんが僕たち三人に言う。「皮をむけ！　さあ」

僕らは皮をむきはじめる。すると、ウォルフさんは穴の開いた平たい金物を僕に渡す。

「お前、お前だ！」

彼はジャガイモを持って金物の上を前後に走らせる。薄く細長いジャガイモが下から出てくる。

「これを削るのですか？」と僕は聞く。

「そう。そうだ削れ。そして、それから……」彼はガス台の上にある、水が入った巨大な釜を指さす。「そこへ入れろ！　分かったか？」

次の一時間、僕らはジャガイモの皮をむき、下ろし、茹《ゆ》で、そして潰す。ジャガイモがなくなると、袋を持ってハンブルグ兵舎に戻り、さらにジャガイモを持ってくる。ジャガイモを潰し終わると少し粉を加える。ウォルフさんとヘルツさんが金属のお盆を持ってマッシュポテトをたっぷりすくい、お盆全体に薄く延ばす。それから、それをオーブンに突っ込む。

「焼きジャガイモ？」キキナが尋ねる。「どうして？　パンだけをあげるんじゃないの？」

「堅すぎる」ヘルツさんが口を指さしながら言う。「彼らには、ない。えーっと、歯がない」

「歯がない？」

「そうだ、歯がない」彼は頭を振って独り言を言う。「歯がない」


一回目の数個ができる。僕ら三人は四輪荷車にお盆を乗せて、袋で覆って出発する。

「待て！」ヘルツさんが言う。彼は、キキナに長いナイフを渡す。「同じ大きさに切れ。同じ大きさ、同じにだ。注意しろ！　注意深く」

僕らは収容所の中へと四輪荷車を押しだす。どこに行ったらいいのか分からない。すると、トミーが「あそこだ！」と言う。

バシュタ［フィールド］に上っていく草の上に、たくさんの人たちがいるのが見える。三〇人ぐらいだ。僕らは、四輪荷車を彼らのほうへ押していく。僕は、そのなかの一人を見ないようにする。彼の体全体がひどく曲がって、引きつっている。

「それでどうする？」トミーがささやく。

「ジャガイモがあります。ジャガイモ！」僕が大きな声で言う。聞こえない人が数人いるようだが、ほとんどの人がハッと注意を向けて、半分くらいの人がすぐに立ちあがり、僕らのほうに向かってくる。みんな話をしているが、その多くは僕の分からない言葉だ。お互いに押しあいながら四輪荷車の周りに群がり、もう少しで全部が地面に叩き落とされそうになる。

「下がって！」キキナが叫ぶ。その場でナイフを取る。数人が退く。一方では、とても背の高い男が拳を上げたりしたが、その手がひどく震えていたので僕は手を伸ばしてそれを止める。

「座ってください」キキナが言う。「全員もらえます」

でも、ほとんど誰も座らない。キキナが切りはじめる。

「ミーシャ」彼がささやく。「同じ大きさじゃなかったら言ってくれ。小さいのをもらったことで、お互いに……それに僕らにも攻撃をしないように」

それでキキナが切り、トミーと僕がひと切れずつ手渡す。大部分の人たちは、自分のひと切れをもらうと動かない。もらったところに立ち、あるいは座って、急いで、あるいはとてもゆっくりと噛んでいる。多くの人たちが変な音を出している。うめき声とうなり声の中間のような。

みんなに行き渡ると、僕らは二〇〇フィート［約六〇メートル］くらい離れた草地に集まっている集団のほうへ向かって四輪荷車を押した。そのとき、トミーがいないことに気付く。僕が振り返ると、最初の集団と一緒にいるのが見える。女性と思われる人の隣に座っている。

彼女は横向きに寝ていて、その坊主頭は草の中に半分隠れている。トミーは彼女のひと切れを小さく分けて、一〇秒くらいの間隔で彼女の口の中にそっと入れている。

次の配達で、マリエッタが遠く離れたところにいるのが見えた。集団から集団へと走っている。彼女が僕に近づいたとき、彼女は混乱しているようだった。顔は赤く、手をメチャメチャに動かしている。僕はトミーとキキナを残して、マリエッタのほうへ走る。

「マリエッタ」

彼女は僕に気付いたが、そっぽを向く。こんな瞬間にはバカな質問だと分かっているが、とにかく尋ねる。

「マリエッタ、どうしたの？」

「グスタフ、誰も……誰も彼のことを知らないの。この男の人以外は。彼は言ったの……おそらく彼は……」

彼女はそれ以上何も言わない。ただ顔を手で覆って、泣きながら地面にくずれ落ちた。

一九四五年四月二二日

「おぅ！」キキナが叫ぶが、雨の音でほとんど聞き取れない。まるで地面を攻撃しているような音を立てている。

「何？」大声で尋ねると、そのとき、何かが僕にあたった。「あれ！　何だこれは？」

「雹《ひょう》だ！」トミーが叫ぶ。「さあ、急ごう！」

僕らはドレスデン兵舎の中庭に向かって四輪荷車を急いで押して、入り口の下に隠れる。少しの間、この兵舎が僕らの家だったが、今は違う。ドレスデン兵舎は隔離所の一つとなり、二日前に到着した人たちがここに詰め込まれている。それと、今朝早く徒歩で着いた大勢の人たちが。

ポーランドからずっと歩いてきたと聞いた。そこにある、別の収容所から。ビルケナウから。それと、僕が聞いたこともない場所から。アウシュヴィッツとベルゲン・ベルゼン。ソビエト軍が、それらの収容所に到着したのだろう。それで、ナチス・ドイツはそれらの収容所を閉ざして、囚人たちを僕らのほうへ送り返してきたのだ。

たいていの人たちは、ぞっとするような木の靴を履いて……それを脱ぐのを見たとき、その……そう、彼の足を見たとき、パン焼き所に戻らなければいけないとかの言い訳をして離れてしまった。パン焼き所に着くと小さな倉庫で数分過ごす。ここなら誰にも見られない。

雹《ひょう》は歩道を跳ね回り、その音が僕らの周りのセメント壁に猛烈に響き渡る。そこに立って何も言わない。だって、お互いに何も聞こえないから。

小さな突風が吹きすぎると、ジャガイモのいい匂いがする。僕らは四八時間も配達しているが、ほとんどの人たちは、食べ物を見たことがないかのように自分たちのひと切れをつかむ。パン焼き所に戻るたびに手伝いのボランティアが増えて、ジャガイモの皮をむき、ジャガイモを下ろし、そして配達を行っている。それでもまだ追いつかない。終わりにするなんて、できない。

数分後、雨が少し弱くなり、僕らはそれぞれお盆を持って中へ急ぐ。

「ありがとう」僕のお盆の最後のひと切れを渡したとき、青緑色の目の女性がチェコ語で言う。

「どういたしまして」と僕は言う。

ほかに何か言おうとしているかのように見えるが、ひと口食べるだけだ。彼女はゆっくりと噛み、それから飲み込む。普通の人に見える。恐ろしく痩せていて、ひどく弱々しい人だ。でも、本物の人間だ。骸骨じゃない。

それで僕は、この二日間食べ物を配ってきた人たちそれぞれに尋ねるつもりだった質問をする。

「どちらにいたのですか?」

彼女はもうひと口食べて噛み、そして飲み込んだ。

「アウシュヴィッツ」と彼女は答える。

僕は、キキナとトミーがどこにいるのか注意しながら言う。

「移送は、ビルケナウに行ったと思っていました」

「同じことよ」と彼女が言う。

「でも、それなら……」何を聞きたいのかはっきりしないが、言いだす。

「そこに、何があったのですか？　何が起こったのですか？」

僕を無視して、彼女はゆっくりと噛み続ける。それで、別の質問をする。昨日の午後から僕をわずらわせはじめたことだ。

「それで、なぜ子どもや老人があなたたちと一緒に戻ってこなかったのですか？　彼らに何があったのですか？」

「ガス」そう言って、腕に落ちた少しのジャガイモを、自分の皮膚に書かれた六つの黒い数字のそばからつまみあげる。「そして、それから……（彼女は飲み込む）煙突を上った」

「何ですか？」僕は前かがみに近づく。「どういう意味ですか？」

でも彼女は、骨ばった手を伸ばして、指を僕の頬に走らせる。ゾクッとしたけど、とにかく何度かそうさせる。

キキナと僕がほとんど同時に沈黙を破ったのは、何時間もあとに僕たち三人がぬかるみのなかで四輪荷車を押しているときだった。

「ねえ、みんな」キキナが言いだす。

「なあ、『煙突を上る』って、どういう意味だろう?」僕が聞く。

「何のこと?」トミーが聞く。

「ある女の人が……」僕が言う。「ドレスデンにいて、煙突に上る人のことを何か言ったんだ」

キキナがうなずく。

「昨日、母さんが同じことを言っているのを聞いた。でも、僕を見ると話をやめたよ」

「それから、ガス」トミーが言う。「みんなが、ガスのことを話しているのをよく聞くよ」

今、僕らはゲットーの真ん中で、四輪荷車の後ろに立っている。

「その女の人は……」僕が言う。「彼女は、ガス、それから煙突って言った」

ふと僕は、母さんのことを考える。誰もが懸命に働いてきた。夜、僕は横になった途端に意識を失った。それで二日間、ほとんど母さんとは話をしていない。普通なら、それはいいことだ。つまり、パン焼き所で実際に働きはじめてから、多くの時間を一人でいるのが好きになった。でも今は、母さんが急に現れたとしてもかまわない。

「それに、気付いたかい?」僕が二人に言う。「お年寄りがいないだろう? 子どももいない。

インカは僕らより二、三歳年上だ。彼女は、おそらく僕らが見たなかで一番若い」

「そう言っちゃうのは、ちょっと難しいけど」トミーが言う。

「いや、でも彼は正しい」キキナが言う。「僕らより年下は一人も見てない。そのことは、はっきりしている」

トミーが四輪荷車を押しはじめる。そして、まもなく、新しい葉っぱが出た並木を通る。

「ということは」キキナが言う。「それは、つまり、フェリックスとゴリラとレオとみんな……うーん、どういうことだ？」

「それにフランタ」と僕が言う。「彼はどうだろう？」

「彼は年上だ」トミーが言う。「だから……たぶん、そうかな？」

「それから、プドリナとクルズリーとエリと……」

僕らは、しばらく無言で四輪荷車を押す。

「ガス、それから煙突」と僕は言って、頭の中に何かを描こうとする。でも、何も見えない。ただ暗い、重い塊を胸の真ん中に感じる。

「違う、違う！　ありえない」キキナが言う。「ありえない。ナチスだってそんな……」

「どういう意味だ。ありえないって？」僕はほとんど叫ぶように聞く。

「あの人たちを見ただろう？　これまでの人生で食事をしたことなんかないように、僕らのジャガイモを食べていた人たちを。見ただろう？　そうだ！　あの人たちみんなをこんなふうにしてしまうような奴ら……石炭用の車両に詰め込むような奴ら、あの人たちを歩けるだけ歩かせる……彼らが何をしたというんだ？　考えてみろよ」

　パン焼き所までの残りの道では、誰も何も言わなかった。

パン焼き所の庭で（ヤロスラフ・レブル［1944年没］画）

「素晴らしいニュースだ」僕らが戻ると、顔いっぱいの笑みを浮かべてヘルツさんが言う。僕らは、ほかの星から今到着したかのように彼を見る。

「赤十字が……ナチスじゃない。担当する」

「何だって？」僕ら全員が聞く。

「ナチス……彼らは……（彼は両手で身振りをする）まもなく彼らは渡す。テレジンを。担当の新しい男ダナントに、赤十字。スイス人」

「信じないよ」キキナが言う。「本当じゃないよ」

「本当に本当！」ヘルツさんが言う。「ラフムじゃない。ドイツ人じゃない」

「どういう意味？」トミーが尋ねる。「ドイツ人は行っちゃうの？　僕たちは解放されるの？

終わったの？」

「いや、いや、終わってはいない」ヘルツさんが言う。「まだそこまでは。まもなく、まもなくだ」

「嘘だ！」キキナが言う。

　向きを変えて、ヘルツさんがオーブンのほうへ行く。彼は二、三のジャガイモのお盆を出して、
僕らの四輪荷車に載せる。

「信じない？」ヘルツさんは肩をすくめる。「オーケー、信じない。それよりジャガイモを持っていけ。みんな、まだ腹が空っぽ。行け、行け、行け！」

一九四五年五月二日

「でも、僕はトランプをしたくない」と母さんに言う。「どうして、外に行っちゃだめなの？」

「それは」スカートを畳んで、棚に置きながら母さんが言う。「もう何回も言ったでしょう。ノラが、『テレジンのそばを退却していくドイツ兵たちが収容所に火をつけている』って言ったの。ただの冗談よ。でも、外に行かなくてもいいなら、ここにいなさい。だめよミーシャ。話し合いなんか、することじゃないのよ。ここにいなさい」

ここはハンブルグ兵舎で、ドレスデン兵舎を空にして僕らを突っ込んだところだ。今のところ、テレジンの半分の人は隔離されている、と断言する。

次々と、たくさんの人が東から到着し続けている。ほとんど毎日だ。数週間前にはテレジンはとても閑散としていたが、今は違う。新しくやって来た人たちの多くはチフスにかかっているから赤い斑点があるんだ、と誰かが言った。それから、高熱とほかのたくさんの症状も。ナチスはそれを怖がっている。長いこと、ナチスの将校や一人のドイツ兵さえ見た人は誰もいない。彼らのほとんどはもうすでに行ってしまった、と考えている人もいる。

「このトランプは、8が二枚、5が一枚、10が一枚、それとダイヤのクイーンがないよ。何が面白いの？」

母さんは僕を無視する。

「それに、マリエッタはどうしたの？　ここにいないじゃないか。どうしてマリエッタは出掛けていいの？」

「マリエッタは何人かの友達とF区にいるわ。それに、あの子も外には行かないと約束したわ」

もちろん、母さんはマリエッタに好きなことをさせている。二、三日前、東から戻りはじめた人たちのなかに、グスタフの名前を知っている誰かをやっと見つけた。でも、そのとき、彼女は頭を振るだけだった。これが、何があったのかについて母さんが話してくれた全部だ。

僕は、マリエッタにそのことについて聞けるかどうか分からない。母さんは、ベッドの足元からボロボロになったワンピースを取りあげる。

「で、キキナはどうしているの？」

「どうして僕に分かるの？」

僕はまたトランプを再チェックする。失っていくあらゆることについて、僕がどこか間違っているんだろうと願いながら。

「彼は、きっと診療所にいるよ。でも、何の病気か分からない。チフスでなければね」

母さんが、ボロボロのワンピースのポケットから小さな紙切れを取りだす。

「そう、あなたたち男の子がしたことは本当に凄いと思うわ。一週間も、ジャガイモを朝から晩まで配達するなんて」

母さんはベッドの下に手を入れて小さな紙箱を引き出し、それを開けて紙切れを中に入れる。

「それは何?」

「ちょっとしたものよ」

「もの?　どんなもの?」僕は立ちあがってそこへ行く。箱には、紙切れが半分くらい入っている。「これは何なの?」

「ミーシャ、あなたたちがどんなにたくさんの命を救ったか、考えてごらんなさい」母さんが言う。「あなたたち少年は英雄よ。あなたたちは。気の毒なことに、キキナがかかったのが何であれ、あなたがかからなくて嬉しいわ。おかげさまで、今は赤十字がここにいるし」

僕は数枚の紙を取りあげる。

「気を付けて」と母さんが言う。食糧配給証、仕事の割り当て、誰かが台所で働いている小さなデッサン。

「いいの、いいの」母さんは言って、それを僕から取りあげて箱に戻し、その箱をベッドの下に戻す。

「何のために、そんな馬鹿げたものを全部取っておくの?」

でも、母さんは答えず、ただ微笑《ほほえ》んで僕の髪の毛をいじる。僕が母さんに「やめて」と言おうとしたとき、それらの紙で何かを思い出す。

「ねえ、今日、トミーと僕がＱ414［ゲットー司令部］のそばを通っていたら、煙と紙が空中に舞いあがっていたよ。それで……」

「あの建物のそばに行ってはいけないわ。分かっているでしょう？」

「それが何なの？　ナチスはもう行ってしまった、と聞いたよ。さっき、母さんは赤十字がここにいるって言わなかった？」

「ええ。でも、そう、誰が本当に管理しているのか、まだここに誰がいるのかよく分からないの。ラフムが、ここのどこかに数人の部下といる、と言っていたわ」

「そう、とにかく……」と僕が答える。

二、三枚の紙が近くに落ちた。僕たちはそれを拾いあげる。そのなかの一枚に、こんなことが書いてある。

「ヘルマン・ロウ」そして日付、一九〇一年。

月日はちゃんと覚えていない。おそらく一月三日あたりだ。それから、一部分が火で焼かれている。でも、もう一つの日付を見ることができた。一九四三年一〇月一七日、だったと思う。

僕が座っていた場所に母さんが戻って、トランプを数枚取りあげる。

「僕らは、こういう日付の入った紙切れを何枚か見つけたよ。どうして、そういう紙を全部燃やしているんだろう?」

母さんはトランプを切りはじめて、そばに来るよう身振りで示す。

「これはまもなく終わるわ。そうなったとき(数枚のカードを僕に配る)、ナチスのいろいろな請求書や書類が残されたら……」

そのとき、たくさんの飛行機がブーンブーンと飛ぶ音が聞こえてきた。僕は窓に飛んでいって外を見る。以前、トミーが連合軍の飛行機がどんなふうに見えるかと言っていたけど、僕にはその違いがまったく分からない。

「来て、ミーシャ」母さんが呼ぶ。「ゲームをはじめましょう」

僕は窓の外を見続ける。少なくとも二〇機の銀色の飛行機が、編隊を組んで頭上を飛んでいる。僕はアメリカの飛行機だと決めつける。

「でも、知ってるゲームには全部飽きたよ。ずっとここにいるのにも飽きた。これはいつ終わるの?」

「いいわ、じゃあ何か新しくつくりましょう。四七枚だけ使うゲームを」

一九四五年五月八日

「だめだ」僕がトミーに言う。「バシュタ［フィールド］には行けない。僕の母さんがイライラするんだ」

「いいよ」トミーがボールを建物の壁に蹴りながら答える。

もう少し空気が入っていればなあ。でも、ボールはボールだ。僕らの建物の地下で、それを見つけた。そのあたりを、夕食後にウロウロとのぞき回ったときに。ほかにすることが思いつかなかったから。それを見つけた瞬間、僕はトミーのところへ飛んでいった。

「こんなのはどうだ?」僕は言う。「シュートの練習をする。あの線の下とあの窓の間、あれがゴールだ」

しばらく、僕らはシュートの練習をする。交代に。ゴールキーパーがいたり、いなかったりだが、やってみる。本当のゲームほど楽しくはないけど、それでもいい。さらに、ほかの少年たち（僕らより少し年上の）がやって来る。彼らはチェコ語を話さないが、そんなことはどうでもいい。事実、すぐに僕らは二人対二人で、通りの真ん中でプレーをはじめる。

突然、大きな音が聞こえる。列車の線路のほうで人々が叫んでいる。みんなの言っていることが一つも分からないが、なんだかその声は、このあたりで聞く普通の叫び声とは違っている。「来いよ」僕はトミーに言って走りだす。音がだんだん大きくなり、通りでは人々が次々と僕たちに加わる。東から来たと思われる人たちも一緒だ。ダブダブの服で裸足。生えはじめたばかりの髪の毛。

前方にマリエッタがいる。それで僕は、声を張りあげて彼女の名前を叫ぶ。二、三日、彼女に会っていなかった。こっちを向いたけど、走るのは止めない。僕は頭を下げ、彼女のところまで全力疾走する。

「やあ」と言って、僕はマリエッタの手をつかむ。息が苦しすぎて、ほとんど話ができない。

「何……なぜ、みんな走っているの?」

ちょうどそのとき、僕らは角を曲がる。そして、それを見た! 大きくて緑色。主砲に、赤く尖った五つの星がついている。ソビエト軍の戦車だ。テレジンをゴロゴロと行進している。

「わぁー、何て……」

マリエッタが僕を引っ張って胸に押し付け、腕を巻いてきつく抱きつく。

「私たちは自由よ、ミーシャ」僕の耳に大声で言う。「とうとう自由よ」

数人のソビエト兵が戦車の中から現れ、群衆が声高く喝采する。チェコの国歌を歌いだす人もいる。まもなく、大勢の人たちが次々とそれに続く。僕らも含めて。兵士たちは微笑《ほほえ》み、僕らの歌が終わるとすぐ、彼らの歌（たぶん）を歌いはじめる。さらに二台の戦車が着き、次にはなんと、兵士たちがキャンディとタバコを配りはじめる。そのうち、群衆はますます膨れていき、歌声と喝采がますます大きくなる。

終わった、とうとう終わった。

数分後、数個のキャンディが手の中にある。僕は興奮して歩きだす。僕のある部分はどこに行くのかと考えていないが、ある部分は分かっている。僕は線路に着き、それをすぎ、シュロイス［門］が見えるところまで歩く。それは広く開かれていて、完全に無人だ。

僕はそこに着き、さらに歩き続ける。もう、テレジンではないところまで。

小さな岩を見つけて座る。とくに何を見るでもなく。木々、いくつかの家、遠くの山々。また二台の戦車がゴロゴロとすぎ、開いたハッチからソビエト兵の上半身が僕に向かって手を振っている。それから、とても静かになる。

なぜかまだ速い呼吸をしていると気付くのに、僕は時間がかかった。それが理由で、さらに長く座っている。母さんが、僕がどこに消えたのかと思うだろうなんて、考えないようにして。なんとか僕の呼吸が落ち着くまで。

そのとき気付く。信じられないような飢えを。キャンディにでもなく、僕がこの半年ずっとちょろまかしてきたパン全部にでもなく、そのパンで手に入れた美味しいもの全部にでもない。今まで感じてきたものとはまったく違う。僕の体全体が飢えている。僕の腸《ちょう》、つま先、指……そして髪の毛にも感じられる。食べ物。本当の食べ物。あらゆるもの、何にでも。

僕は飛びあがりそうだ。そう、走っていって母さんを見つけたい。母さんに言いたい。もしかしたら、言わないかもしれないけど。ただ、母さんといたい。でも、僕はここにいる。数羽の鳥を見つめて、ただ大きくなっていくこの奇妙で、強い空腹感を楽しんでいるかのように。

空腹は収まらないが、そこから何かが僕の意識を呼びさます。父さんだ。父さんの顔がどんな顔だったのか、はっきりと思い出そうとする。笑ったときの父さんの歯の輝き。同時に上がる眉毛の端。でも、もうすべてを見ることはできない。それで、どこかに母さんが隠している（たぶん、ほかの箱の中）父さんの何枚かの写真が僕らを待っている、と自分に納得させる。

まだ、しばらく座っている。夕暮れが訪れる。このすべてを、今どんなふうに感じているかを父さんに言えたらどんなにいいか、と思う。でも、それを言うための言葉をほとんどもっていない。だから、どうなんだ。だって父さんには、この信じられない飢えが何なのか分かるだろう。きっと、分かる。

エピローグ――チェコスロバキア・プラハ（一九四五年一二月一七日）

「ミーシャ」母さんが台所から大声で呼ぶ。「あなたに手紙よ」

僕は新聞のスポーツ欄を放り投げて、廊下を急ぐ。僕らがいた元の建物の中だ。ホレショヴィツェに戻っている。まったく同じ部屋ではないが、それでもかなり居心地はいい。

母さんは、明るい色の新しいワンピース姿でカウンターに立っている。僕は、たった二分でよくあの濃い赤の口紅を付けたなと思う。僕にその手紙を差しだし、僕が受け取ったとき、母さんの顔が何か悲しそうな表情なのに気付く。最近は、配達されてくる郵便が母さんをそのようにさせる。つまり、良いニュースより悪いニュースのほうがはるかに多いということだ。

そのほとんどが、僕たちのようには戻ってこられなかった、たくさんの人たちに関するものだ。グスタフとイジー、それからネシャリムのほかの仲間全員も含めて。東は、僕たちが考えていたよりもずっとずっとひどかった。

それでも足りないというように、数週間前に手紙が届いた。戦争前に母さんがロンドンに送っておいた高価なもののすべては、「ドイツ軍の爆撃で完全に破壊された倉庫の中にあった」と書かれていた。

母さんはしばらく泣いたあと、顔を拭き、「今、持っているもので幸せなのよね」と僕たちに言った。ずーっとあとまでそう言っていたが、時々、母さんの顔がそうでないことを僕に訴えている。少なくとも、今でも。

このプラハで僕たちのものを預かってくれていた友人のなかには、僕たちが戻ってきたことを嬉しく思っていない人がいる。でも、仕方がない。僕たちからもらったものを、最初から否定する人たちだっているのだ。そういえば、「プラハでは、馬鹿げたジョークみたいのがはやっている」とマリエッタが言っていた。最後にこんなふうに言うようだ。

「なんて運が悪いんだ……残念ながら、我らのユダヤ人も戻ってきた」

僕は手紙をつかんで送り先を見る。ブルノ、まさに僕が待っていたものだ。その場で封を破って開けようとするが、でも、まだ我慢する。

「何、その顔は」母さんが言う。「ナショナルチームにあなたが選ばれたという発表だ、と思っているんでしょう」

今日は、あまり暖かくない。でも、太陽は明るく輝いている。それで十分だ。

「散歩をしてこようと思うんだ」と伝える。

「宿題はどうするの？」

「何の？」

「まあ、ないの？」母さんは、腰に手をあてて聞く。

「いくつか……」

「いくつか？」

「そう、いくつか」

「それじゃあ、その宿題をいつするつもりなの？」

僕は上着を着て、食卓の上の菓子鉢からいくつかのナッツをつかんで言う。

「三年くらい宿題をしなくても大丈夫なくらい、ちゃんとやってるよ。一回ぐらい二、三時間遅れたって、何かが起こるとは思えないよ」

母さんが来て、僕の頭に毛糸の帽子を乗せる。「気を付けてね、ミーシャ」と言ってからつま先立ちになり（だって僕は、母さんより背が高くなっている）、頬にキスをする。

「すぐに戻って来るでしょう。そうよね？」

「もちろん」と答えて、廊下へと向かう。

僕たちの建物から二、三ブロック先にマリエッタがいる。彼女は僕の知らない男の子と歩いている。僕と会ってとても嬉しい、というようには見えない。

「はーい」マリエッタに声をかける。

「はーい」彼女が答える。

僕たちは数秒間、お互いを臆病そうに見つめあう。

「学校はどうだった？」

「大丈夫、悪くないよ」

マリエッタと一緒にいる男の子をざっと見る。彼はかなり背が高く、とても広い肩をしている。ちょっと微笑《ほほえ》んで、彼は急いで一回うなずく。

「こちらは、ルディ」マリエッタがやっと言う。

「やあ」僕が言う。

「これは私の弟、ミーシャ」

「会えてよかった」と彼が言う。彼の声は思ったより低い。

そこにしばらくの間立っていると、マリエッタが体を寄せてささやいた。

「母さんに言わないで。いいわね」

「分かった」と言って僕は歩きだす。少しして振り返ると、別の方向へ歩いていく二人が見えた。

安息日じゃないし、そうだとしても旧新シナゴーグに行くつもりはない。でも、父さんと僕でよく行った散歩道まで拒否するつもりはない。とくに今日みたいな日には。木々はほとんど裸だけど、太陽がそれをより美しく見せているし、川に映る風景を見ていると口笛を吹きたくなる。

それで、口笛を吹く。本当に書き留めておけばいいような、つくったばかりのメロディを。でも、そうするためには、まずは楽譜の読み方を勉強しなければならない。だからってどうなんだ？　僕は口笛を吹き続け、時々上着の内ポケットを叩き、手紙が消えていないかと確かめる。

僕の目は、もちろんお城のほうへ引き寄せられる。実際には見えないが、その遠く向こうがシュトシェショヴィツェあたりだ。そこが、五月の数週間を興奮して過ごした場所だとはまだ信じられない。ソビエト軍の戦車がゴロゴロと入ってくると思えば、何と同じ日の夕方に、僕はズデネク・タウシク（1号室にいた素晴らしいサッカー選手）と一緒に、彼の家族全員と馬が引く荷車に乗ってプラハに戻っていた。

ズデネクはテレジンで、二、三頭の老いた馬と働いていた。畑を耕し、ゴミを集め、死体を火葬場へ運ぶという仕事をしていた（彼らが、遠くに埋葬する手間を省きたかったからだ）。ソビエト軍がやって来るとすぐ、ズデネクは馬を連れてテレジンを出た。彼の両親と姉妹、そして貧弱な所有物を荷車に載せて。

死体焼却場

その所有物のなかに、1号室の少年たち（1）によって発行されていた雑誌『ヴェデム』があった。ズデネクは、1号室でただ一人テレジンに残った少年だったので、発行物を土に埋めておいて、のちに掘りだしたのだ。いつか、それをみんなに読んでほしいと僕は思っている。

母さんは、あのひどいところに僕を一秒でも長く滞在させたくなかったので、ズデネクの父親に僕が一緒に行けるかどうかと尋ねた。彼は、この願いを聞きいれてくれた。僕たちはひと晩中揺られて、痩せた馬は、僕らが月夜のドライブを楽しんでいるかのようにパカパカと進んだ。

プラハに着いたときにズデネクと僕は、別に変なことではないが、ある馬小屋で寝ることになった。彼の家族がアパートを見つけるまで、二、三日の間そこで寝ていた。

実は、母さんもよく知らなかったことだけど、僕が去ってまもなく、全収容所がチフスのせいで隔離されることになっていた。ありがたいことに、ズデネクの家族は、母さんとマリエッタに

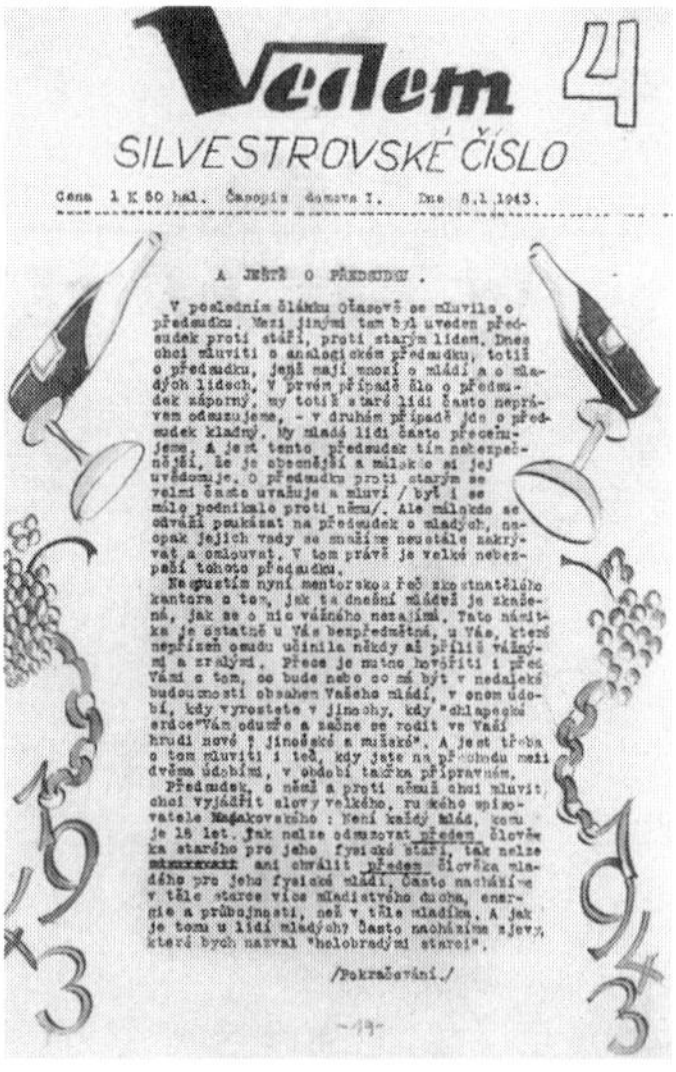

Vedem 4

SILVESTROVSKÉ ČISLO

Cena 1 K 50 hal. Časopis domova I. Dne 8.1.1943.

A JEŠTĚ O PŘEDSUDKU.

V posledním článku Očasově se mluvilo o předsudku. Mezi jinými tam byl uveden předsudek proti stáří, proti starým lidem. Dnes chci mluviti o analogickém předsudku, totiž o předsudku, jenž mají mnozí o mládí a o mladých lidech. V prvém případě šlo o předsudek záporný, my totiž staré lidi často neprávem odsuzujeme, - v druhém případě jde o předsudek kladný. My mladé lidi často přeceňujeme. A jest tento předsudek tím nebezpečnější, že je obecnější a málokdo si jej uvědomuje. O předsudku proti starým se velmi často uvažuje a mluví / byť i se málo podnikalo proti němu/. Ale málokdo se odváží poukázat na předsudek o mladých, naopak jejich vady se snažíme neustále zakrývat a omlouvat. V tom právě je velké nebezpečí tohoto předsudku.

Nespustím nyní mentorskou řeč zkostnatělého kantora o tom, jak ta dnešní mládež je zkažená, jak se o nic vážného nezajímá. Tato námitka je ostatně u Vás bezpředmětná, u Vás, které nepřízeň osudu učinila někdy až příliš vážnými a zralými. Přece je nutno hovořiti i před Vámi o tom, co bude nebo co má být v nedaleké budoucnosti obsahem Vašeho mládí, v onom údobí, kdy vyrostete v jinochy, kdy "chlapecké srdce"Vám odumře a začne se rodit ve Vaší hrudi nové ‡ jinošské a mužské". A jest třeba o tom mluviti i teď, kdy jste na přechodu mezi dvěma údobími, v období takřka přípravném.

Předsudek, o němž a proti němuž chci mluvit, chci vyjádřit slovy velkého, ruského spisovatele Majakovského : Není každý mlád, komu je 18 let. Jak nelze odsuzovat předem člověka starého pro jeho fysické stáří, tak nelze mmmmmmm ani chválit předem člověka mladého pro jeho fysické mládí. Často nacházíme v těle starce více mladistvého ducha, energie a průbojnosti, než v těle mladíka. A jak je tomu u lidí mladých? Často nacházíme zjevy, které bych nazval "holobradými starci".

/Pokračování./

-19-

雑誌『ヴェデム』

テレジンを離れる許可が下りるまで何週間も僕を置いてくれた。二年半にわたる信じられないようなテレジンでの年月が、それと同じくらい変則的な結末になったことも、なるほどと僕は思ってしまう。

僕はチェフ橋〔二三ページの地図参照〕に着き、橋の上へと曲がる。ここは風が強いが気にしない。だって、これが僕の新しい儀式だ、と決めている。フランタから手紙をもらうたびに、ここがそれを読む場所なのだ。

僕は橋を半分まで歩き、幼なかったころ、ここでみんなをこっそり競争させていたことを思い出す。でも、もうしない。今は観察するだけで十分だ。みんな、新しい車を運転していたり、新しい帽子を被っていたり、新しい靴で歩いたりしている。僕は、そういう現実に慣れようとしている。一九四五年のプラハに。

幸いなことに、ドイツ軍と連合軍はここを爆撃しなかった。

橋の真ん中に着くまで、ゆっくりと歩く。どっちが橋の出入り口に近いのか分からない場所に。

（1）　林幸子編著『改訂新装版　テレジンの子どもたちから——ナチスに隠れて出された雑誌「VEDEM《ヴェデム》」より』（新評論、二〇二一年）で、この雑誌に書かれていた記事が紹介されています。

そこは、お城が一番よく見える場所だ。ネシャリムの多くが、「ここで、この橋で会おう」と言ったものだ。僕はいつもここに来ているが、まだほかの少年たちの姿は見ていない。でも、僕はここに来ることを続ける。たとえ、彼らと会えることがないと分かっていても。

僕らの年齢の人々にとって移送は、ガスを意味する。ガス、それから煙突。彼らは、僕らをどのようにして殺したのか。そして、体をどのように始末したのか。なぜかはっきりとは分からないが、僕はこの言葉を考え続ける自分でいたいと思っている。そのことが、僕の頭にふっと浮かんだ。それでも、僕のなかには、その事実を信じていない部分がまだある。

僕は上着から注意深く封筒を出し、封を破って手紙を取りだす。そして、とても注意深く、封筒を後ろのポケットに差し込む。

一九四五年一二月一四日　ブルノにて［xiページの地図参照］

親愛なるミーシャへ！

君の、心からの元気な手紙を読んだ。僕は、君が書いたことについて理解できたと思うし、心の奥底で、辛い仕事をすべてやり遂げたと誇りに思っているし、自分でも認めている。ネシャリムは、言葉というだけではなく、友達という集団のなかで生き延びるという理想、そして君たちのように幸運な生存者の一人ひとりのなかに生きている理想だ。

でも、僕は言わなければならない。親愛なるミーシャ、君がテレジンでの僕らの時間を評価するにはまだ早いと。あそこで君は、かなりよくやった。あの友達たちといて、幸せだった。だから、そんなに悩むことはなかった。

だが、忘れてはいけない。テレジンは新しい人たちが門を通って入ってくる収容所であり、その後、死を宣告されて出ていくだけだということを。人々は飢え死にし、絞首刑にされ、迫害者のあらゆる気まぐれの対象になった。今なら、君はあそこで何が起こっていたのかについて少しは分かっていると、僕は確信している。

だから、僕らの部屋が穏やかに成長する小さな島で、ほかのことにはあまり関心をもたず、無理やり現実に背を向け、僕らの興味と未来に捧げる場所だったと分かるだろう。

その間に、テレジンだけで約三万五〇〇〇人もの人々が死亡している。一方、移送された人たちは、目的地とされたところから、ごくごく少数しか戻れなかった。これについて言えば、僕自身は信じられないくらい幸運だった。僕はアウシュヴィッツに入ったが、ガス室は逃れられた。

テレジンは、巨大な壁と遠くに美しい山々の景色がある、残酷で恐ろしい場所だ。赤十字への宣伝道具として、ナチスがカモフラージュのための収容所に変えたあとでも。

君が僕らの足かせを、ほかの多くの人たちほど苦痛に感じなかったのは嬉しいが、「僕はどんなに、あのネシャリムとの時間が戻ってこないかと願う」と書いているので、君に答えなければならない。「どんなに、あの時間が戻ってこないようにと願う」と書き換えて。

僕は、同じような、忘れることのできない建設的な経験を、君がいつか再びすることを願っている。もちろん、あの無情な刑務所の外で、だが。

そんな経験が可能か？　たぶん、サマーキャンプや親しい友達グループでも同じような環境はつくれるだろうと僕は思っている。もちろん、君たち若い人たちが、テレジンにいたときのようにお互いが密接につながり、またお互いに独立しているということは二度とないだろう。

僕たちの部屋における最初の数週間を思い出す。協調性に欠け、信じられないほどの多様な個性、それに両親の干渉が僕らの成長を妨げた。7号室にとって、自分たちに必要なことを見つけ、自分たちの興味を発展させる唯一の方法が親の干渉を制限するということだったのを、あのときは誰も理解しなかった。これが、どうして、なぜ、僕らの団結力が育ったか、という理由だ。

最近の両親は、自分の子どものことだけを考えて、サマーキャンプに子どもを連れてくる。子どもを指導することを仕事にしている人たちのことさえ信じない。たぶん、再び新しい若い集団が現れることだろう。君自身のように、献身的な個人で構成された集団が。残念なことだが、僕の生徒たちは、普通の時代だったとしたら多くのことができたはずだ。でも、毎日自分に言っているが、そんな考えは今はむなしい。

時には、八〇人の少年が7号室に住んでいた。そして、一一人が生き延びた。テレジン全体で比べれば、信じられないほど幸運な話だ。もちろん、テレジンは、アウシュヴィッツに比べれば……ミーシャ、この二つを比べるべきかどうか僕には分からない。それに、今では誰でも知っているように、テレジンはアウシュヴィッツの畜舎《ちくしゃ》のようなものだった。

「忘れないぞ」という約束……この手紙でそれを感じてほしい。ネシャリム精神の実現を果たす一番の道は、僕らが信じたすべてのことを実現することだ。そして、信じ続けること。自分のことを。君には、そういうすべてのことと、もっとたくさんのことが可能だ。それ以外に考えられないだろう。

心配するな、僕たち二人は遅かれ早かれきっと会えるだろう。それを待っているが、同時に少し恐れてもいる。僕はネシャリムを、少し愛しすぎたように思う。

親愛なるミーシャ。近づく新年［訳者補記・一九四六年］は、僕らの大冒険の第一章の終わりとなるだろう。僕らの前には、大きな可能性と、さらに大きな責任ではち切れんばかりの、広く開かれた世界が横たわっている。

ページをめくれ！　それでいいんだ。だからと言って、君が不誠実なわけじゃない。過去を忘れるということじゃない。君は、忘れることなく、常に思い出すだろう。そうすれば、君のこれからの人生に向かう勇気を奮い立たせることができる。つまり、人生は闘いだ、ということだ。

決して諦めはしない、と約束してくれ。

そして、よい年を迎えてくれ。

敬具

フランタ

追伸　母上と姉上に、よろしくお伝えください。プラハへ行くときは、必ず連絡します。そこでまた、みなさまにお目にかかることができるでしょう。

僕は、この手紙をさらに二回読んだ。そのたびに、フランタの声がはっきりと頭の中に聞こえてくる。彼に少し反論したいこともある。でも、大体のところでは、彼が言っていることはすべて正しいと、何度もゆっくりと受け止めている。

やっと顔を上げる。プラハの中央にある橋の真ん中に立っていることに気付いて、僕は少し驚く。しばらくの間、僕はどこに行くのか、何をするべきなのか、思いつかない。

橋の両端は、僕から同じ距離にある。することが多すぎるし、見るものが多すぎる。突然、一つの完全な人生を生きるという、不思議な、あふれるような、信じられないほど英雄的な行動に満ちた人生を思う。これからどうなるのかについて、想像しはじめることさえできないような。お城を眺め、鳥の声を聞き、顔に風を感じる。川面にさざ波を立てている風だ。午後の空気はとても冷たい。でも、平気だ。冬がやって来る。それも、平気だ。

僕は封筒を取りだし、手紙をその中に入れ、注意深くポケットに戻して家へと歩きだす。約五年間、僕は勉強が遅れている。もう一五歳だ。それで、こんなにも偉大で、英雄的な僕の計画がある……宿題を全部やろう。すべてだ。食事の前に。

そして、その後は……。

ドット・ハサク＝ロウィによる「あとがき」

「実話に基づく」あるいは「実際の事件に刺激されて」という言葉ではじまる映画を観るたびに、好奇心をそそられる。この映画は、どこまで本当なのか、と。もし、映画の一シーンとなっているひと握りの事件だけが本当に起こったことなら、そんな言葉をなぜスクリーンに掲げているのだろうか？　もし、実際の事件に「刺激された」だけなら、この映画全体は（主人公からセット、あるいはクライマックスでさえ）、彼らを刺激した実際の人、情景、クライマックスとはまったく異なっているのではないだろうか？

僕のこの疑問に、映画関係者は答えてほしい。いずれにせよ、何が真実か、ということが大切だ。そうでなかったら、映画を製作する人たちは、最初にこの言葉をスクリーンには掲げないだろう。僕らは、それが実際に起こったことだと思い、ストーリーを観て、読んで、聴く。本当のことだと信じれば、我々はもっと物語を評価しようとさえする。それが、最初に「実話に基づく」ではじめるような映画を製作した理由なのだろう。

つまり今、あなたが読み終えたこの本は真実なのか？　単に、本当の話に「基づいた」ものでしかないのか？　ただ、本当にあった事件に「刺激された」だけのものなのか？

あえて言おう。それ以上のものだと思う。実際には、ずーっと凄い。先の疑問に答えるためには、この本がどのように書かれたのか、なぜこのような書き方をしたのかについて説明をしなければならない。

私がミハエル・グルエンバウムの話について書くことを承諾したあと、シカゴ（私が住んでいる）からボストン（ミハエルが住んでいる）へ旅行した。僕たちは、二日ほど一緒に過ごした。彼はあのときの経験について語り、近くに住む、同じくテレジンにいた夫婦に会いに連れていってくれた。僕は彼にたくさんの質問をして、彼の言ったことをたくさん記録し、テレジンとプラハのユダヤ人について書かれている大量の本とDVDを持ってボストンを離れた。

家に戻ると、私はミハエルにもらった本を読み、DVDを観はじめた。私はさらに本を買い、追加の映画を何本か見つけだした。そして、彼の話に出てくる、鍵となる経験の流れをまとめはじめた。また、ミハエルにさまざまな質問（大きなものから小さなもの、簡単な質問や信じ難い質問）をした。一緒にいたときには尋ねようとは思わなかった質問ばかりだ。

七〇年前のミハエルがどんな少年だったのかと理解しようと努め、ミハエルへの質問事項をまとめたあと、私は「1」から「10」の目盛を用意して、子どもとしてどのくらいきちんとしていたのか、だらしなかったのかなど、あらゆることについて評価するように依頼した（彼自身は

「7」、あるいは「かなりだらしがない」と評価していた)。ちなみに、下《した》っ端《ぱ》を「1」とし、リーダーを「10」としたところ、彼は「3」を付けていた。

残念ながら、そのときについて彼はあまり覚えていないことがたくさんあった。彼の記憶力が全体的によくないからではない。まったく違う。こういうことが、ずっとずっと昔、ミハエルが少年だったころに起こったことであるため、大部分をあまり覚えていないのだと私は考えている。これは至極当然のことだ。

その理由は、あなた自身のことを考えれば分かる。去年の夏のことを、どのくらいはっきりと覚えているだろうか。おそらく、ある日やある瞬間のことしか覚えていないだろう。すでに、ほとんどのことを忘れているはずだ。あなたが思い出すことのできない一日があるはずだ。昨年の夏が、実に七〇年前のことだと想像していただきたい。

さらに、その経験がきわめて不愉快なことだったので、ミハエルが覚えていたくないこともあり得る。ある心理学者が、「私たちは思い出すときの痛みから自分を守ろうとして、困難な経験を忘れる」と言っている。人というものは、いつもこうして過ごしているのだ。

ミハエルがこれに当てはまるかどうかは分からないし、彼に「そのように考えているのか」とも尋ねていない。しかし、どんな理由であれ、ミハエルは多くのことを思い出せない。もし、彼が覚えているすべての詳細を私が書き付けたとしても、二〇ページか三〇ページの記憶にしかならないだろう。

この事実は、ほかの資料（人々、本など）を調べたり、完全な場面になるまで彼の記憶の断片を練りあげたりして、彼の記憶のすき間を埋めなければならないということでもある。

ミハエルに会って二週間後、書きだすときが来た、と思った。どこから書きはじめるか、まだはっきりとはしていない。それで、ミハエルが（お母さんとお姉さんとともに）テレジンへと、プラハを離れる日について書くことにした。

この出来事を選んだのは、ミハエルの物語においてより重要な瞬間だ、と考えたからだ。このような移動のときには誰もが何かを感じるだろうと私は思ったのだが、それとは対照的に、ミハエルは、ほとんど何も知らない収容所に向けて故郷の町を離れることにほっとしたことを覚えていた。プラハのユダヤ人にとっては、多くの物事が嫌な状況になりはじめていたので、このように彼は感じたのだ。

この場面を書こうとして腰を下ろしたとき、意気込みとは逆に私は無力になった。私はミハエルという少年がどういう人物なのか理解しようと努めていたが、それでも彼と家族が、その当日に集合地から列車のほうへ歩いていく（いくつかのバッグに残してあった所有物を入れて）、その情景が本当にぼんやりとしか感じられなかった。ちゃんと見えていなかったのだ。

彼らが通りすぎる建物はどんな様子なのか？　町のどの場所を歩いていったのか？　駅の大き

さはどのくらいだったのか？　まったく分からない。

これが理由で、先の疑問と同じくらい大量の疑問に答えるまで、読むに値するだけのものは書けないだろうと、私は臆病になりはじめた。

そのとき、私は幸運に恵まれた。たまたま数週間以内にロンドンへ行く予定にしていたのだが、その旅行にプラハへの短い旅を加えることにしたのだ。まだ訪れたことのない街だ。さらに、テレジンで一日を過ごすことにした。そこは、プラハから車で一時間もかからない。

この決断は、おそらく今までのなかで一番頭の冴えたものであっただろう。私はプラハ全体を歩き回り、ミハエルが住んでいた場所、彼がかつて行っていたユダヤ教の旧新シナゴーグ、彼の家族がテレジンへと向かったあの鉄道駅を訪ねた。彼と父親が毎週歩いたホレショヴィツェ近辺から、川を渡った旧新シナゴーグまでの道を、そのとおりに歩くこともした。

幸運なことに、テレジンはそのころとほとんど同じように見えた。私は写真をたくさん撮影し、何枚かの地図を買い、自らの印象をノートに書き付けていった。すると突然、物語が私のなかで

かつてのユダヤ人街は現在、土産物店が並ぶ

生き生きと動きはじめたのだ。プラハを離れないうちから私は書きはじめた。ミハエルが映画を観るためにゲットーを抜けだしたと思われる町の通りを渡ったレストランで、チョコ団子の皿の上で……この本の出だしとなるところの場面を。

シカゴに戻ると、私はスケジュールを調べ（忙しくなりつつあった）、単純に、出来事が起こった順に章を書きだした。たびたび、一つの章を書くためにミハエルに対して追加の質問をし、さまざまな本を読み、インターネットを調べ回ったほか、これらすべてのものを組み合わせたりしなければならなかった。

ミハエルへの質問はだんだん細かくなり（「旧市街広場は、ユダヤ人ゲットーの中にあったかどうか覚えていますか?」など）、時には、この種の質問が数十年忘れていたことを彼が思い出すのに役立った。

テレジンに関する本を読めば読むほど、私の助けとなるほかの本について知ることになった。ネシャリムの一人（パヴェル『パイーク』ウェイネル）(1)が持っていた日記もあったし、それが重要なものだということが分かった。

私が初期の原稿をミハエルに送ると、以前には話さなかった事件や出来事について彼はまた思

（1）ミハエル・グルエンバウムのテレジンでの友達です。「パイーク」はニックネームです。

い出した。ミハエルは時々、彼とともにテレジンにいた人たちに対して、彼自身が答えられない質問をすることがあったようだ。私のテレジンの画像はゆっくりと、はっきりとした焦点をもつようになり、私は主題に対する本物のエキスパートだと思えるまでになった。

時折、私が思っているようには再構築することができないものもあった。たとえば、ミハエルとその家族が移送対象に指名されても、どういうわけか、決定的な一〇月一二日の数日前に逃れているのだ。また、ある場合には、私が何かを感じたら含める必要があると経験に基づいて考えるようなこと（フランタが去って7号室が解散されたあと、ミハエルはどこに住んだのかというような）を含めなかった。そして、ほかの移送についても記述しなかった。それは、分からないことがありすぎたからだ。

最後に、ここに書かれている各章は、どれも特定のことと、実際にあった一度だけの出来事（ミハエルの父親が二人のナチスの将校に連れ去られる。ミハエルがプラハで少年たちに追いかけられて縛られる。ミハエルが診療所の窓辺で親友を最後に見るとき、など）、あるいはミハエルが何度かの経験を述べる新しい場面（庭で働いている。バシュタでサッカーをしている。フランタから何かを学んでいる）の再現である。本書のなかには、面白いだろうと考えてつくった出来事は一つもない。「エピローグ」で紹介されているフランタの手紙も本物だが、重要な情報を挿入するために、この真実のドキュメントにいくつかの細部（どのくらいのネシャリムとユダヤ人がテレジンを生き延びたかという事実）を付け加えた、と断っておこう。

さらに、私が埋めなければならなかったギャップもある。たとえば、回顧録ではよくあることだが、このなかに登場するほとんどの会話は再構築されたものだ。すべてのネシャリムの名前（それと最終的運命）はそのままだが（イジーの名前は、ミハエルがそこで失ったこの友人や名前、個性を思い出せないために私が命名した）、彼らとの場面を生き生きとさせるために、彼らの個性や行動に対して大きな補完をしなければならなかった。

本全体に、私が準備した数千にも上る説明が散らばっている。一貫してミハエルの物語が必要とし、それに値する三次元のような性質をこの作品がもっているため、それらの説明が必要とされた。しかし、推測しなければならないとき、たとえば誰が何を着て、何を食べ、何を言ったかなどについては、私は知識に基づいて推測した。また、すべての調査やミハエルとのディスカッションのあと、私はかなり高度に熟練された書き手になっていた、と断言することができる。

この物語の外的世界は、実際には本の半分を占めているにすぎない。残りの半分は、ミハエルの内面世界だ。つまり、すべてのことに対して彼は何を思い、何を感じたのか、ということだ。もし、あなたが本書に感じることがあったとしたら、ミハエルが経験し、語ったこれらの出来事が大いに関係していると私は思う。言葉を換えれば、本書を読むということは、ミハエルに何があったかを知るだけでなく、このようなことが起こっているときにミハエルの立場であったら、あなた自身はどうであったのかについて考えることにもなる。

ミハエルは、七〇年前に起こっていたこととして、実際にこの出来事を語っているわけではない。本のなかに書かれているすべては、語り手であるミハエル（語り手は物事が起きつつあるかのように語っている）より私に責任がある。ここで再びあのときに戻ったら、ミハエルはどんな様子なのだろうかと思いめぐらしたが、それでも最後には、これらの出来事を、ある意味、もう一度繰り返す新しいミハエルをつくりあげる必要があった。

それではなぜ、ミハエル自身の言葉で、現在彼がもったくさんの記憶として、彼の物語を語らせなかったのだろうか？　なぜ、出版社はそのような本（より回顧録的な）を望まなかったのだろうか？　その理由は……そのとき、おそらく私に少し刺激されたのだろう。つまり、プロのライターに。

私の書き方で本書を書くにおいて、私は直接性を求めていた。私は読者に、これらの出来事をミハエル自身が通り抜けるように、ミハエルとともに通り抜ける経験を与えたかった。こういうわけで、ミハエルは現在形で語っている。[2] このような本は、出来事をより強力に、より鮮やかに、より生き生きとさせると思った。このような経験をもつことがどういうものなのか、という真実を捉えるのに最良だと思い、この書き方にミハエルと出版社が賛成した。

ホロコーストに触れたとき、読者にとって、これは特別に貴重な課題になると私は思っている。

この恐ろしい出来事から七〇年の間に、人々はこれをテーマにして無数とも言える本を発行し、このテーマで多数の映画が製作され、何千人もの生き残った人たちには、何度も何度も、自らの話をするようにという依頼が舞い込んでいる。

これは大切なことで、全体的には重要で必要なことだ。しかし、誰もが知っているように、話をすればするほど元の出来事から離れていくのだ。あなたが何回も話してきた、馬鹿げた話のことを思い出してみよう。そのうち、その話は無感覚なものとなり、何が起こったのかよく覚えていないというようなことになり、自らの話を「その程度のもの」としてしか覚えていないということになる。

私は本書を、ホロコーストについての物語のように読まないことを願っている。あのときに、あの出来事のなかを生きた人として読んでほしい。というのも、語り手であるミーシャは、自分が語っているとはまったく思っていないのだ。読者は、そのときに、彼の頭の表面に浮かんだ言葉を、ただだとにかく捉えるだけでいい。たしかに、その言葉は、時々美しかったり、少し詩的だったりするが、だからといって、あなた方は私から何を望むというのか……私は作家なのだ。

（2）ミハエルが経験している時点を現在形にして、その時点から見て過去になることは過去形にした、ということです。

本書をこんなふうに書いたもう一つの理由がある。ホロコーストの場合、自分では経験しなかった人たち全員の「学び」のために、多くの人がたくさんこのような本を書き、また話をしている。私たちに、何が起こったかについてだけではなく、どうしてこれほど恐ろしいことが起こり得るのかについて「学ばせたい」からだ。

これらすべてが、このようなことが再び起こることを防ぐだろう。これもまた、しなければならない大切なことである。自分自身の生活において、各自の方法で行動するように、人々を勇気づけるために物語を語るのだ。

しかし、本書での私の目標はそれではない。私は、教師のみなさんがこの本を大切な論題を話し合うために使うだろうと知っている（そして、望んでもいる）。私の本書での目標は、普通の少年にとって、このきわめて異常な経験を通り抜けることがどういうことなのかを再構築することなのだ。

当時のミハエルは、のちにこういった出来事を表現し、名付けるためのさまざまな言葉（「生存者」、「死の収容所」、「ホロコースト」さえも）を知らなかった。彼は、自分の経験が人々を啓発するために、またそのようなことが二度と起こることを防ぐために、いつの日か再び語られるとは思ってもいなかった。ミハエルは、信じられないような瞬間瞬間をただ通り抜けてきただけなのだ。

よって、私の本書での目的は、ミハエルの体験をできるだけ直接、生き生きと、そしてある意味、可能なかぎりリアルにその瞬間を再構築することとなった。

このようなアプローチは、この物語にとっては正しいものだと固く信じている。だが、犠牲がない、とは言えない。本書に含めることができなかった実際の出来事がある。それらを含めると、ミハエルがそのときに知っていたことというルールを破ることになる。

もっとも顕著な例は、ミハエルの父親がどのように殺されたか、に関係している。本書を丹念に読めば分かるが、彼は逮捕され、プラハの刑務所に入れられ、それからテレジンの小要塞に送られ、そこで二週間ほどで死んだということだ。

読者は、彼がどのようにして死んだかについて知ることはないが、ナチスから提供された死因（尿毒症、腎臓病の一種）でないことははっきりしているように思える。さらに、その葬儀の間、ミハエルの叔父が（棺とともに送られてきた警告を無視して）死体を見て、その有様にぞっとしている。つまり、ナチスから提供された死因ではないということだ。

実際には、どのようにして父親が死んだかについて、ミハエルはある確信をもって後年知ることになった。本当に恐ろしい話だ。テレジンで彼の母親と姉と一緒に住んでいた一人の婦人が手紙を書いており、ミハエルはそれを何年もあとに見ているのだ。

その決定的な部分は……。

有名な銀行企業の前理事は（その妻と娘は、二人とも私たちの部屋に住んでいて）、「小要塞」において、ナチスがこの目的だけのために訓練した犬たちによってバラバラに引き裂かれました。

この想像を絶する殺害の残酷さは、ミハエルにとっては非常に重要な、理解し得る事実であり、彼が本書に含めたいと望んでも当然のことである。残念ながら、ミハエルはこの時点では知らなかったし、母親（そのときには、このことをはっきり知っていた。彼女は、この手紙を書いた夫人と話をすることができたから）が意図的に彼から隠したのだ。このような情報による苦痛から、彼を守ろうとしたにちがいない。

私たちはこれを話に含めるべき事例ではないと決断したが、入れたにしても規則を破ることにはならず、大切なこととして、本書の本文ではなく最後の部分でミハエルが父の死から学んだ影響を見ていこうと考えた。真実を知っていることは、言葉を換えれば、いろいろな意味で彼のテレジンでの全体験を変えるものともなる。これらの理由で、私たちは本文には含めないことにした。

最後に一つ触れなければならない。いや、白状する。最初、この機会を与えられたとき、私はこの仕事をしたくなかった。自分でもホロコーストについてたくさんの本を読んでいたし、映画は言うに及ばず、博物館にも行き、生存者の話を聞いてきた。おそらく私は、このすべての話（何度も何度も語られている）そのものを誤解しはじめていたのだ。この誤解が、このすべての話が、完全に現実の人々に起こった真実であることを私に忘れさせる原因となっていた。

恥ずかしい話ではあるが、本当である。あるいは、自分にそれほど厳しくするべきではないのかもしれないが。つまり人は、一九三九年から一九四五年のヨーロッパで起きた現実を思いながら食事をつくり、あるいは娘をお風呂に入れ、あるいは仕事に行けるものなのだろうか？

本書を書くことで、私の記憶がよみがえった。その数年の間、ミハエル・グルエンバウムのようだったらどうだろうと、想像しようとした。すると、あたかもまた最初のときのように、実際の様子が分かるような気がしてきた。これはもう、「ホロコースト」のことではなく、単に一人の少年が自分の世界を観察しているようなものだ。天国に近かったような環境から、信じられない悪夢へと少しずつ変化していく。一人の少年が、ある日、新しい友達と笑ってサッカーボールを蹴り、次にその友達が消えていくのを見ている、ということだ。

本書を読むことで読者に同じような経験ができればと願っているが、それは辛いことだろう。なぜなら、真実だから。本書に描かれているすべてのことは、実際に起こったことなのだ。

感謝のことば

私の父、カール・グルエンバウムに、とりわけ私の母マルガレーテ・グルエンバウムに感謝を述べたい。生命を与えてくれたばかりでなく、第二次世界大戦中のもっとも危険なときに、その命を救ってもらい、戦後まもなくチェコスロバキアからアメリカに移民して、新しい生活をはじめるだけの知恵とエネルギーをもっていたことに対して。

人生において、信じられないような困難をいかに乗り越えてきたか、常に積極的な態度を保ち、ゴールを目指すことを諦めてはいけないと私に教えてくれたことを思い起こすと、母はまるで灯台であった。

同時に、私の姉マリエッタに対しても感謝を述べたい。手助けを必要としたとき、いつも私を助けようとしてくれたことに対して。そして、何かと私の世話をする母の手伝いをしてくれたことに。とくに試練の日々、第二次世界大戦の間、そのような手助けが必要だったときに、彼女はいつも私を助けようとしてくれた。

さらに、私の妻、故セルマ・グルエンバウムにも感謝を述べたい。もっとも素晴らしく、愛すべき伴侶として、五〇年間励ましてくれた。そして、素晴らしい本『ネシャリム――テレジンから生還した子どもたち』の研究と著述に対しても感謝を述べたい。この本は、ネシャリムの生存者（少数だが）における チーム精神の団結に役立った。加えて彼女の、子どもたちと音楽への愛と、私たちの三人の息子を立派に育てあげ、素晴らしい成果を上げてくれたことへ。

さらに、息子たち、ダヴィット、ペテル、そしてレオンが、私の人生に関係してきたすべての企画に対してサポートしてくれたこと。とくに、この特別な本の出版に対する熱心なサポートに感謝を述べたい。私は、この世界をより良い場所にするための彼らの業績と貢献に対して誇りを感じている。

本書の元になった子どもの本を書くにあたって助けていただいたアヴァ・ファルベルさんにも感謝したい。また、ネシャリム全員の友情に。とくに、私たちがテレジンにいたときの詳細を思い出すために手助けをしてくださった、エリフ・スピッツさん、ジョージ・レッペルさん、そしてパウル・ウェイネルさんに感謝したい。

そして、フランタ・マイエルさんに感謝を述べたい。テレジンでのリーダーシップと、非常に苦しい環境での配慮に対してだけでなく、彼のその後の人生を通して、テレジンのL417につくられた7号室の生存者たちの人生にかかわってくれていることに。

テレジンからプラハに連れてきていただき、母のチフス隔離が解除されてテレジンを離れる許可が出るまでの数週間、宿泊などの便宜を図ってくださったシドニー（スデネク）・タウシクさんと彼の家族にも感謝を述べたい。また、トミー・カラスさんの深い友情に。

ワシントンにある「アメリカホロコースト記念博物館」のジュディス・コヘンさんは、テレジンの重要なドキュメントである母のアルバムを、多くの人が目にするようにと展示してくださった。さらに友人のミミ・ドハンさんは、絶え間のない励ましと援助をしてくれた。両者にも感謝を述べたい。

私の著作代行者であるアニー・ベロウェルさんは、助けが必要なときはいつもそこにいてくださった。また同様に、「シモン&スシュステル」のカレン・ナゲルさんとリサ・アブラムスさんの編集上における洞察力、マラ・アナスタスさんとフィオナ・シンプトンさんの熱心な援助と専門的な指導、さらに、私の記憶を文章に替える手伝いをしてくださったフェルン・スフメル・チャプマンさん、私の話の内的価値を認めてくださり、トッド・ハサク＝ロウィ氏との共著書という素晴らしいセレクションをしてくれたベサニー・ブックさんに感謝する。

トッド・ハサク＝ロウィ氏は、完全に没頭して、プラハとテレジンにおけるナチス占領の間、一二歳の子どもの生活に素晴らしい想像力を働かせ、さらに積極的な態度で建設的な批評を呼びかけてきたことに私は驚嘆した。彼は素晴らしい仕事をしたし、彼とともに働くことが大きな喜びともなった。

ミハエル・グルエンバウム

私は、この物語が起こった世界を再構築することを手伝ってくださった次の方々に感謝したい。フェルン・スフメル・チャプマン、ダヴィット・グルエンバウム、ペテル・グルエンバウム、レオン・グルエンバウム、ペトル・カラス、故トミー・カラス、イヴァナ・クラロヴァ、エドガル・カラサ、ハナ・カラサ、ヴィダ・メウヴィルホヴァ、ジョージ・レッペル、エリフ・スピッツ、そしてエラ・ウェイスベルゲル。

ロン・ロウィは着実で、こだわりのない感動を示してくれた。ノアム・ハサク・ロウィとハンナ・レヴィは全原稿を読んで、価値のある、考え深い感想を寄せてくれた。

私の代理人であるダニエル・ラザルにも感謝する。この企画を提案して、何を含めるべきかの判断に助力していただき、全体を通して擁護してくれたことに対して。聡明で、敏感な編集者であるリサ・アブラムスは、素晴らしい仕事をし、常にこの物語の可能性を理解し、それをどのように実現するかについて考えだしてくれた。

ミハエル・グルエンバウムが、自身の物語を私に任せてくださったことに感謝する。ミハエルとともに働くのは喜びであり、彼自身が膨大な量の困難な調査をし、プラハとテレジンへの短い旅行をサポートしてくれた。彼は、時間を重ねて処理をしていった（ある意味、それがまだ私を迷わしている）。その時間は、彼自身と彼の記憶を区別するのにも使われた。もちろん、本書が必要としたからである。

そして、私の妻タールに感謝する。

トッド・ハサク＝ロウィ

参考文献の紹介

テレジンについて、もっと詳しく知りたいと思う人たちのために関係書籍を紹介しておく。邦訳タイトルの強調文字は、若い読者が興味をひく本である。それらのなかに、ミハエルと同じ年齢の少年が発行して、戦後、ズデネク・タウシクが保管していたテレジンの雑誌『ヴェデム』が紹介されていることに気づくだろう。

＊＊＊＊＊

・*Nešarim: Child Survivors of Terezín*, Thelma Gruenbaum 『ネシャリム――テレジンから生還した子どもたち』セルマ・グルエンバウム。

・*The Terezin Diary of Gonda Redlich*, Saul S. Friedman, editor 『ゴンダ・レドリフのテレジン日記』サウル・S・フリードマン（編集者）。

・*A Boy In Terezín: The Private Diary of Pavel Weiner, April 1944–April 1945*, Pavel Weiner 『テレジンの少年――パヴェル・ヴァイネルの個人日記。１９４４年４月～１９４５年４月』パヴェル・ヴァイネル。

・*Helga's Diary: A Young Girl's Account of Life in a Concentration Camp*, Helga Weiss 『ヘルガの日

記――強制収容所での若き女性の生命の報告』ヘルガ・ヴァイス。
・*The Cat with the Yellow Star: Coming of Age in Terezin*, Ela Weissberger 『黄色の星と猫――テレジンで大人になった』エラ・ヴァイスベルゲル。
・*Ghetto Theresienstadt*, Zdenek Lederer 『ゲットー・テレジンシュタット』ズデネク・レデレル。
・*We Are Children Just the Same: Vedem, the Secret Magazine of the Boys of Terezin*, Paul R. Wilson, editor『僕たちだって同じ子どもさ――テレジンの少年たちの秘密の雑誌』パヴェル・ウィルソン（編集者）

訳者補記――本文中における［　］内の記述は、訳者によるものです。また、「もくじ扉」（ixページ）と一二ページに掲載したグルエンバウム一家の写真を除いて、本文中に掲載した写真は、訳者（林）が所有しているものです。これらの写真は原書に掲載されていませんでしたが、読者のみなさんに臨場感をもっていただくために、原著者の了解のもと掲載させていただきました。

「Trezin」は、チェコ語読みでは「テレジーン」ですが、英語、日本語では「テレジン」と訳されていますので、本書においても「テレジン」としました。

訳者あとがき

二一世紀になり、すでに二〇年がすぎました。科学の発展は飛躍的です。インターネットが世界中の国々を結び、全世界が近づきました。科学の進歩によって、人々は豊かで実りの多い生活を期待しています。かつて二〇世紀に入ったときも、本格的に科学が発展し、人々は未来への夢を描き、今と同じような期待を抱いていました。ところが、二〇世紀は「戦争の世紀」とも呼ばれています。悲惨な二回の世界大戦、そしてヨーロッパではホロコーストが起こりました。

本書の「著者あとがき」にも書かれているように、ホロコーストは、私たちが決して忘れてはならない残酷な歴史で、決して許されることのない事実です。これまでに数多くの回顧録が出版され、映画にも描かれています。本書も、ホロコーストのなかで必死に生き抜いた少年の体験記録です。

著者のミハエル・グルエンバウムさんは、八歳から一五歳までの自らの体験を、より多くの人たち、とくに子どもたちに知ってもらいたいと願って本書を著しました。そして、実に一一か国で翻訳出版され、今回、一二番目として日本語での出版となりました。

本書は、チェコスロヴァキア（当時）からアメリカへ移住した著者が、七〇年後に英語で出版したものです。翻訳作業は、基本的には酒井が英語版を訳し、林がチェコ語版で確認をしました。この内容はすべてが実話であり、チェコスロヴァキアでの体験です。したがって、著者の名前に関してはチェコ語のミハエル（英語ではマイケル）としました。そのほかの人名・地名なども、ほとんどをチェコ語表記としています。

実は、本書の翻訳が決まったとき、題名のみを知らされ、内容がテレジンの回想記だとはまったく知りませんでした。読み進めて初めて、グルエンバウムさんがテレジンのＬ417の7号室で生活していた少年だったことを知りました。林が二〇年前に出版した『テレジンの子どもたちから』（新評論刊）は、Ｌ417の1号室に住んでいた少年たちが主人公でした。その1号室で雑誌『ヴェデム』を保管していたシドニー（本書ではズデネク）・タウシクさんが本書にも登場しているのですが、私は六年前、生還後の人生をお聞きするために、アメリカ・フロリダ州に住んでいるタウシクさんのご自宅を訪問していました。この偶然にも驚かされました。

フロリダのタウシクさんご夫妻
（2015年）

本書を翻訳中、何回か涙したことも事実です。読者は、ナチスの残酷極まりない人間性のない姿と、それに抗《あらが》う正当な疑問や憤り、そして理不尽さに負けまいとする少年の強い姿勢を読み取ることでしょう。ホロコーストは、ナチスドイツによるユダヤ人への「いじめ」、いやそれ以上の殺人犯罪なのです。

このような狂気の歴史がなぜ起こったのか、今後、このような悲惨な出来事が起こらないようにするためにはどうしたらよいのか、それらを読者に考えて行動してほしい、と著者は訴えているのです。

最後になりますが、出版に際していろいろな方々にお世話になりました。「チェコセンター東京」所長のエヴァ・高嶺さん、株式会社新評論の武市一幸さんをはじめとして、みなさまに心から感謝の意を表します。

二〇二一年五月

林　幸子
酒井佑子

訳者紹介

林　幸子（はやし・さちこ）

茨城県生まれ。茨城県立土浦一高、法政大学文学部哲学科卒。

雑誌編集者を経てフリーライター。エスペランチスト。チェコ倶楽部代表。

リブラン童話賞最優秀賞、朝日新聞埼玉文芸賞詩部門準賞等受賞。

著書：編著として『テレジンの子どもたちから』（新評論、2000年）、共訳書『プラハ日記』（平凡社、2006年）、詩画集『哲学の風景たち』（私家版、2016年）などがある。

酒井佑子（さかい・ゆうこ）

茨城県生まれ。茨城県立土浦一高、学習院大学文学部英文科卒。

電算機会社にプログラマーとして勤務の後、画家になる。

太陽美術協会太陽賞、新日本美術院大賞準賞等受賞。

太陽はきっとどこかで輝いている
——ホロコーストの記憶——

2021年6月25日　初版第1刷発行

訳者　林　幸子
　　　酒井佑子

発行者　武市一幸

発行所　株式会社　新評論

〒169-0051
東京都新宿区西早稲田3-16-28
http://www.shinhyoron.co.jp

電話　03(3202)7391
FAX　03(3202)5832
振替・00160-1-113487

落丁・乱丁はお取り替えします。

定価はカバーに表示してあります。

印刷　フォレスト
装丁　山田英春
製本　中永製本所

Printed in Japan
ISBN978-4-7948-1183-7

新評論　好評既刊

マルク・フェロー／小野潮訳

戦争を指導した七人の男たち

並行する歴史

「われわれの時代の問題によりよく対処するために」。
アナル学派の重鎮が日常史研究の経験を生かして従来の分析を一新。

四六上製　520頁　6050円　ISBN978-4-7948-0971-1

中野憲志 編著

終わりなき戦争に抗う

中東・イスラーム世界の平和を考える 10 章

「積極的平和主義」は中東・イスラーム世界の平和を実現しない。
対テロ戦争、人道的介入を超える 21 世紀の〈運動【ムーブメント】〉を模索する。

四六並製　296頁　2970円　ISBN978-4-7948-0961-2

ジル・ケペル／アントワーヌ・ジャルダン 義江真木子 訳

グローバル・ジハードのパラダイム

パリを襲ったテロの起源

イスラム主義研究の国際的権威がウェブ時代のテロリズム生成過程と
その背景を多角的に分析。個人史・イデオロギー・暴力の接点に迫る。

四六並製　440頁　3960円　ISBN978-4-7948-1073-1

オリヴィエ・ロワ／辻　由美 訳

ジハードと死

テロリストたちの膨大なデータを独自の視点で読み解き、
20 世紀末以降欧州の若者を「死と暴力」に駆り立ててきたものの正体を剔出。

四六並製　224頁　1980円　ISBN978-4-7948-1124-0

レイチェル・ブレット＆マーガレット・マカリン／渡井理佳子　訳

新装版　世界の子ども兵

見えない子どもたち

存在自体を隠され、紛争に身を投じ命を落とす世界中の子ども達の実態を報告し、
法律の役割、政府・NGO の使命を説き、彼らを救う方策をさぐる。

A5並製　296頁　3300円　ISBN4-7948-0566-7

＊表示価格はすべて税込み価格です。

新評論　好評既刊

ツヴェタン・トドロフ 編
（テキスト収集及びコメント）／小野潮 訳

善のはかなさ

ブルガリアにおけるユダヤ人救出

政治不信、権力政治への無力感を克服した人々の行動・感情はいかにして「善」を到来させたのか。明晰な思想史家が私たちを省察に誘う。

四六上製　250 頁　3300 円　ISBN978-4-7948-1180-6

ツヴェタン・トドロフ／大谷尚文・小野潮 訳

野蛮への恐怖、文明への怨念

「文明の衝突」論を超えて「文化の出会い」を考える

日本にも広がる異文化排斥、異質性排斥の集団的感情。
その蔓延を断ち切り共生の地平を拓くための歴史・社会・政治分析。

A5 上製　328 頁　3850 円　ISBN978-4-7948-1154-7

デビッド・A・ナイバート／井上太一　訳

動物・人間・暴虐史

“飼い貶し”の大罪、世界紛争と資本主義

動物抑圧に始まる暴力の世界史。文明発展の歩みを批判的に捉え直し、瓦解に向かう資本主義社会の超克をめざす。

A5 上製　360 頁　4180 円　ISBN978-4-7948-1046-5

A.J・ノチェッラ二世／C・ソルター／J.K.C・ベントリー編／井上太一 訳

動物と戦争

真の非暴力へ、《軍事—動物産業》複合体に立ち向かう

軍事活動が人間以外の動物にもたらす知られざる暴虐の世界。その歴史と現在に目を向け、平和思想の根底にあった人間中心主義を問いなおす。

四六上製　304 頁　3080 円　ISBN978-4-7948-1021-2

＊表示価格はすべて税込み価格です。